無能は不要と言われ
『時計使い』の僕は職人ギルドから追い出されるも、ダンジョンの深部で真の力に覚醒する
"As a watchmaker, I was kicked out of the craftsman's guild because my incompetence was deemed unnecessary, but I awakened to my true power in the depths of the dungeon"
2
Story by Roumu Kohaku
桜霧琥珀
Illustration by Fuku Kitsune
イラスト／福きつね
GC NOVELS

「貴様ァ……ッ!! ならば何故! 人間は夢など抱くのだッ!!」
「そんなの簡単だ。

信じてくれる仲間がいるからだよッ‼」
「来いッ！フランベルジュ‼」

「——はい。分かりました。

ご主人さまが言うのでしたら。

私は、ご主人さまを信じます」

「ありがとう、ミスト」

こうして二人の覚悟が決まった。

ミストはシクロに求められた通り、再生魔法を発動する。

「——『リザレクション』ッ!」

無能は不要と言われ『時計使い』の僕は職人ギルドから追い出されるも、ダンジョンの深部で真の力に覚醒する

"As a watchmaker, I was kicked out of the craftsman's guild because my incompetence was deemed unnecessary, but I awakened to my true power in the depths of the dungeon"

桜霧琥珀

イラスト／福きつね

2

Contents

プロローグ　幸せな思い出

――兄から貰《もら》ったペンダントを、ずっと大事にしてきた。

少女はそのペンダントに、兄が作った防御の魔道具に助けられて以来ずっと、特別な思いを抱いていた。

まるで兄が、いつでも自分を見守ってくれているようで。

大好きな人と一緒にいられるような気がして。

養子として――アリス＝サンドリアとなってからも、ずっと大切に、胸に抱いてきた。

だからこそ……兄が犯罪者として裁かれたと聞いて、居ても立ってもいられなくなった。

衝動的に王都を飛び出して、辺境ノースフォリアまで出向いて。

そして……シクロ＝オーウェンが死んだと知った。

――ペンダントを胸に、思い返す。

『まったく。アリスは仕方無いなぁ』

呆れたように笑いながらも、いつだって優しかった兄のことを。

我儘《わがまま》で、身勝手な自分のことを、いつだって守ってくれた――味方でいてくれた、唯一の理解者。

宿泊する宿屋の一室に引き籠《こ》もり、ペンダントを日がな一日眺めて過ごす日々。

自然と溢《こぼ》れる涙。

「……お兄ちゃん……」

会いたい。もう一度だけでもいいから。

その願いが叶うとも、そして望んだ形にはならないとも知らずに――少女は、願い続けた。

第一章　後悔

望まぬ遭遇。

シクロは思わぬ形で、妹であるアリス＝オーウェン……ではなく、今はアリス＝サンドリアとなった少女と再会した。

だが……トラウマを刺激されたシクロは、アリスを拒絶した。

結果、アリスはその場で泣き崩れることとなった。

「うぅっ……えぐっ……」

シクロに拒絶されてしまったアリスは、泣きじゃくりながら俯《うつむ》く。

「……行くぞ」

気まずく思いながらも、言ってシクロはその場を立ち去ろうとする。今はまだ、アリスと対話をする気が全く無かったのだ。

「――待って、お兄ちゃんっ!!」

そんなシクロに、慌ててアリスは縋《すが》りつこうとする。

だが――これを防ぐような位置に、ミストが立ちふさがる。

「すみませんっ、待って下さい……っ！」

ミストはアリスから、シクロを守るような位置に立つ。

「今は……どうか、ご主人さまをそっとしておいて下さい。……ご主人さまには、時間が必要なんです。だからどうか――」

「ミスト……」

自分を庇《かば》うようにして、頭を下げてまでアリスから守ろうとしてくれるミストを見て、シクロは複雑な感情に見舞われた。

ミストが自分を第一に考えてくれたことは嬉しいが、一方でミストにこのようなことをさせてしまう自分が情けなくも思えた。

故に、シクロは気を取り直し、前に出る。ミストを抱き寄せるようにして自分の方に近づけ、入れ替わるようにアリスの前へ出た。

「お、お兄ちゃん……？」

「悪いがアリス。今は近寄らないでくれ。ボクは……冷静でいられる自信が無い」

「そんな……っ！　でも、私っ！」

「悪いな」

アリスはそれでも縋り付こうとした。

だが相手にせず背中を向けたシクロを見て、崩れ落ちる。

「どうして……？　どうしてこんなことになっちゃったの……？」

そんなアリスに背を向け――この場から立ち去るシクロ。

そしてシクロに追従し、ミストとカリムも続いていく。

「……シクロはん。どないするんや？」

カリムの質問に、シクロは少し誤魔化すように答える。

「どうもしない。予定通り、近場でパーティの連係を確かめる」

これ以上、アリスを相手にしたくない、という思いが表情からも明らかであった。

「……そうか。そんならはよ行こか」

気まずそうにしながらも、カリムは事情を詳しく訊《き》こうとはしなかった。そんな気遣いを知ってか知らずか、シクロは調子を変えてカリムに向けて言う。

「言っておくが、お前の働きが期待以下なら即解雇だからな？　覚悟しておけよ」

「そこはお手柔らかに頼むわ～」

無理をした様子で言葉を交わすシクロ。

それを見て、ミストは心を痛めていた。

（ご主人さま……私に出来ることがあれば、なんでもやりますから――どうか、早まった判断はしないで下さいね。私が、貴方を支えますから）

小さな覚悟を胸にミストは足を速め、シクロのすぐ隣に寄り添うようにして歩くのであった。

ノースフォリアの防壁から離れ、近場で最も難易度が低い狩場に移動した三人。

「さて。ここからはウチが色々教えたる番やなっ！」

カリムが一歩前に出て、張り切った様子で言う。

「まずは、観察することとや。辺りの様子から、得られる情報を得られるだけ集める。その上で行動を決める。冒険者の基本や。見晴らしのええ、ここみたいな草原ならともかく、森やら洞窟やらでは観察の結果が先の展開を左右する。まずはこういう安全な場所で経験を積んで貰おか！」

カリムの言葉に、シクロは疑問を返す。

「ボクは感知系のスキルがあるんだけど、それでもか？」

「当たり前やろ。そらあるに越したことは無いやろうけど、スキルじゃあ得られへん情報もあるんや。例えば——」

カリムは言って、近くに群生していた植物を指差す。

「草食の動物や魔物が好むような草が十分生えとる。っちゅうことは、この辺りの生き物は飢えてへん。標準よりも気性が荒い可能性は低い、とかな」

「……なるほどな」

シクロは納得し、頷《うなず》く。今回とは逆に、植物の状況から気性が荒く攻撃的な魔物と遭遇する可能性を予見出来るなら、周辺観察は有意義だ、と納得する。

「――ほんなら、ミストちゃん。他に何か気付いたことはあるか？」

「ええっと、特には……普通の草原に見えます」

「せやな。それも立派な情報や」

カリムは頷きつつ言ってから、詳しく語る。

「特におかしなとこの無い草原。獣道らしい獣道も見当たらへん。ちゅうことは、身体のでかい動物や魔物すらこの辺にはおらへんっちゅうことや。まあ、せやから初心者向けの狩場なんやけどな」

言いながら、カリムは小石を拾う。そして――草むらに向かって投擲《とうてき》。

「――キュッ!!」

すると、石がぶつかった何らかの生き物の鳴き声が上がる。

「えっ？」

「大きい生き物はおらんでも、こういう小動物はおるっちゅうことは見落としたらあかんで」

言って、カリムは鳴き声のした場所へと近づいてゆき――気絶した動物を持ち上げる。

それはごくごく普通の、単なる野ウサギであった。

「ウサギさんですか？」

「せや。野営するなら貴重なタンパク源にもなる。場所によっちゃあ、でかい魔物のベイト、釣り餌《え》にもなる。生息しとる場所を見抜けて損は無いで」

それにな、と言ってカリムは続ける。

「ウサギの他にも、ヘビやらネズミやらがおる場合もある。小さいからっちゅうて油断しとったら、毒やら病気やら貰ってシャレにならんこともあるからな。油断は禁物やで？」

「は、はいっ！　分かりましたっ！」

カリムの助言に、ミストは意気込んだ様子で頷く。

「――それなら、アレにもお前は『気付いて』るんだろ？」

二人を横目で見ながら、シクロはスキルを発動する。

「『時計生成』――ミストルテインッ！」

すると、途端にシクロの手元にオリハルコン合金製の魔法式拳銃――ミストルテインが生成される。

これを握ると、シクロは即座に発砲。

――パァンッ!!

音と同時に、シクロは銃口の向いた先――標的の居た場所を見る。

そこは、シクロ達からは二十メートルは離れた場所であり、小動物なら隠れられそうな岩があった。

そして弾丸は、岩陰から忍び寄るように這い寄って来ていたヘビを貫いていた。

「これが毒ヘビかどうかまでは知らないが、少なくともこっちに気付いた上で寄ってくる程度には好戦的な性格だったみたいだぞ？」

「……ぐぬぬ。まさかこんなにあっさりデカイ顔されるとはっ！」

シクロは『時計感知』のスキルで把握していたヘビの動きを指摘して偉ぶってみせ、カリムは悔しがる。そんなカリムを見て、尚更得意げになるシクロ。

だが、カリムから思わぬ反撃を受ける。

「せやけどシクロはん、スキル使うのは禁止や！　基本を学ぶ為にここ来とんねんからな！」

「……ちっ。分かったよ」

シクロは仕方なく、ミストルテインを消して片付ける。

「ちゅう訳で。今から少しの間、二人にはスキル無しでの索敵力、観察力を養う訓練をしてもらうで」

「はいっ！　分かりました！」

「……分かったよ」

ミストは意気揚々と、シクロは渋々とカリムの言葉に従う。

「そんじゃあウチはここで見張っとくから、二人で動物を見つけて、それを仕留めてくるんや。ほら、始めっ‼」

こうしてカリムの指示の下《もと》、シクロとミストの冒険者としての訓練が開始する。


訓練の為に二人で行動を開始して、少しした頃。ミストがシクロに向かって、恐る恐る声を掛ける。

「……あの、ご主人さま」

「ん？　どうした、ミスト？」

ミストは、覚悟を決めたような表情を浮かべてシクロに尋ねる。

「今日の……あの人は、ご主人さまの妹さんですよね？」

「……ああ。そうだよ」

「何があったか、訊いてもいいですか？」

ミストに訊かれて、シクロは複雑な気持ちになる。ミストには話しておきたいという気持ちと、過去と向かい合わず、逃げてしまいたい気持ち。

二つの感情がせめぎ合うが、シクロは話すことを選ぶ。自分の味方であるミストにだけは、伝えておくべきだと思った為だ。

「……簡単に言うと、ボクは冤罪で犯罪奴隷に落とされて、ノースフォリアで労役についてたんだ。それが冒険者ギルドでの荷物持ちだったんだけど……アリスは、有名な冒険者でさ。ボクのことを、あちこちで無能だ、クズだって言いふらしてたみたいなんだ」

シクロは語りながら、怒りと悔しさの交じる、複雑な負の感情がこみ上げてくるのを感じた。

「そのお陰で、冒険者からは散々な扱いを受けたよ。殴られる、蹴られるは当たり前。罵声を浴びせられながら、どうにか仕事をしてたんだけど……ついには、虐《いじ》めがエスカレートして、ディープホールの奈落の底に突き落とされた」

「……そういう経緯があったんですね」

「ああ」

シクロは頷いて、語る。

「だからボクは……アリスに、間接的に突き落とされたんだと感じてるんだ。アイツがボクの悪評を広めて無ければ、あんな苦しくて、惨《みじ》めな思いはしなくても済んだ。だから、アイツのことが許せない」

語りながらも、シクロは周囲への索敵を怠ってはいなかった。拾った小石を、まるで八つ当たりでもするかのように投擲して、野ウサギの頭蓋骨《ずがいこつ》を陥没させて仕留める。が、それでもシクロの表情は不満げなままであった。

「ご主人さまは……アリスさんのことを、許したく無いのですか？」

ミストに問われて、シクロは驚いたような表情で振り向く。

「それは――どういう意味で？」

「そのままの意味です。ご主人さまは、憎くて仕方無いはずのアリスさんを、許したく無いのか。それとも、仲直りしたいのか。どちらを望んでいるんですか？」

ミストに問われ、シクロは自問自答する。

（ボクは――どうしたいんだ？　アイツに、アリスに、何を望んでいるんだろう……）

少なくとも、明確に言語化出来るほど自分自身が理解出来ていない。

「……ごめん、ミスト。ボクには分からない。自分がどうしたいのかさえ、自分でも分からないんだ」

項垂《うなだ》れて、首を横に振るシクロ。衝動的にアリスを拒絶したが、そこには明確な意志も理屈も有りはしないと気づいたのだ。

「ご主人さま……っ」

ミストはそっと寄り添い、手を取って握りしめる。

「大丈夫です。ゆっくりでいいですから。これから考えて、決めていきましょう。それがどんな答えになったとしても――私は、ご主人さまの側《そば》にいますから」

「ミスト――ああ、分かったよ。ありがとう」

ミストに励まされ、シクロは少しだけ気を取り直し、繋《つな》いだ手を握り返す。

（……やっぱり、ボクにはミストが必要だ。だからこそ――）

ひっそりと、覚悟を決めるシクロであった。

やがて訓練は十分だとカリムが判断したところで、次の段階へと移行する。

「そんじゃあ、次は森の中で探索の練習や。一人ずつ、ウチが後ろから見といたるからやってみよか。まずは――そうやな、ミストちゃんから」

「はい、頑張りますっ！」

ミストは張り切り、前に出て探索を始める。その後ろから、シクロとカリムが少し距離を置いてついていく。

そして――シクロは自然と、カリムの側に寄って、少し後ろにぴったりと寄り添う。

「――どういうことや、シクロはん？」

カリムが問う。

シクロは手にミストルテインを握り、カリムの背中に突きつけていた。

「改めて、しっかり話をしておこうと思ってな。……お前が何を企《たくら》んで、ボク達に近づいてきたのか」

シクロが一方的に告げると、カリムは呆れたように溜め息を吐きつつ言う。

「そんなん言うたやん。ミストちゃんみたいな子を守りたいって――」

「それは本心だろうが、わざわざボクとパーティを組んでまでやることじゃ無いだろう。何故パーティに固執するんだ？」

シクロは問い掛けつつ、カリムの背中により強くミストルテインの銃口を押し付ける。

「せやから――それはウチも特殊な職業スキルのせいで困ってたから、ミストちゃんに同情してるって言うたやん？」

「ああ。その言葉も、嘘ではないんだろうな。だがその上で、パーティを組んでまで何か成し遂げたいことがあるんだろ？」

シクロは疑うように、カリムに問う。

「話せ。こっちは、いつでもミストルテインの引き金を引く準備は出来ている」

「……なるほどな」

カリムは納得したようにつぶやく。

「つまり、どこか知らん所で悪巧みされるより、目の前におった方が力づくで対処しやすい。

せやからパーティに引き入れたってことか」

「納得してるなら、さっさと吐け」

「そんなにウチが信用出来へんか？」

カリムに問われ、シクロは顔を顰《しか》める。

「ボクは他人を信用しない。信用しているのは、ミストだけだ」

奈落に突き落とされて以来の信条を、しかしどこか薄っぺらく感じながら言う。

「信用しないって。また面白いこと言うやんけ」

カリムはシクロの返答を鼻で笑うように言う。

「まるで世界の真実でも知ったみたいに気取るやないか。他人が信用ならんなんて、当たり前の話やろ」

「……っ」

シクロは想定していなかったカリムの反撃に戸惑う。

「信用ならん。その上で、どうにかこうにか誤魔化して、リスクと利益を天秤に掛けて、人間頑張って生きとんねん。それを自分だけ特別みたいに思い込みよってからに」

「……煩《うるさ》い」

シクロはカリムの言葉を遮《さえぎ》ろうとしたが、無駄だった。

「シクロはん。アンタは――他人を疑うことも知らずに生きてきた、甘ったれの頭空っぽのガキンチョが不貞腐《ふてくさ》れてるようにしか見えへんで」

その言葉に、シクロは押し黙るしかなかった。カリムに言われたことに反論したかった。だが——何も言えない。シクロも、自分でどこか気付いているところはあった。だが、それでも自分の行いを正せない。正す気になれない。

そんなことをしようものなら——自分自身が真っ黒な感情に染まって、壊れてしまいそうな気がするから。理性と矛盾する感情に苛《さいな》まれながら、結局感情を優先してきた。

だからこそシクロは、カリムの言葉に言い返すことが出来なかった。

「けども——そんなガキンチョのシクロはんやからこそ、ウチは期待しとるんや」

「……え？」

カリムの、急に優しげに変わった声と言葉に、シクロは拍子抜けする。

「突然大きな力を手にしてしもうただけの、アホで優しいガキンチョのシクロはん。アンタみたいな人間やからこそ、出来ることがある。変えられるもんがある。ウチはそう思うてるんや」

ミストとは、また違う優しさ。カリムのシクロを認めるような発言に、毒気を抜かれるシクロ。

「せやから——気に入らんなら、いつでもウチを殺してくれて構わん。その代わり、約束してくれるか？」

「約束？」

「そうや。ウチの代わりに――自分の意志も、願いも、何もかもスキルに捻じ曲げられてしまう世の中を、ぶち壊してほしい。人が抱《いだ》く夢を、そのままバカ正直に目指せる世の中を作って欲しい」

カリムは、大真面目にシクロへと語ってみせる。

「そんな約束が出来るんやったら――いつでもウチは、シクロはんに殺されても構わへんで」

自分の命を捨てることすら厭《いと》わない、といったカリムの態度に、シクロはとうとう観念する。

「……ちっ」

不満げに舌打ちしながら、ミストルテインを消し、カリムの背中から離れる。

「そんな面倒な約束、押し付けられたら厄介だ。今は見逃す」

そんな不貞腐れたようなシクロの言い分を聞いて、カリムは微笑む。

「そうか。そんならええわ」

カリムの見透かしたような態度に、シクロはいっそう不貞腐れたように頭を掻《か》く。

こうして――カリムの意志を確認したシクロは、改めてカリムをパーティメンバーとして認めることになった。

カリムとシクロが密かに会話をしていた一方で、ミストはしっかりと訓練を続けていた。

十分に訓練を済ませただろう、とカリムが判断し、続いてシクロの番。

そうして探索の訓練を十分に行った後。いよいよ、今日の本番。魔物とのパーティ単位での戦闘がやってくる。

「そんじゃあ、いよいよ実戦や。ウチとシクロはんで牽制するから、ミストちゃんが魔法で魔物を仕留める。これで連係の確認と、ミストちゃんのレベリングを同時にやってくで」

「はいっ！」

「分かってる」

ミストとシクロ、それぞれが返事をして、いよいよ行動開始。先頭を移動するのはカリム。その後ろに少し離れてミスト。更にミストの傍らに、守るように立つのがシクロ。この陣形で、それぞれが周辺を索敵、探索しながら森の奥へと進んでいく。

シクロは時計感知の効果で、どこに標的となる魔物がいるのか把握しているのだが、今回は訓練の意味合いもある為、あえて黙っている。

そうして――十分ほど歩き続けた先で、標的となる魔物と遭遇する。

「――グルルル」

唸り声を上げるのは、熊形の魔物。普通の熊とは違い、ナイフのように鋭《するど》過ぎる爪と、立派な角を持っている。

「こいつは、この森では最強の魔物、キラーベアやな。ウチとシクロはんの援護があれば、ミストちゃんでも倒せると思うで」

「……が、がんばります！」

そうして、戦闘が始まる。

まず真っ先に前へと出たのは、カリムであった。

「――シッ!!」

カリムは抜剣しつつ、キラーベアへと襲いかかる。カリムの実力であれば、このままキラーベアの首を刎《は》ねることも可能だ。だが、今回はパーティ単位での連係を確かめる為、あえて手加減する。カリムの剣閃は、キラーベアを威嚇《いかく》するように、薄皮一枚を斬るような位置を薙《な》いだ。

「グオオオオッ!!」

攻撃を受けたことに怒り、キラーベアが立ち上がり、腕を振るう。だが、残念ながら相手が悪い。カリムとのステータス差は圧倒的で、あっさりと回避は成功。キラーベアの腕が空を切り、隙が出来る。

「――喰らいな」

そこを、シクロが突く。

威力を大きく弱めた上、ゴム弾を使用した威嚇射撃。とは言え、ミストルテインの性能が破格である為威力は無視出来ない。次々とキラーベアに着弾し、重たい打撃でも喰らったような衝撃を与える。

「グルルルォオオオッ！」

正体不明のダメージを受けて混乱したキラーベアは、手当たり次第に暴れ、腕を振り回す。そんなキラーベアに、付かず離れずで剣閃を繰り出すカリム。腕や足に浅い傷を負わせて、着実にダメージを与える。

「――離れて下さいッ‼」

ミストの声が響く。魔法を発動する準備が終わったのだ。カリムはそれを理解し、素早く後退。かつ、ミストの魔法がキラーベアを狙いやすいように射線を空ける。

「シャインランスッ‼」

そしてミストの魔法――光魔法の一種であり、現在のミストが扱える最も威力の大きな攻撃魔法、シャインランスが発動。すると一瞬にして光の巨大な槍が生成される。

直後、槍は勢い良くキラーベアを狙って飛翔する。

「――グギャアアアアッ‼」

光の槍は正確にキラーベアの胴体を貫き、勢いに乗ってキラーベアの巨体を引きずり、地面へと突き刺さり縫い付ける。胴体を貫かれたキラーベアは、断末魔の声を上げた。

少しの間は、生命力の高さゆえにジタバタと足掻《あが》いていた。だが、すぐに完全に絶命し、身動きを取らなくなる。

「――凄いぞ、ミストっ‼」

真っ先に喜んだのはシクロであった。ミストがキラーベアを一撃で倒したことを、自分のことのように喜び、ミストを抱き締め、頭を撫でる。

「ご、ご主人さまっ。恥ずかしいですっ！」

「ははは、そう言うなって！」

すっかりミストとじゃれ合うことに違和感を覚えなくなったシクロと、口では恥ずかしがりながらも抵抗しないミスト。そんな二人の様子を見ながら、カリムが何かを吐き出すような仕草をしつつ言う。

「うーわ。砂糖吐きそう」

その後も、三人は何度か魔物と遭遇し、連係を確認しつつミストに撃破させ、レベリングを続けた。

やがて日も落ちてきて、森が薄暗くなり始める頃になり、ノースフォリアへと帰還する。夜になれば特にやることも無い。以後何事もなく、一日が無事終わる。

――一方で。王都では、大きく事態が進行していた。

第二章　凋落

日も沈む頃合いになって、王城にて。

勇者——レイヴンは、国王陛下から登城するよう言われ、王宮へと訪れていた。

また、その際は聖女も連れてくるように、とのお達しがあった為、マリアも同伴してのことである。

「——全く……国王陛下の急な気まぐれにも困ったもんだよ」

「……そうですね」

レイヴンの言葉に、まるで人形のように表情を変えず、マリアはただ頷く。

暫《しば》く待たされた後、レイヴンとマリアの二人は王座の間へと案内される。

「クロウハート公爵家嫡男、勇者レイヴン、只今参上致しました」

「……」

レイヴンが名乗ると、本来であれば王座の間へ続く扉を守る騎士が礼を返し、扉を開くはずだった。

だが――何故かこの日は、騎士が全く反応も見せずに扉を開く。

(……なんだ？　ムカつくヤツだな)

無表情――というよりも、何かしらの感情を抑え込んだかのような目を見て、レイヴンは苛立ちを覚えた。

王座の間に入ると、まず国王陛下の前でレイヴンとマリアは跪《ひざまず》く。

「――よく来たな、勇者レイヴン。聖女マリアよ」

普通なら、ここで頭を上げるように国王陛下が二人に告げるはずである。

だが――今回は、二人に何も言わず、話が続けられる。

「時に――私の祖母の話なのだがね。遠くから我が国へと嫁いで来た祖母は、祖国からの祝いの品として、それは立派な機械式の時計を贈られたのだが」

突如始まった国王陛下の話の意味が分からず、レイヴンは内心困惑する。一方で、マリアは一切の感情を殺したまま、静かに話を聞いていた。

「近頃あまり調子が良くないということで、職人ギルドの方へ修理と点検、整備の依頼をしていたそうだ。派遣されたのは中々に優秀な職人であったようでね。祖母も満足していたよ」

職人ギルド、という言葉に、マリアだけが反応した。

レイヴンは未《いま》だに訳が分からず、ただ国王陛下の言葉を聞くだけしか出来なかった。

「だが――最近になって、急に担当者が替わったのだよ。その者が杜撰《ずさん》な仕事をしたせいで、祖母が大切にしていた時計が壊れてしまった。そこで、職人ギルドとの契約を解除。件《くだん》の優秀な職人を直接呼ぼうとしたのだがね」

国王陛下の視線が鋭くなり、レイヴンを貫く。

「名はシクロ＝オーウェン。どうやら職人ギルドから解雇されていたらしい彼を呼ぶ為に調査をした結果――なんと、解雇当日に連続強姦事件の犯人として捕まったそうじゃないか」

その言葉を聞いて、ようやく気付いたレイヴンがハッとして顔を上げてしまう。

「そうだ勇者レイヴンよ。お主と聖女マリア、そして一部の人間の証言のみで有罪判決が下った平民の青年だ」

「そっ、それは……陛下っ！」

「黙れ。誰が顔を上げて良いと言った？」

国王陛下の威圧するような声に圧され、レイヴンは悔しげな表情を浮かべながら再び頭を下げる。

「我が国はスキル選定教との関係を悪化させる訳にはいかぬ。理由はわかるな？　――魔王の治める隣国、ルストガルド帝国との戦争において、スキル選定教から与えられるスキルの力が極めて有用だからだ」

国王陛下は、まるで子どもに諭すかのように――つまりレイヴンを、それだけの愚か者であると言外に伝えながら語る。

「故に奴らの指定する特別なスキル持ち――つまり勇者や聖女といった存在を、無下にする訳にはいかぬ。これまでお主が行ってきた火遊びも、平民が相手であればわざわざ罪に問う訳が無い。それがどれだけ、悪逆非道の行いであろうともな」

つまり、レイヴンの行ってきた悪事は、少なくともある程度は国に把握されていたのだ、ということ。

国王陛下に知られていたと分かり、途端に冷や汗を流しだすレイヴン。

「しかし、今回は話が違う。お主が排除した青年は、祖母が重用するはずだった職人なのだ。――つまり、弓を引いた先にあったのは、間接的ながらも王室、王族の血であったのだよ。分かるか？」

問われても、レイヴンは顔を上げられない。国王陛下の言葉から、口調から、怒りと侮蔑の感情がありありと読み取れたからだ。

「こうなれば、最早無視は出来ぬ。『レイヴン』よ。お主の悪行は、祖母の行った調査から芋づる式に白日の下に晒《さら》される『ことになる』のだ」

「……っ！　ですが国王陛下ッ!!　私は、そのような行いに身に覚えがありませんッ!!」

このままではマズイ。そう思ったレイヴンは、取ってつけたような言い訳を始める。

「黙れ、レイヴン。証拠は揃っておる。特に、シクロ＝オーウェンを貶《おとし》めた件に関しては、しっかりとな」

国王陛下はそう言って、護衛の近衛騎士《このえ》達へと目配せをする。

すると――近衛騎士の一人が反応し、王座の間から出てゆく。

「良い機会だ。レイヴン。貴様にもし『勇者』という肩書が無ければ、どうなっていたかを教えてやろう」

「は……。えっ？」

国王陛下の言葉の意味が分からないレイヴン。

だが意味を問うよりも先に、王座の間へと近衛騎士が戻ってくる。

そして――近衛騎士は、一人の男をこの場へと引きずり連れて来た。

身動きを取ることすら出来ない程に、全身を痛めつけられたその男は――王都の警吏の制服を着用していた。

「この男――ブジン＝ボージャックこそが、件のシクロ＝オーウェン冤罪事件、及び連続強姦事件、失踪、誘拐事件、諸々の『真犯人』だ。レイヴンよ……こんな男に見覚えなど『あるはずが無い』だろう？」

「あ……ありま……せん……っ‼」

国王陛下の言葉に、レイヴンは顔を真っ青にして答える。

つまり――国王陛下は、レイヴンの罪も『表向きは』この男、ブジンに被せて処分しようと言うのだ。

「こ奴は罪状と共に三日三晩の磔《はりつけ》の刑の後、斬首、そして晒し首の刑に処す。罪の重さを鑑みれば、当然の処断であろう？」

「は、はい……」

脅すような国王陛下の言葉に、すっかりレイヴンは戦々恐々としていた。

なぜならレイヴンも、国王陛下がそのつもりであれば、ブジンと同様の刑に処される可能性があるからだ。

ブジンというデコイを見せつけられ、それをはっきりと理解したレイヴン。

だが、国王陛下の話はこれで終わりではない。

「レイヴン。貴様の処断については、表向き『勇者』に相応《ふさわ》しいものとなっておる。教会とも既に話はついておるのでな。抵抗は出来ないものと思えよ。無論、抵抗した場合は――分かっておるだろうがね」

レイヴンは、何度も首を縦に振り、国王陛下の言葉を肯定する。

少なくとも――ブジンのような、惨めで苦しい死に方をするよりはよほどマシだと考えて。

そんなレイヴンの、ある意味希望とも言える考えを打ち砕くように、国王陛下は告げる。

「では――『勇者レイヴン』よ。お主には王命を下す。我が国の宿敵、魔王率いるルストガルド帝国との戦争、その最前線にて戦果を上げよ。なお、現場での指示は、最前線にて我が国の軍と協力関係にある、冒険者ギルド側に預けるものとする」

それは――レイヴンにとって、絶望的な言葉であった。

なぜなら、レイヴンは勇者であるが故に、冒険者ギルドにも登録しており、そのランクはSランクとなっている。だが――それは勇者という特別な存在であるからこそのランクであり、実際のレイヴンの能力はAランク冒険者と同等か、経験の少なさ故に若干劣る程度である。

日頃から名声を得ることだけ考え、手に負える程度の魔物を、公爵家の私兵も使って弱らせた後に討伐してきただけのレイヴンである。

戦争の最前線の冒険者ギルドで、味方もなく、Sランク相当の実力があるものとして扱われるとすれば――その末路は、想像に難《かた》くない。

「こっ、国王陛下ッ!! どうか、どうかそれだけはッ!!」

「連れてゆけ」

国王陛下の言葉を受け――近衛騎士が動き、土下座して陳情するレイヴンを無理やり引きずり、王座の間から連れ出す。

そうしてレイヴンが連れ出された一方――聖女マリアは、王座の間に残された。

「さて、聖女マリアよ。次はお主への沙汰だが。――冤罪事件の証言者として関わった事実は消せぬ。しかも――お主は、真実を知りながら、今まで黙っておった。その罪は、償わねばならぬ」

「……はい」

頭を下げたまま、マリアは国王陛下に同意した。

むしろ――マリアは、自らを罰してくれる何かを求めていた。

だからこそ、国王陛下の言葉はある意味で渡りに船であった。

「よってお主には――遠く、竜の秘境付近に存在する修道院にて、聖女としての務めを果たしてもらおう。罪を償い終えるまで、戻ることは敵わぬ」

「……分かりました」

国王陛下の下した判断は――言わば、終身刑のようなものであった。

国の情勢次第では呼び戻される可能性があるものの、贅沢も、娯楽も一切存在しない修道院での修行と、祈りの日々が科せられたのだ。

しかも――場所が竜の秘境。スキル選定教の運営する修道院の中でも、最も危険地帯に近い位置に建てられたものだ。当然何らかの事故、災害に巻き込まれ、命を落とすリスクも高い。

レイヴンほどの危険と酷使は無いものの、十分に重い罰であった。

それだけシクロを冤罪で裁いたというのは、王家の面に泥を塗るような行いだったのだ。

こうして――勇者レイヴンと聖女マリアの二人は間接的に王家と対立した罪を裁かれることとなった。

王城にて、勇者と聖女が罪に問われている一方で。

職人ギルドのギルドマスターであるロウは、ついに破滅の時を迎えていた。

「そ、そんな……な、何なんだこの令状はッ!!」

ロウが手に持ち、顔を真っ赤にしながら叫びつつ読んでいるのは、王城から送られてきた令状であった。

内容は——まずシクロ＝オーウェンを追放した件から、管理能力を疑われ、ロウをギルドマスターから解任。

次に、業績が著しく悪化している職人ギルドへの、国からの援助の打ち切り。及び国家事業としての認定取り消し。そして新体制での改善が見られなかった場合、組織の解体。

最後に——王宮の設備に損害を出したとして、その損害賠償の請求。

莫大な金額を請求されており……ロウの個人資産はもちろん、職人ギルドの資金に手を付けても払いきれない金額となっていた。

つまり要約すると、ロウはギルドマスターという身分を失い、職人ギルドという居場所も失い、更には資産の全てを失う、ということになる。

「あ、ありえない、なぜこんなことに……ッ!!」

ロウは頭をガリガリと掻きながら考える。

「やはり……あの疫病神かッ!! 無能のシクロめ、年寄りに気に入られる技術だけは高かったということかァッ!! クズがあああぁぁぁあああッ!!」

叫びながら、この場にはいないシクロへと責任転嫁する。そもそも――令状にあった職人ギルドの業績悪化にはシクロは全く関係していない。王宮からの依頼に失敗したのも、シクロではなくロウの息子コウである。どちらもシクロは関係なく、せいぜい関係しているとすればシクロを解雇したことによる管理能力の無さが露呈した件ぐらいだろう。

だが、そんなこともロウには分からない。自分が悪いとは考えていないし、ここまで来ても自分が失敗したとは考えていない。

業績悪化した原因も――全てはロウの施策に問題があった為なのだが。それすらも、シクロが悪いと考えている。何がどのように関係しているか、という理屈すらもすっ飛ばして。

「――ギルドマスター、入りまーす」

そんなロウの叫び声が響く執務室に、軽い声を上げながら入室する者が現れる。

「なんだッ! ……入って良いとは言っていないぞ!!」

ロウの返事も待たずに、入室してくるのは若い男。

「あー、まあそこんとこはどうせ辞めるんで大目に見てもらっていいっすか？」

「は？ なんだと⁉ 辞めるだぁ⁉」

若い男の言葉に、ロウはキレる。

「そんなこと認められる訳ないだろ!! 今ギルド全体が大変な時なんだぞッ!? そこをお前達下っ端が働いて支えなくてどうするんだッ!!」

「いやー、それがイヤなんで辞めさせてもらいたいんすよねぇ〜」

軽い調子で若い男は言う。

「そもそも、マニュアル読んでその通りにするだけでいい仕事だっていうから入ったんすけどね。どこ行ってもマニュアルに書いてないことやらされるわ、マニュアル通りにやってたら仕事終わらないわで、メチャクチャだったじゃないすか。こんなんやる気出ないっすよ」

「そんなの当たり前だろうッ!! 若い頃の苦労は買ってでもするもんだッ!! そうやって経験を積んで苦労して、職人というものは一人前に育つものだろうがッ!!」

「いや、別に自分、職人とか興味無いんで」

若い男の言葉に、ロウは絶句する。

「なっ……!?」

「そもそも安い給料だけど楽な仕事っぽいからココに来たんすけどね。実際は仕事は大変で給料も安いし、続ける理由無いっすよ」

「そっ、そんな甘ったれた根性で、やっていけると思うなッ!! ウチで駄目なら、どこへ行っても駄目だ! 社会というものを舐めるなよ若造がァッ!!」

キレ散らかすロウに、若い男は急に吹き出し、笑った。

「ぷっ。出た、社会に詳しいおっさんっ！　どんだけ世の中理解しちゃってんですかぁ～？　ヤバ過ぎでしょ」

「なっ⁉」

「教えて下さいよぉ～、その社会ってやつのこと？　どうせ職人ギルドのことぐらいしか知らないんすよねぇ？」

若い男に煽られ、怒りのあまりロウは絶句する。顔を真っ赤にしたまま、拳を振り上げそうになる。

が、それよりも先に若い男が衝撃発言をする。

「ま、そういうことなんで。自分は辞めさせてもらいますんで。あと、一応自分の他にも明日から来ないやつがいっぱいいるんで」

「なっ、どういうことだッ‼」

「いや、当たり前でしょ。こんな職場、そりゃあ常識ある奴ならさっさと辞めますよ」

そう言って、若い男は執務室から退室していく。

その背中を呆然と見送った後、次第にロウは怒りがぶり返してくる。

「……ぬがあああああッ‼　何故だッ⁉　どうしてこうなるんだぁぁぁあああッ‼」

頭をガリガリと引っ掻きながら、ロウはいよいよ追い込まれた状況に発狂するしかなかった。

――そんな怒りをロウが発散している一方で。職人ギルドの施設内の、とある作業場にて。

ロウの息子、コウは一心不乱に作業を続けていた。

その目の下には隈《くま》が浮かんでおり、寝不足であるのが見て取れる。

（……くそっ！　何故だ、どうしてこんな下らない作業ばかりやらねばならないッ‼）

睡眠不足もあり、イライラを募らせながら作業を続ける。

コウがやっているのは、職人ギルドが各所で使用する、汎用の部品の製作であった。本来であれば、こうした部品は熟練の職人がいて初めて安定した品質で製作することが出来る。

だが――そんな職人も全てギルドから出ていってしまった。

結果、部品作りをまともに出来るのはコウと、一部の器用で優秀な新人だけであった。

（この程度の部品作りなど……魔道具を使って手順通りに動かすだけの簡単な作業だというのに。なぜどいつもこいつもまともに作業出来ない‼）

直接苛立ちをぶつけることが出来ないからこそ、コウは頭の中で不満を吐き出す。だが、それが引き金となり、さらなる不満、苛立ちが湧き上がり――要するに、悪循環に陥っていた。

そうして勝手にストレスを溜め続け、既にコウの精神状態は崩壊寸前であった。

だからこそ、気付けない。簡単な作業だからこそ、その品質を左右する職人の腕の差が大きいのだと。誰でも出来るような仕事だからこそ、熟練の職人は常人には理解出来ない領域の技術で品質を高めているのだと。

「……くそっ！　まただっ‼」

コウが制作していた部品が、操作ミスにより割れてしまう。製作失敗である。仕方なく、コウは材料を取る為に資材置場に移動する。この作業場は他にも作業している従業員がおり、大きな魔道具を幾つも設置して製作にあたっている為、どこも狭く歩きづらい。だというのに、コウはあえて肩を怒らして歩く。

当然、そんな歩き方をしていれば、作業中の従業員にぶつかってしまう。

ドンッ、と従業員の背中に体当たりをするコウ。その反動で従業員は手元を狂わせ、部品の製作に失敗する。

「ちょっと、先輩。何するんですか」

「煩いッ！　迷惑しているのはこっちだ！　上司に道を譲るぐらい察しろッ‼」

「……ちっ」

舌打ちして、従業員は作業に戻る。

(道を譲るも何も、こんな狭い場所なんだからお互いに避けるしか無いだろバーカ)

と、胸中で悪態をつく作業員。

このように精神状態が最悪のコウは、下らない嫌がらせのような八つ当たりをすることでしか、ストレスを発散出来ないでいる。そのせいで従業員は労働環境に嫌気が差し、次々と辞めている。技術が育つ前に人が出ていき、新しい人間が入ってきて——増えた仕事を処理する為に、コウが睡眠時間を削ってまで働く羽目になる。

見事なまでの、自業自得の悪循環であった。

だがしかし。そんな悪循環も、もうすぐ終わる。何しろ職人ギルドから親のロウが追い出される以上、コウの幹部待遇を保証してくれる人間など存在しなくなる。

どう転んでも、コウが今のままの態度を続けられる状況にはならないだろう。むしろ解雇され、職を失う可能性の方が遥かに高い。

ある意味で、コウがこの劣悪な労働環境から解放される日は近づいているのであった。

勇者と聖女が裁かれ、職人ギルドに令状が届き、破滅が確定したその後。王宮のとある一室にて——第十七代国王正妃、オリヴィアは侍女から報告を受けていた。

「——以上で勇者レイヴンの冤罪事件、及び職人ギルドの処分についての報告を終わります」

「そう。ありがとう」

侍女からは、それぞれの顛末《てんまつ》を『見てきた』かのように詳しく報告された。

何故なら、この侍女は諜報活動の技能を修めたプロでもあるのだ。一連の出来事をただ見て、ありのままを報告するというのは難しいことではない。

報告を受けたオリヴィアは、一安心、といった様子で息を吐く。

「これで、ようやくあの子が帰ってこれるようにはなったわね」

言って、オリヴィアは思い返す。大切な機械仕掛けの古時計を、自分以上に大事に扱ってくれた青年のことを。時計の中の仕組みの話になると、興奮して饒舌になった青年のことを。

そして――恐らく、現在この世で唯一その古時計を、今からでも修理出来るかもしれない人材である青年のことを。

「次は、職人ギルドに代わる組織ね。職人達は独立してしまったみたいだから……そうね。同盟のようなもので結束してもらって、職人ギルドが果たしていた役目を代わってもらいましょうか」

言いながら、オリヴィアは構想する。

本来、職人ギルドというものは、優れたスキルを持った職人が好き勝手にものづくりをした結果、規格等に統一性が無くなり、本人以外に手が加えられなくなった、という問題を解決する為に生まれたものだ。職人ギルドがある程度の統一された規格、仕様を職人達に守らせることで、仕事の効率化を図り、同時に相互の技術交流を可能にし、各自のレベルアップを促す。

しかし――現在は腐敗が進み、むしろ優れた職人の排除が進んでいる。そのような組織が国の中軸となっていては、国益を大きく損なってしまう。故にオリヴィアは職人ギルドを潰し、代わりとなる組織を作ろうと考えていた。また、シクロが王都に戻ってきた時、職人ギルドとは関係の無い組織であれば、また技術者として働いてくれるかもしれない、という期待もある。

「……あの、オリヴィア様。質問しても構いませんでしょうか？」

ここで、侍女がオリヴィアに尋ねる。

「何かしら。構わないわよ」

「では失礼します。……オリヴィア様は、何故そのシクロという青年にこだわるのですか？」

それが侍女には疑問であった。幾ら優れた技術者であったとしても、所詮は平民である。シクロの冤罪を晴らし、職人ギルドを潰す為にオリヴィアが掛けたコストは計り知れない。たかが平民一人の為に費やされたとあっては、疑問も浮かぶ。

「そうね。あの子にこだわっているのは――それ以上に、この時計にこだわっているのよ」

オリヴィアは言うと、既に内部が壊れ、動かなくなってしまった古時計を見て語る。

「この時計はね。私の青春の象徴なの」

「……青春、ですか？」

「ええ。若い頃の――この国に嫁いで来るよりも前からの、思い出の結晶。今でも残っているあの頃の物なんて、本当にこの時計ぐらいなものなのよ」

オリヴィアの回答は抽象的だったが、侍女が納得するには十分だった。

つまりこの古時計は、オリヴィアの若い頃の思い出の品であり、何が何でも修理をしたい。故に、唯一修理出来る可能性のあるシクロに拘《こだわ》らざるを得ない。

「──まあ、それだけが全てという訳でも無いのだけれどね」

「そうなのですか？」

「ええ。あの子は──シクロさんは、良い職人になるわ。目が違ったもの」

オリヴィアは言って、シクロが仕事をしていた時のことを思い出す。

時計の中を見るまでは、王宮に来ているというのもあってかなり緊張していた。しかし、いざ修理を始めると、それまでの緊張が嘘のように無くなって、それこそオリヴィアの存在すら忘れてしまったかのように集中していた。

オリヴィアはその真剣な瞳の色を見て、一流の人間が持つ独特な気質が宿っているのを確信したのだ。

「彼は何か、大きなことをしてくれる。そんな予感がするの」

感慨深げに言うオリヴィア。

「──と、こんなところでいいかしら？」

「はい。ありがとうございます、オリヴィア様」

侍女も納得の行く説明であった為、頭を下げて感謝の意を示す。

「では、次に移りましょう。勇者の罪を裁いても、被害者が救われる訳ではない。シクロさんの冤罪の悪評も、根絶された訳ではないわ。まだまだやることは沢山あるもの」

「はい。何なりとお申し付け下さい」

こうして、オリヴィアの計画――時計を修理する為に、シクロを王都へと呼び戻す計画は進行していく。

「それにしても……予想外に障害が多くて困ってしまうわね。――確か、明日にもノースフォリアからシクロさんの安否の情報が送られてくるのよね？」

「はい。先日、ようやく伝令機の私的な使用の許可が出ましたので。ノースフォリアと直接連絡が付きました」

伝令機とは、魔道具を使った長距離通信機器である。用途としては、王家と貴族、あるいは貴族同士の情報交換。但し、私的な利用には制限がある。また、情報の秘匿性に問題があり、傍受による情報漏えいのリスクがある為、そもそも管理が厳重な代物でもある。

そうした理由から、仮令《たとえ》オリヴィアの要望であっても、ただ平民の安否を知りたいという用途ではなかなか許可が下りなかったのだ。

「無事でいてくれると良いのだけれど。……いいえ。無事であると信じて、先にこちらで出来ることをやっておくべきね」

オリヴィアは言って、改めて考える。シクロを呼び戻し、再び職人として王都で活動してもらうにはどうすれば良いか。

「――まあ、どうにかなるかしら。彼が何か、とんでもないことでもしでかしていない限りは」

改めて考えた結果、そう結論づけた。

そして――翌日。

なんとシクロが『最悪のダンジョン』の前人未到の階層から帰還し、正式にＳＳＳランクの冒険者となったという、とんでもないことをしでかしている情報が届く。

これにより、目標の為にやらねばならないことが山のように増えてしまい――最終目標達成までの道のりを思い、憂鬱になるオリヴィアであった。

第三章　懺悔と後悔の行方

ノースフォリア近隣の森にて連係を確認し、ミストのレベリングを行ったシクロ達。

その翌日。一行は——最悪のダンジョン、ディープホールへと訪れていた。

「——そんじゃあ、今日の予定の確認だ」

ディープホールへの入り口を前にして、シクロはミストとカリムに向けて語る。

「浅い階層で、このダンジョンの雰囲気をミストにも知ってもらう。その上で、洞窟みたいな狭い限られた空間での連係の練習と、昨日と同じレベリングだ」

「はい、今日もがんばりますっ！」

ミストはぐっと拳を作って意気込む。

「まあ、今のミストちゃんやったら最初のボスがおる階層まで挑んでええやろうけどな。キラーベアと同格の魔物やし」

カリムはそう言いながらも、続けて真逆のことを言う。

「せやけど浅い階層で経験積んでからの方がええのは確かや。ウチも後ろからシクロはんに撃ち抜かれたく無いしな？」

言って、カリムはシクロの方を見る。

「ボクはそんなヘマはしないぞ」

「あはは、冗談や冗談っ！」

バシバシ、とシクロの肩を叩きながら、笑って言うカリム。

そんなカリムに不満げな表情を向けてから、シクロは改めてディープホールの入り口に向き直る。

「それじゃあ――行くぞ！」

「はいっ！」

「あいよ！」

こうして、三人では初のダンジョン探索を開始する。


ディープホール、通称『最悪のダンジョン』。こんな通称が付いた理由は――ダンジョンの難易度の他に、出現する魔物の種類にも由来する。

「ディープホールの第一階層は、主にスケルトンが出てくる階層や」

カリムが出現する魔物について解説しながら、先頭に立ってダンジョンを進んでゆく。

「他には吸血コウモリなんかも出現することがあるな。――そんで少し深くに潜ったら、ゴブリンの変異種、ブラックゴブリンが出るようになる」

語りながら、嫌そうな表情を浮かべるカリム。

「ここに出るブラックゴブリンは特殊でなぁ。どいつもこいつも、必ず首狩り鎌を持って出てくんねん。そんで、冒険者の首を執拗《しつよう》に狙ってくる」

「そ、それは怖いですね……」

カリムの言葉からミストは光景を想像してしまい、顔を青くする。

「他にも、このダンジョンは深く潜る程に悪趣味な性質の魔物がぎょーさん出てくるようになるんや。それで『最悪のダンジョン』なんて呼ばれるようになったっちゅう訳よ」

最悪のダンジョンという異名の由来を語りながら、カリムは剣を構える。

「来よったで」

カリムが言った直後、洞窟の曲がり角の先からスケルトンが姿を現す。数は三体。

「――ウチが足を止めるから、ミストちゃんトドメ頼むわ！」

言うが早いか、カリムは瞬時に前へと出る。

「シッ‼」

そして剣を振るい、まず先頭に立っていたスケルトンの足を切り落とす。片足では到底バランスを取れるはずもなく、一瞬で崩れ落ちる。続けて奥の二体のうち、片方に迫る。

これを確認して――シクロは残るもう一体のスケルトンに、ミストルテインで射撃を放つ。

バァンッ、という銃声と同時に、弾丸がスケルトンの膝に直撃し、骨を砕く。

「――ナイス、シクロはんっ！」

シクロの援護射撃を褒めながら、カリムは余裕のある様子でスケルトンの足を切り落とす。

こうして三体のスケルトンが一瞬にして無力化。

それと同時に、ミストの魔法の準備が整う。

「撃ちますッ！」

ミストの一言を聞いて、すぐにカリムは射線を空けつつ下がる。

「ホーリーバースト！」

ミストが放った魔法は――光の玉の形状をしていて、投擲した程度の速度でスケルトンへと飛来する。

そしてスケルトンへと直撃すると同時に玉が弾け、光の衝撃波が生み出される。光の衝撃波は三体のスケルトンを巻き込み、ダメージを与える。カタカタカタ、と断末魔の声の代わりに身体を震わせ音を鳴らすスケルトン。

そうして光が収まった頃には、単なる骨と化していた。

「おっし、問題なく討伐完了やな！」

カリムが言って、笑顔でシクロとミストの方へと戻ってくる。

「――いや。まだだな」

「ん？　まだなんかおるんか？」

「そこを曲がった先だ。スケルトンがかなりの数で群れているぞ」

シクロは戻ってきたカリムに、時計感知の効果で判明した事実を伝える。

「そうか。どんぐらいの群れか分かるか？」

「二十ぐらいは間違いなくいるな」

「……それやとミストちゃんの練習にはちょっと使いづらいな」

言って、カリムは苦い表情を浮かべる。

「――まあ、今回はボクに任せてくれ」

シクロは言うと、一人で前に出て、曲がり角へと近づいてゆく。

「なになに？　どうするつもりやシクロはん？」

「連係の確認なら、ボクの手札も事前に確認しておくべきだろ？」

言うと――シクロは手を差し出し、その掌《てのひら》の上に『時計生成』で魔道具を生み出す。見た目は単なる懐中時計にしか見えないその魔道具を、シクロは二人に見せる。

「……なんやそれ？　普通の時計か？」

「でも、針が動いてませんね」

「まあな。時計じゃ無いものを作るにしても、時計に近ければ近いほど作るのが速いからな。こうして時計と似た仕組みを組み込んでおけば、コンマ一秒もあれば生成出来る」

言うと、シクロは懐中時計形の魔道具の、十二時の方向に付いているリングに指を通し、力強く引き抜く。リングは何らかのピンであったらしく、時計から抜けると同時に、針が進み始める。

「このピンが安全装置兼、起爆装置になってるんだ。こうしてピンを抜けば時計の針が進んで――」

言いながら、シクロは懐中時計を投擲し――曲がり角の奥へと放り込む。

そうして数秒を数えた後。

ドォンッ!! という轟音《ごうおん》と共に、爆風が巻き起こる。

突然の爆発に、ミストとカリムは驚き、身体をビクリと跳ね上げる。そんな二人を尻目に見ながら、シクロは得意げに解説を続ける。

「――この通り。ゼロになると同時に、爆発するって寸法だ」

言って、シクロは二人の方へと向き直る。

「ん？　どうした二人とも」

「……シクロはん」

呆れたような表情で、ジトリとシクロを睨みながらカリムは言い放つ。

「それは使用禁止ッ！　少なくともウチが前に出とる時は何があっても使うなッ!!」

「なっ！　なんでだよ！　せっかく頑張って設計したんだぞ！　時計形手榴弾《しゅりゅうだん》っ!!」

「そんなん危ないからに決まっとるやろ！　あんなもんいきなり後ろから投げられたら対処出来へんわ！」

「……くそ。自信作だったのに」

シクロはカリムの抗議に、不満げな表情を見せる。

「あはは……でもご主人さま。威力は凄かったと思います！」

ミストはフォローしているが、それでも今回の魔道具を戦闘中に使うのには賛成していなかった。

その後、時計形手榴弾の使用問題については、状況に応じて許可を取ってから使うこと、という約束を交わすことで、どうにか落ち着く。

それ以外には、特にトラブルも無く、三人は順調にダンジョンを進む。

そうして――予定していた目標到達地点である、第二階層へと足を踏み入れた。

ディープホール第二階層。

第一階層の終端にある階段を下ると、これまでとは一変した風景が広がる。第一階層が狭く入り組んだ洞窟であったのに対し、第二階層からは広い空間の広がる洞窟が続く。

「ここからが、ディープホールの本番やな。上でも説明したけど、首狩り鎌を持ったブラックゴブリン、吸血コウモリが出る階層や。他にもネズミやらオオカミやらのゾンビが湧くこともあるで」

第二階層に入ってまず、カリムがこの階層の説明をする。

「そんで、地形は見ての通り広い洞窟に変わる。これまでの狭い洞窟と違って、地形も複雑や。どこに魔物が隠れとるかもわからんし、奈落に落ちて大怪我、最悪の場合死ぬことかてあり得る。戦闘中も安全に気を配らんとあかんようになるから、第一階層よりも大変になるで」

カリムの指導を受け、ミストはごくり、とツバを飲む。最悪の場合死ぬ、という言葉に反応してのことだった。

「――ミスト、大丈夫。何かあったら、ボクが助ける。仮令奈落に落ちても、怪我をする前に拾い上げるから」

そんなミストの緊張を解くように、シクロが言って背中をポンと軽く叩く。

「はいっ！」

その言葉に、ミストも気合を入れ直す。

こうして――第二階層の探索が始まる。

時に鍾乳石《しょうにゅうせき》の乱立する見通しの悪い空間を、またある時は奈落に挟まれた細い道を警戒しながら三人は進む。第一階層とは異なり、魔物との遭遇はなかなかない。広い分、魔物と遭遇する確率も低いのだ。

だが――全く遭遇しない、という訳にはいかなかった。

「――来たな」

「ああ、分かってる」

最初にカリムが反応し、それとほぼ同時にシクロが構え、ミストルテインを生み出し手に取る。

続いてミストも武器の杖を構え、臨戦態勢が整う。

そうして――準備万端の三人の前に、魔物が姿を現す。

「ギィィッ!!」

首狩り鎌を手にしたブラックゴブリンが一体。

「――キィキィ!!」

そして、吸血コウモリが一匹。

更に――物言わぬ魔物、スケルトンが二体、後ろに並んでいる。

これら四体の魔物が、シクロ達を狙って姿を現した。

「速攻で行くッ!」

シクロが言うと、まず真っ先に吸血コウモリの翼を撃ち抜く。これにより、飛行能力を失った吸血コウモリがフラフラと墜落する。

後衛をいつでも狙える、飛行能力を持つ敵から先に潰す。あるいは機動力を奪う。作戦としては妥当なものであった。

「ナイスっ！」

カリムもシクロの判断に良い反応を見せながら、前に出る。首狩り鎌を素早く構え、振り下ろすブラックゴブリンに対し、半身になりながら回避してカウンターで剣閃を繰り出す。

ブラックゴブリンの鎌を持つ手を切り裂き、骨まで刃を到達させる。

「ギギャァァアアッ‼」

深い傷の痛みと、筋を切られた事により、ブラックゴブリンは首狩り鎌を取り落とす。

「――ライトショットッ！」

そしてミストの魔法が準備を終えて発射される。最も単純な光魔法であり、発動が早い代わりに威力は控えめな魔法であった。

だが――ここまでの戦闘で、ミストもある程度レベルが上がっている。そのお陰もあって、ライトショットの威力も十分に高くなっている。

放たれた弾丸は四つ。一つは墜落した吸血コウモリを。残り三つは、既にカリムが通り過ぎ離れたブラックゴブリンを狙う。

そして、着弾。光の弾丸は対象に深く突き刺さり、十分過ぎる致命傷を与える。二体の魔物が、無事ミストの経験値となった。

そうしているうちに、カリムが緩慢な動作のスケルトンの背後に回っていた。

「――ミストちゃんにも、近接戦闘の練習してもらおか！」

そう言って、カリムはスケルトンの一体の背中を蹴りつけ、シクロとミストの方へと押し出した。

もう一体はカリムの剣で薙ぎ払われ、一撃で両断され、斃《たお》される。

「頑張りますっ！」

迫るスケルトンに、ミストはしっかりと杖を構え挑む。

カタカタ、と骨を鳴らしながら迫るスケルトン。腕を振り上げるが、そこへミストは素早く対応する。

「はっ‼」

杖で手首部分を打ち付け、腕が振り下ろされる前に打ち落とす。

続けて――ミストは杖を戻しながら、回すようにして逆端をスケルトンに向けて突き出す。

「エイッ！」

正確にスケルトンの喉を下から突き上げる事により、スケルトンの顎の骨が破壊される。

更に衝撃で首の骨が歪み、頭蓋骨が落下。

頭部が落とされたが、それでもスケルトンは瀕死ながらも動き続ける。

「ハァッ!!」

そんなスケルトンに、ミストのトドメの一撃。

また杖を戻しながら、回すように動かし、薙ぎ払うような攻撃を繰り出す。既に瀕死でフラフラのスケルトンは、あっさり攻撃を喰らい、吹き飛ばされる。同時に身体を骨をバラバラに砕かれ、そのまま沈黙。

こうして、無事四体を相手にした戦闘も終了する。

「――まあ、ええ感じやな。ミストちゃんも問題なくブラックゴブリンを倒せとったし、咄嗟《とっさ》の近接戦闘もちゃんと出来とったで」

「ありがとうございます！」

ミストは嬉しそうに微笑む。

一方で――シクロだけは、怪訝そうに眉をひそめたまま、周囲に気を配っていた。

「ん、シクロはん？　どないしたんや？」

「いや――第一階層からずっと、追跡されているみたいなんだ」

シクロは時計感知により、何らかの生命体が後ろを付いてきているのに気付いていた。階層を越えても付いてくることから、相手の目的がシクロ達のパーティであると分かる。

「ずっと、っちゅうことは魔物よりも人間の可能性が高いな」

「ああ」

カリムの判断に、シクロも同意する。そんな二人の会話に、ミストも緊張を表情に見せる。

「――まあ、安心しいやミストちゃん。シクロはんが側におるんやったら、どんな奴が不意打ち仕掛けてきても安心やから」

「そうだぞミスト。ボクが君を守るから、心配しなくていい」

「それに、対人戦のちょうどいい経験相手になるかもしれんしな」

軽い調子でミストの緊張を解《ほぐ》そうとする二人。そんな二人のお陰で、ミストも緊張を幾らか和らげる。

「そうですね。……このまま、探索を続けましょう！」

「おっしゃ、その意気や！」

そうして、三人の第二階層の探索は続く。

その後――暫く第二階層での探索は続いた。
だが、追跡者の気配は無くなることが無い。何度も魔物との戦闘行為があり、あえて隙を晒すような真似までしてみせたのだが、追跡者が仕掛けてくる様子もなかった。害意の無い追跡者なのではないか、と一行も思い始める。

そうしていると、ついに追跡者が姿を見せる時が来た。

それは吸血コウモリの群れとの戦闘を終えたタイミングであった。

半数をシクロの銃撃が、残りの殆《ほとん》どをミストの魔法が。そして攻撃を逃れて近づいてきたもののみをカリムが仕留め、無事に戦闘が終わった後であった。

だが――岩陰に、まだ吸血コウモリが一匹潜んでいた。

シクロは気付いていたのだが、あえて黙っておく。ミストの不意打ちに対応する訓練としてちょうどいいと考えたからだ。

そうして――吸血コウモリが、岩陰から姿を見せた時だった。

「――お兄ちゃん、危ないっ!!」

追跡者が、ついに声を上げながら姿を見せた。

「プロミネンスアローーッ!!」

追跡者は、魔法を発動する。高熱の炎の矢が、吸血コウモリを狙って飛翔。矢は寸分たがわず吸血コウモリを貫き、そのまま頭部を灼熱の炎で焼き払い、即死させる。

こうして、吸血コウモリの不意打ちは失敗に終わるのであった。

「……どういうつもりだ？」

シクロは突如現れた追跡者――アリスに怪訝そうな表情を浮かべる。

だが、アリスは気にしていないかのような表情を装いながら、早口の説明口調で話し始める。

「わぁっ、偶然だねお兄ちゃんっ！　でもお兄ちゃんが不意打ちされて危なかったから私がたまたま近くを通りかかってよかった！　でも、言われた通りお兄ちゃんには近づかないから離れるねっ！　それじゃ！」

言いたいだけ言い放ち、アリスはそそくさと退散。再び姿を消して、追跡者としてのポジションに戻る。

そんなアリスを見て、シクロは睨む気も失せ、呆れたような表情を浮かべる。

「……何がしたいんだ、アイツは」

シクロの呟きに、答える者はいなかった。


アリスのストーキングは、その後も続いた。

そして、シクロがミストに不意打ちへの対応力を付けさせようと魔物の不意打ちを許す度に――アリスがしゃしゃり出て、ミストよりも先に魔法で魔物を倒してしまう。

「――お兄ちゃん危ないっ！」

毎回そう言って登場した後は。

「いやぁ、また偶然通りかかったんだけど、危なかったねお兄ちゃんっ！」

などとわざとらしく言い放ち退散していく。

二度、三度と続いた程度であれば、シクロもただ呆れるだけで済んでいた。だが――これが十回以上も続いた頃には、呆れよりも怒りが勝《か》っていた。

そんなこんなで、十七回目の不意打ち。

「――お兄ちゃんは私が守るっ！　アクアカッターッ!!」

しつこいぐらいに偶然を装い姿を見せたアリスが、物陰から躍り出てきたブラックゴブリンを魔法で両断。即死させる。

「うわぁ、またまた偶然だねお兄ちゃん！　それじゃあ私はこれで――」

シクロの怒気を孕《はら》んだ声に、肩をビクリ、と跳ねさせてアリスは立ち止まる。

「おい、待て」

「な、何かなお兄ちゃん？」

「どういうつもりだ？」

威圧的な口調で問われ、アリスは怯えながらも答える。

「あっ……えっと、でも、お兄ちゃんと仲直りしたくて……だから、近づかないようにして、少しでも役に立ちたくて、それで……」

つまり、アリスはシクロと仲直りする為に、自分が役に立つというアピールをしているつもりだったのだろう。意図を理解し、シクロは溜め息を吐く。

「なあ、アリス」

「うんっ！」

「頼むから、邪魔をしないでくれ」

無慈悲に言い放つシクロ。

「……えっ？」

アリスは、シクロから褒めてもらえるつもりでいた。だから続く言葉をニコニコと笑顔で待ち構えていたが、返ってきた言葉は真逆であった。

「ボクらは冒険者としての訓練をしている途中なんだよ。特にミストの為にな。不意打ちに対応する訓練をしようとしてるのに、お前がしつこく邪魔に入るせいで全く訓練にならないんだよ。勘弁してくれ」

良かれと思ってやったことが裏目に出た。それで、アリスはショックを受け、言葉を失い涙目になる。

「あっ……えっと、でも」

「近寄るなって言っただろ。特に今回のは迷惑だ」

「そ、そんな……っ」

シクロの拒絶の言葉に、アリスは顔を真っ青にする。

「……ごめん、なさい。ごめんなさいっ」

アリスは泣きながら、謝罪の言葉を何度も呟きながら離れていく。やがて、追跡不可能な距離まで離れていったのを感じ取り、シクロはようやく表情を緩め、溜め息を吐く。

「……ったく。勘弁してくれ」

シクロもシクロで、アリスと対面したことで強いストレスを感じていた。感情の高ぶりを抑えるように拳を握りしめており、それでも抑えきれない感情のあまり、目眩《めまい》に似たふらつきを感じていた。額を押さえ、その場に座り込む。

そんなシクロに、すっと近付き寄り添うミスト。

「——ご主人さま。頑張りましたね」

言って、ミストはシクロを背中から抱き締めた。

「……ありがとう、ミスト。悪いけど、少し休憩させてくれ」

「はい。ご主人さまが、したいようになさって下さい」

そのまま二人は、その場に座り込んで休憩に入る。

一方で、カリムだけは立ち去ったアリスの向かった方角を見据えていた。

(……ありゃあ、予想以上に思い詰めとるみたいやで。どんなことになるやら)

取り返しのつかない事態になりかねないことを、カリムだけは感じ取っていた。

――立ち去ったアリスは、俯いたまま暗い表情を浮かべて歩いていた。

どこへ行くともなく、ディープホール第二階層を呆然と歩きながら考え込む。

（……私、本当にお兄ちゃんに嫌われちゃったんだ）

それを実感するほどに、アリスの胸はひどく締め付けられる。

（どうしたら……どうやったら、お兄ちゃんに許してもらえるのかな）

何度も、何度も同じ考えがアリスの頭の中をぐるぐると回る。

（わかんない。わかんないよ……お兄ちゃんがどう思ってるのかも、どうすれば許してくれるのかも、全然わかんない……）

そうして思考の袋小路に陥った結果、アリスは極端な結論に至ってしまう。

「――そうだ。お兄ちゃんのこと、もっと理解すればいいんだ」

それは、アリスにとっては名案に思えた。

そして――そんなアリスの目の前には、ちょうどディープホールの奈落が広がっている。

底すら見えない、深く暗い奈落。

「……お兄ちゃん、大好き。私、頑張るからね」

それだけを呟くと――アリスは、奈落に向かって足を踏み出した。

た。

——少し時間は遡《さかのぼ》って。

アリスと対面した気疲れから休憩していたシクロは、十分休んだこともあって立ち直っていた。

「……迷惑掛けたな。よし、早速訓練を再開しよう」

「それよりも、シクロはん」

立ち上がり、気を取り直したシクロに対して、カリムが深刻そうな表情で口を開く。

「妹ちゃんのこと、放っといてええんか？」

「……どういう意味だ？」

カリムの干渉に、シクロは不機嫌そうに眉をひそめる。

「違う違う。何も仲直りせえとか、そういうお節介がしたい訳とちゃうねん。——あの子、えらい思い詰めた様子やったからな。このまま放っといたら、何をしでかすか分からんで。そういう意味で、このまま放置しててええんかって訊いたんや」

カリムに意図を説明され、シクロも納得する。

（——これ以上、アリスに何かされても困る。一応、釘は刺しておくべきか）

シクロはそう考えて、カリムの提案に頷く。

「……そうだな。余計なことをしないように注意するか。まだダンジョンにいるようなら、何か企んでる可能性もあるだろうし」

シクロの言葉に、カリムは少し残念に思う。

(そういう意味でも無いんやけど――まあ、ええわ)

こうして三人は訓練を続けながらも、ダンジョンにアリスがまだ残っているかどうか、調べつつ移動することにした。


その後、三人は来た道を引き返しながら訓練を続けた。

一度通ったというのもあり、魔物との遭遇は無く、移動のペースはかなり速かった。

そうして――大きく深い奈落が広がるエリアに突入した時だった。

「あれは、アリスさんですね」

ミストが姿を見て呟く。シクロも既に気付いており、頷く。

「ああ。何をするつもりなんだか……」

言いながら、シクロはアリスの方へと近づいていく。だが――様子がおかしい。まだ距離があるとはいえ、シクロ達が近づいてきていることに気付いた様子が無い。しかも、アリスが足を進めている方向は、ダンジョンの進路でも帰路でもなく、奈落へ一直線。

それこそ――まるで身投げして自殺でもするつもりであるかのように。

シクロに、嫌な予感がよぎる。

いや、まさか、と脳内で否定しながらも――近づいてはっきりと見えるアリスの表情は、どこか覚悟を決めたような、深刻そうな表情に見え、疑いは深まるばかりであった。

「おい、アリス――」

シクロは呼び掛ける。だが、それにもアリスは気付かない様子であった。

そして――ついに、奈落へと一歩、足を踏み出す。

「――ッ⁉ 馬鹿ッ⁉」

このままではアリスは奈落に転落し――シクロのような幸運が訪れない限り、死んでしまう。

故に、シクロは慌てて駆け出す。

「――時計生成ッ‼」

同時に、シクロは時計生成のスキルを発動。

ディープホールを探索するに当たって、事前に安全策として設計していた魔道具。

岸壁に突き刺さる銛と同時にロープを射出し、緊急時の命綱として利用可能なフックショットを片手に装備する。

そして――既に自由落下を始めたアリスの身体に、飛びつくような勢いで横から抱き上げる。

「何考えてんだ、バカッ!!」

「――えっ？」

アリスは何が起こったのか分かっていない様子で、キョロキョロと辺りを見回す。

シクロはそんなアリスに構わず、フックショットを発動。勢い良く発射された銛がダンジョンの壁に突き刺さり、二人の体重を支える命綱が張られる。

「えっ、あれ、お兄ちゃんっ？」

「とりあえず黙ってろッ!!」

ようやく状況に気付いたアリスが慌て始めるが、やはりシクロはアリスに構うこと無く、次の行動に移る。

命綱がしっかり張っている為、シクロとアリスは振り子のように揺れ、奈落の壁面に向かって追突しそうになる。

だが、シクロは追突の瞬間に壁面を蹴り、飛び上がる。

身体能力が極めて高いシクロは、アリスを片腕に抱えながらでも、奈落から脱出する程度の跳躍は可能であった。

そうして奈落から飛び出たシクロは、フックショットを発動し、ロープを巻き取る力で奈落の真上から陸地へと身体を引き寄せる。

そうしてシクロとアリスは、無事帰還し、着地する。

「ご主人さまっ‼」

「シクロはんっ‼」

そんな二人に、ミストとカリムがシクロのことを呼びながら駆け寄ってくる。

「心配しなくていい。これぐらいなら、朝飯前だ」

と言って、シクロは二人を安心させると、小脇に抱えたアリスをその場に下ろす。

「……う、あの、ええっと」

言葉に詰まるアリス。アリスからしてみれば、嫌われていたはずの兄によって突然助けられたのだ。言うべき言葉に困り、感情も様々な方向に揺れていた。

だが一方で――シクロは、強い感情が沸き上がり、衝動的に声を張り上げていた。

「――なんで、こんなことをしたんだよッ‼」

怒りでもあり、不安でもあった。シクロの声ににじみ出る感情が、アリスの困惑を上回り、口を開かせる。

「えっと……だって、お兄ちゃんに私、嫌われちゃったから。せめて、お兄ちゃんと同じ目に遭わないと、許してもらえないかもって思って……」

アリスの言葉に、シクロは首を横に振る。

「だからって、こんなの自殺行為だろッ‼　自分が死ぬって分かんなかったのかよッ⁉」

「だってッ‼　それぐらいしないと、お兄ちゃんに許してもらえないかもって……ッ‼」

シクロの言葉に釣られて、アリスも感情的になって言い返す。

「そんなことの為に死ぬ必要なんて無いだろッ‼」

言うと、シクロはアリスの肩を強く掴む。

「お前のこと、許せないよ。ボクは心が狭いみたいだからな。でも……死んで欲しいほど恨んでる訳じゃ無いんだよ……っ‼　だって、家族だろ、ボクらは……っ‼　死んだら、ダメじゃ無いか……ッ‼」

シクロは言いながら——涙を流していた。

「頼むから——余計なことはしないでくれよ。ただ、待っていてくれるだけでいいんだよ……ッ！　それで十分だからっ！　ボクが……頑張るからさぁ……っ‼」

そうして、涙と共にシクロの口から溢れた言葉は、紛れも無い本心であった。

許せない。その感情がシクロの胸の中を支配する一方で——家族であるアリスのことを、また信じられるようになりたい、と思っていた。一方で怒りと、冒険者達から受けた虐め、奈落へ落ちた時の恐怖のあまり、視野狭窄《きょうさく》に陥っていた。

故に、シクロには時間が必要だった。

だがこうしてアリスの自殺未遂という出来事を通して——怒りや恐怖、トラウマ以上の強い思いが。『死んで欲しくない』という本心が沸き上がった。

故にシクロは泣いた。危うく……後悔してもしきれないほどの喪失になるところだったのだから。

そして——そんなシクロの思いを受け取って。

「お……お兄ちゃん……っ」

アリスも、涙を零す。

「待ってればいいんだよね……？　そうしたら、いつかお兄ちゃんが、私のことを許して、迎えに来てくれるんだよね……？」

「ああ。ボクだって、そうしたいんだ」

シクロから、いつか許してもらえるという保証を、約束を受け取って。

感極まったアリスの瞳から、更に大量の涙が溢れだす。

「——良かった……っ！　良かったよぉ……っ‼」

そうして——アリスは、大声を上げて号泣する。

それは再会の時、号泣したような悲しみの涙ではなく。

大切な人と、また関係をやり直せることへの、喜びと感謝の涙であった。

アリスの号泣は、暫く続いた。

シクロもまた、アリスの肩を強く掴んだまま、涙を零していた。

そんな二人を見守りつつ、ミストとカリムは周辺への警戒を続けていた。

ここはダンジョン。魔物に襲撃を受ける危険性もある。そんな場所で無防備に座り込み、泣き続けているのだから。必要な措置である。

やがてシクロが立ち直り、合わせるように、アリスが涙を拭い、どうにか泣き止んで。

「……ごめんなさい、お兄ちゃん」

アリスが謝罪の言葉を口にした。

「いや。……謝らなくていい。アリスを許せないのは、ボクの問題だからな」

シクロは気まずそうに視線を逸らしながら言う。

「最初から、ちゃんと話せばよかった。そうすれば——危ない橋を渡ることも無かったんだ。これは、ボクが自分で自分のことを管理出来ない子どもだったのが悪かったんだ」

言いながら——シクロは、随分と冷静になった頭で自分を分析する。

確かにシクロは、アリスのことを恨んでいる。許せないと思っている。だが、家族として積み重ねた時間は嘘ではない。そして、だからこそアリスの言葉が——冒険者に広まったシクロの悪評が、アリスの口下手な部分が出たせいだと理解出来る。

考えれば、なんということは無い。単に運命の歯車の噛み合わせが悪かっただけ。あるいは

――妹可愛さに、悪癖を厳しく注意、矯正しなかった自分にも責任がある。

故にアリスを、こんなにも恨む必要が無いことは、理性で理解出来る。理性と感情のギャップを埋めることさえ出来れば、きっといつか許せる日が来るだろう、とも分かる。

そんな、考えてみれば分かるようなことさえ分からなかった。

感情のままに――恨み、怒り、そして恐怖のままに、アリスを見た途端我を忘れてしまった。

そんな自分の子どもっぽさが良くなかったのだと、今ならシクロも理解出来た。

大人になれ、と誰かに言われれば反発していただろう。だがシクロは――自分で未熟さに気付いた。直したい、変えたいと感じた。故に、少なくともアリスのことに関しては、シクロは冷静でいられるようになっていた。

「とりあえず――いつか、気持ちが落ち着くまで。それまで待っていてくれないか。そうすれば、多分、元通りに戻れると思うから」

「――うんっ！　お兄ちゃんがそうして欲しいなら、私、待ってるねっ！」

色良い返事を貰えたことで、アリスはニコリと――シクロにとって懐かしさすらある愛らしい笑顔で答えた。

だが――その笑顔を見た時。シクロの脳裏に、思わぬ記憶が蘇《よみがえ》る。

『さっさと歩けよ、クズがよォッ！』

『無能は黙ってろッ‼』

『犯罪者にやる報酬なんざ、そんだけありゃあ十分だろうが！　口答えしてんじゃねぇ！』

それは――まだ奈落に落ちて、時計使いの真の力に気付く前の記憶。

冒険者達に無下に扱われ、時に暴力を振るわれた日々のこと。

どうしてこんな惨めな思いをしなければいけないのか――そう思う度に、シクロは考えざるをえなかった。

（どうしてアリスは――ボクの悪い噂を広めたんだろう？）

最初は、そんなのは何かの間違いだと信じていた。

しかし限界ギリギリまで痛めつけられ、苦しい思いをする度に、理性が削られていく。やがて、自分に甘えてくれる可愛い妹の姿さえ、嘘だったのではないかと疑ってしまう。

そうして過ごすうちに、疑いは真実に変わっていく。

アリスは――本当は、自分のことなどどうでも良かったのだ。故に家を出て、王都のギルドマスターの養子になった。過去と決別する為に、あえて兄の悪口を言った。

そんな――健常で正常な状態であれば思いもしないような考えに支配される。やがて妹のことを――あの笑顔を思い返す度。深い憎悪に心が包まれるようになってしまった。

今、シクロは――理性では、違うと断言出来るのに。

なのに――アリスの笑顔を見た途端。

あの日々の記憶が蘇り……身体に悪寒が走る。

「うッ……ゲェッ……!!」

そして――シクロはその場で蹲《うずくま》り、込み上げる不快感を抑えきれず、胃の中の物を吐き出してしまう。

「げほっ、ゴホッ……!!」

「ご主人さまっ⁉」

突然体調を崩したようにしか見えないシクロに、慌ててミストが駆け寄り、その背中を擦《さす》る。

そしてアリスは、突如様子がおかしくなったシクロを見て、困惑する。

「お、お兄ちゃん……っ⁉　ど、どうしたのっ⁉」

アリスがシクロに近寄ろうとする。

しかし――それを見たシクロは。

まるで怯えるように、身体をビクリと震わせた。

「な……なんで……ッ⁉　ゲホ……ッ！」

シクロは自分で自分の身体が思うように支配出来ないことに困惑し、混乱していた。そんなシクロをどうにか落ち着けようとするミスト。シクロの怯えた様子を見て、思考が止まり硬直してしまうアリス。

カリムだけが状況を理解したように、深刻そうな表情で口を開く。

「……厄介なことになったな」

「カリムさん？　ご主人さまの状況が分かるんですか⁉」

ミストが、希望に縋るようにカリムに問う。

「多分やけどな。——冒険者に、たまにあるんや。例えばオオカミに似た魔物に殺され掛けた冒険者が、それがトラウマになって身動きも取れんようになる。魔物どころか普通の野生のオオカミ、犬っころを見ても怯えて戦えへんようになる。シクロはんの反応が……そういう冒険者が陥る病気とおんなじように見えるんや」

「治療法は⁉　どうすれば、ご主人さまは——」

ミストの問いに、カリムは首を横に振る。

「心の問題やからな。死ぬまで一生そのままの奴もおれば、ひょんなことから元に戻る奴もおる。何にせよ——ウチらに出来ることはあらへんな」

「そんな……」

カリムの言葉に絶望したのは、ミストよりも先にアリスであった。

「じゃあ、お兄ちゃんは……ずっと、私と、元通りにはなれないの？」

「……その可能性もあるな」

カリムの言葉で、その場に暗く重い空気が漂う。

そんな中、沈黙を破るように、シクロが拳を地面に打ち付ける。

「……ちくしょうッ！　なんで、なんでなんだよ……ッ!!」

それは、無念の滲むような声であった。

「なんで……ボクはッ！　こんなにも弱いんだよ……ッ!!　あんな奴ら、もう怖くも何とも無いはずなのに……ッ！　頭では、分かってるのに……ッ!!」

シクロは苦しそうに、涙を流す。

「なんでなんだよぉ……っ!!」

その問いに答えられる者は、誰一人として居なかった。


――しばらくその場に蹲り、ミストに介抱されることで、シクロはどうにか調子を取り戻す。

「……悪い、アリス」

シクロはまず、アリスに謝った。

「お兄ちゃん……」

アリスはシクロに掛けるべき言葉が見当たらず口籠もり、涙を浮かべる。

幸いと言ってよいものか、シクロのトラウマを刺激するのは――アリスの笑顔のようで、少なくとも今のように暗い表情を浮かべている内は問題が無かった。

「――お二人さん。暗い顔しとるとこ悪いけども、まずは今後のことを考えたほうがええで」

悲愴《ひそう》な雰囲気の漂うシクロとアリスに向けて、カリムが声を掛ける。

「ウチの知っとる範囲やと、自然とトラウマが消えて無くなった冒険者の話は聞いたことが無い。つまり、放置しとったらいつまでもこのままや」

「ですが、治療法は無いんですよね?」

ミストの言葉に、カリムは頷く。

「そうや。けど、改善した例が無い訳やない。火事場の馬鹿力みたいなもんで克服したこともあれば、少しずつ慣らしてどうにか克服したパターンもある」

「じゃあ、お兄ちゃんも少しずつ慣れていけば……!」

アリスが希望を抱いて言うが、それをカリムは首を横に振って否定する。

「そうとも言い切れんのが難しいところなんや。誰でもそんぐらいの解決方法は思い付く。それでも解決出来へんのは、失敗することが多いからなんや。効果が無いならまだマシ。慣らすつもりが、余計に酷い症状が出るようになる場合もある。せやから、迂闊《うかつ》に手出しは出来へんねん」

「そんな……」

カリムの言葉に、アリスだけでなくシクロとミストも絶望する。

要するに、カリムの言葉が真実であれば——このまま放置して改善する可能性は無いが、対策をしたところで裏目に出る可能性もある。正に八方塞《はっぽうふさ》がり。

「迂闊なことしよったら——アリスちゃんの顔見ただけで発症するようになるで」

カリムは、厳しく断言する。

「二つに一つ。悪化するぐらいなら、今のままで維持する。それか、悪化も覚悟で改善策を実行する」

どちらもリスクを伴う選択であった。だが、シクロの決断は早い。

「悪化は、させない。そのつもりで……改善していきたい」

即答するシクロ。

「ボクは……こんな訳の分からないことに屈したくない」

シクロの決断に、微笑みを浮かべるカリム。

「せやな。そう言ってくれると思っとったで。——そんなら、対策を考えていかんとな」

「——あの、一つだけ思い付いたんですが、いいですか？」

そこで、ミストが手を挙げる。誰もが頷き、ミストに話の続きを促す。

「ご主人さまは——他人を信じられない。だから、隷属契約で縛られた私を買われたんですよね？」

「そうだな。最初はそういうつもりだった」

ミストの問いに、シクロは肯定を返す。

「でしたら、ご主人さまにとって隷属契約は——不安を和らげるような効果があるかもしれない、って思うんです。なので……アリスさんにご主人さまが隷属契約を施せば、もしかしたら少しだけでも症状を緩和出来るかも、と思いまして……」

後半に行くにつれて、ミストは言いづらそうにしながら、それでもどうにか最後まで言い切った。妹を奴隷にする、という提案なのだから、言いづらいのも当然と言えた。

だが、ミストが真剣にシクロの為を思って出した案というのもあって、誰も頭ごなしには否定しなかった。

とはいえ——流石にシクロにも抵抗はあった。

「いや。アイディアは悪くないとは思う。でもミスト。流石に妹を奴隷にするのは……」

「そう、ですよね。すみませんでした」

「いいんだ。アイディアを出してくれてありがとう、ミスト」

シクロはミストの頭を撫でて、ミストはこれに嬉しそうな笑みを浮かべる。

そんな二人の様子を見て、アリスは嫉妬してムッとした表情を浮かべる。そして、直後に——何かいいことを思い付いた様子で、ニヤリと笑う。

「奴隷になるの、いいアイディアだと思うよお兄ちゃんっ！　ちょうどいい話もあるし！」

「ちょうどいい話？」

アリスの突然の提案。シクロ含め、三人は疑問に思いながらも話を聞く。

「実はね。私が王都を出る前にあったことなんだけど――」

アリスが話し始めた内容は衝撃的、というかぶっ飛んでいた。

まず、アリスが実はシクロと母、サリナの為に冒険者として稼いだお金の一部を送金していたという話。だが、これ自体は問題なかった。

次に、その送金を、王都のギルドマスターがシクロの評判を真に受け、独断で止め、勝手に貯金していたという話。これも、この場の人間が糾弾するような話ではない。

だが次が問題である。

なんとアリスは――そんなギルドマスター、要するに現在の養父にブチギレ、そのまま感情に任せて冒険者ギルドを爆破。養父に大怪我を負わせた上、ギルドも半壊させてそのままノースフォリアまで来たというのである。

「――ってことだから、お兄ちゃんに私を犯罪奴隷として捕まえてもらって、身柄を預かってもらえればぜーんぶ丸く収まる、かなぁ、って……」

アリスは最後まで言い切る前に、威圧感に気付いて口を噤《つぐ》んだ。

他ならぬシクロが、明らかに説教する気まんまんだったからである。

「おい、アリス」

「はい」

「このぉッ‼　大馬鹿もんがぁぁぁぁぁぁああああああっ‼」

シクロは絶叫するような勢いで、アリスを怒鳴りつける。

「思いっきり犯罪行為だろうが、それは！　なんで『私何かやっちゃいました？』みたいにケロッとしてやがるんだよッ‼」

「だ、だってぇ……お兄ちゃんの為に頑張って貯めたお金なのに、アイツが全部無駄にしやがったから……」

「だからって爆破はやり過ぎだろッ‼　せめて顔面をワンパンぐらいで済ませとけッ‼」

「いやいや、それでも十分暴行罪成立するからな？」

冷静なカリムのツッコミで一度流れが途切れた為、シクロも一息ついてから話を続ける。

「……まあ、終わったものは仕方ない。アリス、殺してはいないんだよな？」

「うん。アイツも一応は元高ランクの冒険者だもん。あれぐらいで死ぬような奴じゃないよ。それに死んじゃったらもう爆破出来ないし」

「……それは元気になったら、また爆破して半殺しにするつもりだったって意味か？」

「もちろんっ！」

ブイっ、とピースサインを出すアリスに、シクロは深く溜め息を吐いて呆れる。

「分かった。お前は世に出しちゃいけない。犯罪奴隷としてボクが身柄を預かってやらないと、どこで何をしでかすか分からないな」

シクロが言うことにミスト、そしてカリムも納得したのか、苦笑いをしながら頷く。

「それでは、アリスさんはご主人さまが犯罪奴隷として身柄を預かり、隷属契約を施すということですね？」

「ああ。……アリスを犯罪奴隷としてよそにやる訳にもいかないしな」

シクロの言葉にカリムも頷く。

「せやな。そんじゃあ――辺境伯様と縁があるんやろ、シクロはん。諸々の処理は、全部ぶん投げてもうて構わんやろ」

「そうだな。使えるものは使っていこう」

と、いうことで。

こうしてシクロは、実の妹であるアリスを奴隷として引き取ることに決めるのであった。


――その後。シクロ達一行は、無事ディープホールから脱出。

そのままの足で、図々しい頼み事の為に辺境伯邸へと向かった。

「……つまりSランク冒険者、アリス＝サンドリア嬢が王都のギルド爆破事件の犯人であり、シクロ君の妹君でもあるから、犯罪奴隷としての身柄を預かりたい、ということだね？」

辺境伯、デイモスは額を押さえて、頭が痛そうにしながら言う。

まあ、実際痛いのだろう。

「ああ、そうなる。頼めるか？」

にこやかに、まるでデイモスを気にした様子も無く頼み込むシクロ。

「……ＳＳＳランク冒険者に頼まれた時、私のような領主が何を考えるか分かるかい？」

シクロに質問で返すデイモス。だが、シクロが答える間も与えず、自分で回答する。

「君が敵に回った時のリスクと、頼みを聞く場合のコストを天秤に掛けるんだよ！　お陰で、毎回エキセントリックな想像に頭を悩ませ、不安の種が尽きずに毎日楽しいけれどね！」

「それは良かった。じゃあ頼めるってことでいいんだな？」

全く動じることも無く、ゴリ押ししてくるシクロに、辺境伯は溜め息を吐く。

「はぁ……。まあ、王都とは距離も離れているし、関係も薄い。重大な犯罪者の扱いを勝手に決めて睨まれることにはなるだろうけど、そこまで大きなリスクにはならないだろうね。構わないよ」

「助かるよ」

シクロは言って、デイモスに握手を求める。デイモスも手を握り、握手を返す。

こうして、アリスの身柄は無事、シクロが預かることになるのであった。

夜になり、シクロ達一行は辺境伯邸に泊まることとなる。

シクロは与えられた部屋にて、時計生成の能力で作り出す魔道具の設計を続けていた。

現状、シクロの能力は――より時計に関わりの深い部品であればあるほど、生成が速い。

時計の部品として生成可能な部品が大半を占める時計形手榴弾は一瞬で生成が可能だが、一方で構造の殆どが時計の部品と関係の無いミストルテインは数秒の時間を要する。

故に、時間さえあればこうして設計を見直し、より生成の速い構造を模索したり、あるいは単に性能の向上を図ったりして夜を過ごしている。

そうして今日も夜は更けていく。

が――不意に、シクロの部屋の扉をノックする音が響く。

「ご主人さま。お話ししたいことがあります。今、少しいいですか?」

扉越しに、ミストの声がした。

「どうぞ、ミスト。入って来てくれ」

シクロが言うと、ミストは扉を開き――どこか気まずそうな表情を浮かべて部屋に入ってくる。

「どうしたんだ、ミスト?」

「……ご主人さま。私、謝らなければいけないことがあります」

言うと、ミストは頭を下げた。

「謝るって……何をさ。ミストはよくやってくれているよ」

「違うんです。――私、本当はご主人さまの『症状』をどうにかする手段を、もう一つ知っているんです」

ミストの言葉に、シクロはピンと来る。

「……そうか。『再生魔法』だな？」

「……はい。私の『再生魔法』なら、恐らくご主人さまの心も再生してしまえると思うんです。感覚的にも、出来そうだという実感があります」

泣きそうな表情で、ミストは語る。

「でも……ご主人さまの心を、傷つくよりも前に『再生』してしまったら。もしかしたら――いいえ。きっとご主人さまは、その時から今までの記憶まで無くしてしまうと思うんです」

「記憶、か」

言われて、シクロはミストが何故黙っていたのか。再生魔法による治療を提案しなかったのかをなんとなく理解した。

「それが――私は、とても怖かったんです。ご主人さまに忘れられることが、どうしても嫌でした。……だから、私はどうにか再生魔法以外の方法を考えて、そっちに目を逸らそうとしました。……全部、私の為です。だから、謝罪に来ました」

ミストは深々と頭を下げたまま、後悔を言葉にして謝罪する。

そんなミストの様子を見て、シクロは問い掛ける。

「それなら、どうして今になってその話をする気になったんだ？」

「……ずるいんです、私。再生魔法以外の手段があれば、ご主人さまなら、私のことを大事にしてくれるから――選ばずにいてくれるかもしれないって、そんな期待をしてるんです。だからこそ、謝罪に来ることが出来たんです……っ!!　本当に、ごめんなさいっ!!」

ミストは涙声で謝罪を口にする。

そんなミストを――シクロは、優しく抱きしめる。

「――ありがとう、ミスト。ちゃんと話しに来てくれて」

「……ご主人、さま」

「君がそうやって、ボクの味方でいてくれるから、ボクはアリスとの関係を改善しようと思えたんだ。そして、今は再生魔法っていう選択肢も与えてくれた。ミストは、何も悪くない。むしろボクの味方でいてくれているじゃないか。約束通りだよ」

言いながら、シクロはミストの頭を撫でて、慰める。

そうしているうちに、ミストもだんだんと心が落ち着いてゆき――気付けば、涙は止まっていた。

「安心してくれ、ミスト。——ボクは、君のことを絶対に忘れない。君と出会ってからの記憶は、とても大切なものだ。仮令再生魔法で元に戻されようとしても、逆らってでも覚えておくから。だから……安心して、ボクに再生魔法を使ってほしい」

シクロはミストに要求する。ミストは奴隷なのだから——隷属契約を通して命令すればいいだけの話なのに。それでもシクロはミストに同意を求めた。

それがシクロなりの、ミストへの信頼と優しさの証《あかし》であると、ミストは考えた。

故にミストも、覚悟が決まる。

「——はい。分かりました。ご主人さまが言うのでしたら。私は、ご主人さまを信じます」

「ありがとう、ミスト」

こうして二人の覚悟が決まった。ミストはシクロに求められた通り、再生魔法を発動する。

魔法は、名を与えより具体的に印象付けることでより強い効果を発揮する。

「——『リザレクション』ッ！」

故に——ミストは再生魔法の適性により、ただ一つだけ発動可能となっている魔法に、復活の意味の名を付けた。

そうしてミストが魔力を込めることで、再生魔法が発動する。

金色の、温かく眩い光がミストの身体から溢れ出し、粉雪のように細かい粒となって辺りに漂い始める。やがて光の粒は、シクロに向かって流れ込み始める。

一方シクロは――流れ込んで来る光の粒を、魔力を感じ取っていた。体の中を、ミストの魔力が癒やしていく。

そして――光が、この世のどこでも無い場所、スキルを発動させる時に魔力を込めるのと同じ所へ届いたのを感じる。

(――とても、温かい。このまま眠ってしまいそうなぐらいに)

魂に満ちる温かい光に、シクロは身を委ねそうになる。

(けど――このままじゃダメだ)

だが、このまま光のなすがままにされていれば、記憶を失いかねない。

故にシクロは、本能的に『ここだけは侵入されてはならない』という領域を感じ取り、そこへ至ろうとする光を自分の魔力で押し返していく。

ミストの方でも、シクロの抵抗を魔力を通して感じ取っていた。

(ご主人さまも、私を忘れないように頑張ってくれている。だったら私も――)

自然と溢れ出る光の粒を、ミストは意識して支配する。

そして――シクロの抵抗する力に沿うように、光の粒の流れを変えていく。

そうして……十分程の時間が経過した。

再生が完了したことをミストは感覚的に感じ取り、光を呼び戻す。シクロの中まで浸透していた光の粒が、急速にミストの身体へと戻っていく。全ての光が消え去り、治療は完了する。

「……ご主人、さま」

ミストは、シクロに呼び掛ける。

多分、大丈夫。けれど、それでも、不安は残っている。

シクロはゆっくりとミストを見て――微笑み掛ける。

「大丈夫。覚えてるよ、ミストのこと」

言って、ミストを強く抱きしめる。

「これで……アリスとの関係が、元に戻るはずだ。ミストのお陰だよ。ありがとう、ミスト。君は――ボクにとって、幸運の天使だ」

「ご、ご主人さま……っ！　私も、同じ思いです！」

ちゃんと、自分のことを覚えていてくれた。それが嬉しくて、ミストは感激のあまり涙を流す。

「あはは。嬉しくても、涙を流すんじゃないか」

「はい。それぐらい、私にとってご主人さまは特別ですから……っ！」

「じゃあ、仕方ないな」

「――はいっ」

こうして、再生魔法による治療はトラブル無く終了した。

再生魔法での治療を終え——翌日。

デイモスが奴隷商人を呼び出し、アリスを正式にシクロの奴隷として登録する時が来た。

書類関係は既に準備が終わっており、後はシクロとアリスの間に隷属契約を交わすだけとなっている。

「お久しぶりですねぇ、シクロ様」

「ああ、世話になる」

奴隷商人が頭を下げ、シクロが頷く。

「早速ですが、契約の方を済ませましょう。シクロ様は既に、隷属契約の概要はご存じでしょうから……説明は省きましょう」

「ああ。それで構わない」

こうして、手早く隷属契約の準備が進んでいく。

奴隷商人の用意した魔法陣に、アリスの髪の毛を置き——シクロが魔法陣へと魔力を込める。

既に一度見た光景ながらも、魔法陣が浮かび上がり、アリスの首へと吸い込まれていく様は、シクロには不思議に思えた。

何にせよ、隷属契約は特に問題なく終了する。

「お兄ちゃん……どうかな⁉」

隷属契約の証、首の文様を嬉しそうに撫でながら、アリスはシクロへと笑顔を向けた。

「ああ、大丈夫だよ。気持ち悪くもならない」

そう言って、シクロはアリスの笑顔を正面から受け止めた。

「やったっ！　お兄ちゃん、これで元通りだよねっ⁉」

「ああ、そうだな。……おかえり、アリス」

「……っ！　うんっ‼」

シクロがアリスの頭を撫でて、それをアリスは甘えるように頭を寄せ、嬉しそうに受け入れる。

「――さて。早速だが、アリスには二つ命令させてもらうぞ」

「えっ、命令？　必要なの？」

「当たり前だろ。お前を更生させる為に犯罪奴隷として身分を預かってるんだぞ？」

シクロは呆れたように溜め息を吐いた後、アリスの首の文様に触れる。

「いいか、アリス。『常識を学べ』。それと『素直になれ』。これが、ボクがお前に下す最初で最後の命令だ」

「じょ、常識ぐらい、私ちゃんとあるけどっ？」

「常識がある奴は爆破事件なんか起こさないからな」

「ぐぬぬ……はぁい、認めまーす」

素直になれ、という命令が上手く効いていた。

「――仲直り出来て良かったですね、アリスさん」

ミストが、自分のことのように嬉しそうに話し掛ける。

「そうね！　私、お兄ちゃんのことが大好き過ぎて仕方ないから、こうしてお兄ちゃんの所有物みたいになってるのはむしろお得なぐらいだわっ！」

すると、アリスは中々に常識の無い、ぶっ飛んだ発言をしてきた。

「……えっ？」

そして、アリスは自分の発言に驚く。

「ああっ！　そうか、これが『素直になれ』って命令の効果なのねっ！　恥ずかしいっ!!」

顔を真っ赤にしてパニックになるアリス。

なお、隷属契約にマインドコントロールのような力は無い。故に発言を矯正する力も無い為、これは単にアリスが勝手に思い込み、プラセボ効果を発揮しているだけに過ぎない。

「お、落ち着けアリス。少し予想以上に好かれててびっくりしたけど、ボクもお前が好きだから。安心してくれ」

シクロはアリスを落ち着かせようと、発言のフォローをする。が、これが裏目に出て、更にアリスはパニックを起こす。

「ち、違うもんっ！　お兄ちゃんの言う、そういう好きじゃないんだもんっ！　私はお兄ちゃんのこと、結婚したいぐらい好きなのっ！」

「け、結婚⁉　いや、ボクら血の繋がった家族だろ。結婚は出来ないぞっ⁉」

「でもお兄ちゃん、私がちっちゃい時に結婚してくれるって言ったもんっ‼」

「……言ったかなぁ？」

シクロは首を傾げる。記憶には無いが、アリスが言うなら言ったのだろう、と一応納得する。

そして、アリスの興奮は止《とど》まるところを知らず、トンデモ発言は更に続く。

「それに結婚だって出来るもんっ！　その為に、なりたくも無い奴の娘になって、姓を変えたんだからねっ⁉」

「いや、姓が違っても結婚は無理だろ」

「お兄ちゃんが貴族になれば出来るもんっ！　貴族法があれば、私もちゃんとお嫁さんになれるのっ‼」

貴族法とは、貴族だけに適用される法のことである。

アリスが言っているのは——貴族がより良い血統を繋げていく為の手段として、仕方なく近親婚をする場合に使われる法律のことであった。

この場合——シクロがもしも貴族として、例えば名誉男爵にでもなれば、アリスが養子として他家に出ていれば結婚することも可能となるのだ。

「お前……まさか、そんな目的の為に養子になったのか⁉」

「ええっと、ちが……わないっ！　半分くらいはそれが目的だったよ！」

素直になれ、という命令が見事に効いている。

シクロはまさかのアリスの本音、そして計画を聞き出してしまい、呆れる他なかった。

「……はぁ。利用された王都のギルドマスターが憐《あわ》れ過ぎる」

「あんな奴のこと憐れむ必要無いよ、お兄ちゃん？」

「こんのっ、どアホっ‼　常識を学べっていうのはなぁ、そういうところのことだぞっ‼」

シクロはアリスの肩を掴んで迫真の表情で叱りつける。

「これからは、容赦なくお前に常識を叩き込んでやるからなっ‼」

「……えへへ。お兄ちゃんに調教されるみたいで、そういうのも良いよね！」

「ダメだこれは……手遅れかもしれない……」

シクロはがっくりと項垂れてしまう。アリスは、シクロの想像以上に難敵であり、常識が欠けていた。

まさかここまでだったとは、と、過去の自分のアリスへの甘やかしを恥じ、後悔するばかりである。

「……ご主人さまは渡しませんからっ‼」

と、ここでアリスの発言にショックを受け、固まっていたミストが再起動。対抗するように、

シクロの腕に抱きついてくる。

「シクロはん……実の妹まで手籠めにするとは、やるやないか」

一方で、カリムは面白いものを……おもちゃを手に入れたかのような顔をしてシクロをからかう。

「――英雄色を好むとは、まさにこのことなのですね！　流石です、シクロさんっ‼」

そして隷属契約の見学に来ていたデイモスの息子、クルスはなぜかシクロへの好感度を高めていた。

「……どうしてこうなった‼」

そんなこんなの状況に頭を抱え、シクロは心底疲れた様子でボヤくのであった。


――ノースフォリアにて、シクロが無事アリスとの隷属契約を交わした頃。

王都の某所では、凄惨な光景が広がっていた。

そこでは一人の男が磔にされて、市民の手によって幾度となく暴行を受け、血まみれになっていた。だが、誰も男を助けようとはしない。気遣いもしない。

当然だろう。何しろ男――ブジン＝ボージャックは、連続強姦事件を始めとした、諸々の罪状で磔にされているのだから。

むしろブジンは、恨みを持った人々の手によって、徹底的に痛めつけられていた。

それでもブジンがまだ命を落としていないのは、一応でもブジンが王都の警吏であり、市民よりは優れたステータスを持っているからに過ぎない。

とは言え、暴行に暴行を重ねられた結果、早朝から磔にされたばかりだというのに、まだ昼さえ迎えていない現在で既に虫の息となっていた。

そんな状況で、朦朧《もうろう》とする意識のままブジンは考える。

（どうして――俺様がこんな目に遭っているんだ？）

ブジンは、一切反省などしていなかった。女を襲ったのは、貴族である自分の特権である。市民は貴族の所有物であり、自由に使って良い。そんな歪んだ選民思想を抱いている以上、ブジンには自身が罰せられることが不服でしかなかった。

（糞が……っ！　俺様に罪をなすりつけやがってッ!!）

そしてブジンは、自分がレイヴンの罪も被せられ、冤罪でより重い罪を背負わされていることも知っていた。

（勇者じゃなくて、俺様に代わりに罪を償わせるなんて、ふざけたことをしやがって!!）

奇《く》しくも、それは冤罪を被せられたシクロの時と同じような構図であった。他人に罪を被せた者が、他人の罪を償う羽目になるというのも、因果な話である。

だが――そんな因果も、ブジンには納得出来ない。理解出来ないものだった。

(罪を被せるなら……俺様じゃなくて、そこらの平民に被せればいいだろッ‼　あの時のガキみたいにッ‼)

この期《ご》に及んで、ブジンはシクロに罪を被せたことを、悪かったと思うどころか、むしろ正しい行いであったと信じていた。だからこそ、正しい行いをせず、自分に罪を被せてきた国の判断に、深い怒りと恨みを抱いていた。

(クソッタレが……復讐《ふくしゅう》してやる……ッ‼　こんな腐った国、俺様がぶち壊してやる……ッ‼)

筋違いの復讐心を胸の内に燃やしながら――しかし、ブジンの命の灯火《ともしび》は消えようとしていた。

――そんなブジンの前に、一人の女性が姿を現す。

見窄らしい服に身を包んだ、貧しい身分にもかかわらず美しい女であった。

その女性は、ブジンに打ち付ける為に磔台の横に用意された棒を手に取り、ブジンに迫る。

「――お前のせいでっ‼」

そして――女性は恨みを強く乗せ、ブジンに向かって棒を振り下ろす。

「お前がっ！　罪を被せたからっ！　私の可愛いシクロちゃんがっ‼　犯罪者だなんて言われるようになっちゃったのよっ‼」

何度も、何度も。女性は――シクロの母、サリナ＝オーウェンはブジンに棒を振り下ろし、打ち付ける。

（――シクロ？　誰だ、そいつは……？）

ブジンは、女性が口にした名前について思い返す。

（シクロ、シクロ……そうだ、シクロだッ！　俺様の邪魔をしやがったクソガキッ‼　あいつのせいで、俺様はこんな目に……ッ‼）

そうしてブジンは、シクロとは自分の罪を着せた青年の名前であると思い出した。

「シクロちゃんはっ！　何にも悪く無いのにっ‼　お前のせいでぇぇえええっ‼」

サリナは、涙を流しながら何度もブジンを叩く。

棒は非常に硬い木を素材にしている為、サリナのような非力な女性であっても、十分過ぎる威力を発揮する。

ブジンは次第に意識を薄れさせながら――死に向かってゆきながら、恨み言を胸の内で呟く。

（クソガキがぁぁぁあああああッ‼　シクロォォオオッ‼　テメェのせいで、俺様はぁぁぁあああああッ‼　ぶっ殺すッ！　ぶっ殺してやらぁぁぁああああッ‼）

燃えるような怒りを抱いて――やがて、ブジンは命を落とすのであった。

だが――それで終わりではなかった。

死したブジンの魂は、深い恨みと怒りを抱いたまま、天へと昇ってゆく。

やがて魂は魔力の流れに乗り――どこか遠くへと、どことも知れぬダンジョンの存在するほうへと流れてゆく。

死した魂の行き着く先とは？

誰も知らないその答えの、無数にある内の一つが――ブジンの魂が魔力の流れに乗り、吸い込まれるように行き着いたダンジョンであった。

ブジンの魂は、深く、深くへと吸い込まれていく。

ただのダンジョンとは思えぬほど深い、そのダンジョンの――ボス部屋の一つへと。

ブジンの魂は吸い込まれて――そして、ダンジョンの魔力を受け取り始める。

それはブジンが望んだから、というよりも……ダンジョンがそう望んだから、というべき現象であった。

後は消え去るだけであったはずのブジンの魂に――ダンジョンから魔力が注がれ、生前の活力を取り戻し、更には……魔物がスポーンする時と同様の現象によって、肉体すら取り戻していく。

うぞうぞ、と肉が生えるように、ブジンの魂は身体を手に入れていく。

それは――ブジン＝ボージャックの肉体とは、似ても似つかぬ姿であった。

身長は二メートルを超え、筋肉は異常に発達しており、筋が浮いている。

また、全身を包んでいるはずの皮膚の大半が爛《ただ》れており――筋肉や脂肪が直に見えている部分が大半を占めていた。

そして何より――地面に付きそうなほど巨大で長い両腕が特徴的であり。

それは……凶悪な魔物として有名な、フレッシュゴーレム系の魔物の上位種『タイラント』の姿と瓜二つであった。

ただ、一つだけ――顔立ちだけは、生前のブジンの面影を残していることが、タイラントとの違いであった。

「……ジグロぉ」

未だ、不完全にしか生成されていない声帯を使い、ブジンは声を漏らす。

「ころじでやる……シグロォ……ッ‼」

その恨みの声は――ダンジョンの奥深くにあるボス部屋にて、ひたすら虚しく響き続ける。

やがて――完全に肉体の形成が完了した後も、ブジンであった魔物は、ただシクロへの恨みだけを胸に抱き、誰も訪れないボス部屋にて、その執念を磨き、醜悪に育て上げる。

いつしか魔物は――復讐心のあまり、周囲の魔力を取り込み始める。

そうしてブジンであったものは、復讐心の怪物へと変貌していくのであった。

第四章　辺境の村

ノースフォリアは王国最北の都市である。

だが、人が住まう場所はノースフォリアだけという訳ではない。

ノースフォリアから馬車で半日ほど移動すると見えてくる——辺境の集落。元々は北部の開拓村として作られた村だが、今ではその役目を終えている。

現在はごく普通の集落として、当時入植した人々が暮らしている。

当然周辺はノースフォリアと同様に魔物が出没する為、トラブルも多い。そうした魔物関係のトラブルは——冒険者ギルドを介して、ノースフォリアの冒険者が派遣され、対応することになる。

集落の住人も、多少ならば魔物との戦闘経験がある為、ノースフォリアの防壁内に住む一般市民よりは強い。だが、そんな集落の住民でも対応出来ない魔物が出没する場合も当然ある。

そうした場合に人々の安全を守る為、冒険者ギルドは冒険者を派遣するのだ。

「——ちゅう訳で、今回みたく集落に行って魔物討伐、ってのも冒険者にとっては重要な仕事の一つな訳や」

馬車に揺られながら、とある辺境の集落を目指すシクロ達一行。ついでとばかりにカリムによる冒険者知識の講義が行われ、これをミストとシクロがしっかりと聞いて学んでいた。

そして——新しくパーティに加入することとなった、職業スキル『賢者』持ちであるアリスは、手持ち無沙汰で馬車の中で作業をしていた。

「でも、そういう仕事も高ランク冒険者になるとやらなくなるよ。私もSランクになってからは、もっぱら集落からじゃなくて国や領主、小さくても街の代表なんかからの依頼をこなしてたし」

カリムの講義に補足説明を入れながらも、アリスは作業を続ける。

アリスが続けているのは——賢者の持つスキルの一つ『最上位錬金術』を使ったポーションの精製である。

錬金術とは、物質を別の物質に変換する魔法、特定の物質を処理して特殊な加工を施す魔法のことである。

例えば今アリスが行っているのが、市場で購入した格安の『下級ポーション』からの成分の抽出。更にシクロから貰ったエネルギーキューブの成分と合成、更に不純物を取り除くことで『最上級ポーション』を作り出している。

そして——アリスの場合、賢者の持つスキル『魔力操作』と『魔力具現化』により、何も無い空中にて器具も使わず作業が可能となっている。

現に、次々と新しい最上級ポーションが空中で精製され、瓶詰めされている。

これらの能力に加え――『元素魔法』という魔法適性スキルも所持しているのが、賢者という職業スキルである。

なお、元素魔法とは土、炎、水、氷、風、雷の六属性を指す。つまり、アリスはこのスキル一つで六属性もの魔法適性を手に入れていることになる。

弱点は武器の適性を持たないことだが、それも魔力具現化と魔力操作の組み合わせである程度の近接戦闘のフォローが可能である。

生産能力、様々な魔法による対応能力、高い火力に加えて単独での活動にも隙が無い。冒険者ギルドが、冒険者としての賢者を特別視する理由が、まさにそこにあった。

「――にしても、目の前で最上級ポーションがポンポンと作られていくのは、壮観だなぁ」

シクロはアリスが精製し、瓶詰めしたポーションを『時計収納』にて収納していく。

なお――シクロの『時計収納』は対象を日時計、砂時計、水時計の解釈を拡大することでしか収納出来ないという弱点がある。

故に光が素通りする、砂でもなく、液体でもない――ガラス瓶は収納出来ない。

なので、今回のポーションを詰めている瓶は陶器の瓶になっている。

なお、瓶もアリスがそこらへんの土から成分を抽出して精製している為、無料で手に入っている。

「こんなことが出来るのは、私が天才だからなんだからねっ！　賢者でも、ここまで上手に錬金術をこなす人なんか滅多にいないんだから」

「そうなのか？　アリスは頼りになるな」

「うんっ！　パーティの生産なら、私にどーんと任せてねっ！」

アリスは自慢げに胸を張りながら言う。

カリムに次ぐほど豊かな胸部が揺れ、強調されるが、これに目を奪われたのはシクロではなくミスト。

「……ぐぬぬ」

自分の胸部を見下ろし、落胆するミスト。

栄養状態が悪く、発育も悪かったミストと比べて。アリスは母親譲りの恵まれた体形をしており、出る所は出て、引っ込む所は引っ込んでいる。

二人が並べば、大人の女性と子ども、というような印象になってしまう。

なお、喋ればアリスも子ども側となる。

「ご主人さまは、平原と山、どちらが好きですか⁉」

「ん？　いきなりだなミスト。……ボクは平原かなぁ。見通しが良くて比較的安全だし」

「ですよねっ！」

突然シクロに訳の分からない質問を投げ掛け、返ってきた答えに満足げな表情を浮かべるミスト。このように、ミストは度々、アリスに張り合うような行動に出ることがある。

それもこれも、アリスがシクロと本気で結婚したがっていると知ってしまった為だ。ご主人さまを独り占めされないように、と必死なのである。


その内に、馬車は目的地である集落へと到着する。まだ日の高い頃合いである。

「まだ時間もあるやろうから、まずは依頼主への挨拶と情報収集と行こか」

「集落でなら、ノースフォリアよりも薬草なんかが安く買えるわよ。買い出しも行った方がよくない？」

「ほんじゃあ、そっちはアリスちゃんに任せるか」

カリムが指示を出しつつ、アリスも時々意見を言う。こうしてパーティの方針を決める上で、アリスも重要な役割を担っている。

「……二人とも、頼りになるなぁ」

一応はパーティリーダーであるはずのシクロの出る幕が無い。故にシクロは少しばかり遠い目をして二人を眺める。

「ご、ご主人さまっ！　出来ることから頑張っていきましょうっ！」

「そうだな。ボクらもパーティの為にやれることからやっていこう」

「はいっ！　それでしたら、私はアリスさんに同行します。再生魔法で『直せそう』な粗悪品でしたら、安く手に入れられると思いますから」

ミストの再生魔法の思わぬ応用方法に、シクロは感心したような目を向ける。

「なるほどな。それじゃあ、買い出しはミストとアリスに頼むのが良さそうだな。——ボクはカリムと二人で集落の村長のとこへ会いに行ってくる」

「はいっ！」

こうして——冒険者パーティ『運命の輪』は、二手に分かれて集落での活動を開始した。


「ようこそ、冒険者の皆さま。私がこの村の村長をしておる者です」

村長宅を村人から聞き出して尋ねると、出迎えたのは壮年の男性だった。

「では、立ち話もなんですから、中へどうぞ」

そうしてシクロとカリムは村長宅に招き入れられることとなった。

「早速だが、依頼の詳細を教えてもらってもいいか？」

「たしか、村の近くの森から異常行動をする魔犬が出るようになった、ちゅう話やったな？」

「おっしゃる通りです」

村長は頷き、詳しい話を続ける。

「ある時期から、まるで魔狼のように身体の肥大化した魔犬が出没するようになりました。奴らは本来用心深く、群れで行動し、森から出ることは無いのですが……その異常な魔犬共は、積極的に森を出て、村の近くで狩りをするようになったのです」

心底困った様子で語る村長は、更に続ける。

「今はかろうじて、村にまでは入り込んで来ていませんが、いつ村に被害が出るかと思うと、気が気でないのです」

「……なるほどなぁ」

村長の言葉に、カリムは眉を顰めた。

「その異常な魔犬、ヘルハウンドはどんだけの数がおるんや？」

「分かりませぬ。しかし、同じ日に全く逆の場所で複数の目撃があったので、一体や二体ではないでしょう。ヘルハウンドよりも上位の魔物であるキラーベアも殺されていたことがあります。恐らくは、数で襲ったのでしょう」

村長の言葉に、カリムは頷きながら答える。

「そうか。せやったら……変異種なんかが出た訳でもなさそうやな。二匹、三匹ぐらいならまだしも、その話やと相当な数がおるようやし」

「そうですか……原因は、分かりませんか？」

「せやな。今の段階やと想像もつかんな」

カリムが村長とやり取りしているのを聞きつつ、シクロも考える。が、シクロもカリムと同様、原因らしいものは想像も出来なかった。

「一先《ひとま》ずは、森を探索して原因らしいものを見つけないとな」

シクロが思ったことを呟くと、カリムも頷く。

「せやな。村長さん、そういうことやから、最悪何日か滞在することになると思う。宿かなんかがあれば――」

「それでしたら、村の奥に空き家がありますので、そちらをお使い頂ければ」

「助かるわ」

こうして村長との話を終え、二人は村長宅を後にした。

シクロ達はミストとアリスと合流する為、村の道具屋らしき場所を探して歩き回る。そんな時、ふとシクロはカリムに話し掛ける。

「なぁ、カリム」

「なんや？」

カリムがシクロの方を向くと、シクロは穏やかな笑みを浮かべていた。

「――いつも、ありがとう」

「ふぁっ⁉」

「思えば、お前にも色々支えてもらってばかりだよな。ちゃんと言葉にして伝えておかないと、すれ違うこともあるだろうから――今、言っておくよ。ボクみたいなガキに期待してくれて、力になってくれてありがとう」

シクロからの思わぬ感謝の言葉に、カリムは顔を赤くする。

「な、なんや～シクロはんっ？　急にそんな、別にどうってことないのに！」

「ははは。カリムでも、そうやって慌てることがあるんだな」

「いや、そりゃウチも普通の人間やからな？　ウチのことなんやと思うてんねん」

カリムは照れながらも、普段どおりの調子で言葉を返そうと努める。が、シクロはそんなカリムの調子を崩すようなことを平気で言ってくる。

「もちろん、大人だと思ってる。ボクなんかよりも、ずっと。見習いたいところが色々ある、尊敬出来る大人だ」

「……うぅ、何真面目に恥ずかしいこと言うてくれてんねん」

言って、カリムは赤面する顔を両手で隠すように覆う。そんなカリムに、シクロは手を差し出して言う。

「これからも、ボクを助けてほしい。間違っていたら、窘《たしな》めてほしい。アンタには、そういう『仲間』であってほしいと思ってるから」

仲間、という言葉に驚き、カリムは顔から手を離し、シクロのことをまじまじと見つめる。

ついこの間まで――シクロは人間不信をこじらせていたというのに。カリムについては、むしろ警戒しているぐらいだった。

なのに、仲間という言葉を使えている。それはつまり、シクロの心理的な状況が大きく改善していることを意味した。

カリムはシクロの表情から、その理由、あるいは――無理をしていないかを探ろうとしたが、上手くいかない。

それも当然で、シクロの精神状態が改善したのは、ミストの再生魔法によるトラウマの治癒。そしてアリスと向き合うことで得た、自分自身の弱さから目を逸らさず改善していこうという覚悟。

これら二つが重なって起きた、劇的な変化なのだから――無理をしているはずもなく、カリムには知り得ない要因も絡んでおり、表情から読み取れるものが無いのも当然だった。

カリムは息を吐き、納得したように頷くと、シクロに手を差し出して返す。

「――せやな。そうやな！　これからも、よろしくなシクロはんっ♪」

「ああ、頼むよ」

言って、シクロとカリムは握手を交わした。


そうこうしつつも、二人は道具屋を目指して歩いていたのだが。前方で何やら騒ぎが起こっているらしく、騒々しい声が聞こえてくる。

「――だから！　アンタらに売れるもんは何にも無いんだっつってんだろっ!!」

それは荒々しい、男性の野太い声であり、明らかに苛立ちを抱いている様子だった。シクロとカリムは顔を見合わせ、何があったのかと考える。

すると――男性の声に続いて、聞き覚えのある声が響く。

「そんなの横暴よ！　このSランク冒険者、『大賢者』アリス様を前にして道具を売れないだなんて、冗談でも許されないわよっ！」

そう、アリスの声だった。

「アイツ……さっそく騒ぎを起こしてるのか」

「はは……ホンマに常識を教え込むのが最優先事項なんやな」

等と言葉を交わし、シクロとカリムは声のする方へと急ぐのであった。


「アリスさんっ！　もう、いいですからっ！」

「でもミストちゃんっ！　コイツら、貴女《あなた》のスキルを知ってるからって差別してるのよ⁉　こんなの、許せないじゃないっ‼」

アリスを止めよう、落ち着かせようとするミストの声も聞こえてくる。

シクロとカリムは急ぎ、二人の方へと歩み寄る。

「どうしたんだ、ミスト、アリス！」

「あっ、お兄ちゃんっ！」

シクロが寄ってくると、アリスが真っ先に反応し、その腕を取る。

「あのね、お兄ちゃん聞いてっ！　この道具屋の息子とかいう男が、私達には何にも売れないとか言い出したの‼」

「……まあ、そういう状況だってのは把握してるが」

言って、シクロはアリスと口論をしていた男の方に視線を向ける。

「どういう状況なのか、少し説明してもらえるか？」

「ああ。……一応、先に言っとくが、俺はアンタに逆らうつもりは無いんだぜ。何しろＳＳランクの冒険者様だからな」

「よく知ってるな」

「ああ。ちょうど里帰りしてる最中だが、普段はノースフォリアで冒険者やってんだ。アンタが瞬聖《しゅんせい》をボコしたのも見てたぜ」

どうやら男は冒険者らしく、そう前置きした後に、詳細の話を語る。

「……ウチみたいな小さな村の、個人でやってるような道具屋は、守ってくれるものなんか何もないんだ。あえて言うなら、村全体が相互に助け合ってるんだが――それでも、スキル選定教に睨まれるようなことは出来ねぇ」

そして、男が語ったのは、妥当な話でもあった。

幾ら辺境の集落とは言えども、教会とのつながりはある。子どもにスキルを授ける為には、教会と関わらざるを得ない。それがこの国の法なのだ。

である以上は、村が教会に歯向かうような真似を出来ないのも当然の理屈となる。

もし何かの拍子に教会から睨まれ、スキル選定の儀式の参加さえ認めてもらえないような事態になれば――少なくとも、魔物の多いこの集落のような場所では人々が生きてゆけなくなるだろう。

「だから、アンタらが何にも悪気がねぇのも分かる。俺も職業スキルを差別するつもりなんてねえ。けどよ……教会に睨まれたら、どうなるか分かったもんじゃねぇんだ。オフクロに、そんな怖い思いをさせたくねぇんだよ。頼むから、ここは引いてくれないか……っ！」

言って、男は深く頭を下げる。男の様子を見て、シクロも感じることがあったのか、納得したように頷く。

「……そうか。それなら、無理は言わないよ。悪かったな」

言って、シクロは自分の腕を掴むアリスを引き、オロオロとしているミストの背中を押す。

「ほら、二人とも。ここから離れるぞ」

「はい、ご主人さま」

「えっ？　お兄ちゃん⁉　ちょっとっ⁉」

ミストは状況をよく理解し納得しているようで、特に文句も言わずシクロに付き従う。だが、アリスはまだ納得していないのか、不満げな言葉を漏らしながらシクロについて歩く。

「なんで泣き寝入りしたのよ、お兄ちゃん！　あんなの、理不尽過ぎるわよ‼」

「それはボクも分かってるよ。でも――あの人達に怒りをぶつけるのは違うだろ。ミストが教会の被害者だとしたら、あの人達もまた、別の形で巻き込まれただけの被害者だ。怒りをぶつける相手じゃない」

シクロは、アリスに諭すように言う。そんなシクロの様子を見て、満足そうに頷くカリム。

「せやな。教会の意向に、小さな集落は逆らえへんのがこの国や。酷い所になると、村長よりも神父の方が偉そうにして村を仕切ってるようなこともある。——強国となる為に、スキル選定教を国教に選んだ弊害やな」

カリムはシクロの発言に補足するように説明する。

「——ごめん、ミスト。買い物ぐらい、自由にさせてあげたかったけど……今のボクの力じゃあ、そうもいかないみたいだ」

「いえっ！　そんな、ご主人さまは何も悪くないですから！」

シクロに謝罪され、ミストは慌てて否定する。

「むしろご主人さまには、色々と任せてもらえるので、それが嬉しいと思っているぐらいですから」

「そうか。それは良かったよ、ミスト」

言って、シクロはミストの頭を撫でる。

「あー、ずるいっ！　お兄ちゃん、私も褒めて！」

「ああ、ミストの為に怒ってくれてありがとうな、アリス」

「んふ～」

そして嫉妬したアリスにも、頭を撫でてやるシクロ。頭を撫でられ、満足気に息を漏らすアリス。

やがてシクロ達は、村の奥の方へと到着。村長の言っていた空き家がある辺りである。

「さて。この辺に、村長から借りる約束をした空き家があるはずなんだけど――」

シクロが言いながら辺りを見回すと、ちょうど村長がシクロ達の方へと駆け寄ってくるのが見えた。

「冒険者の皆さま！　本当に申し訳ございませんッ‼」

そして、村長は近寄るなりすぐさま深く頭を下げて謝罪する。

「道具屋での騒動のことを聞き、謝罪の為にこちらへ寄らせて頂きました。本当に申し訳ございません……！」

「ああ、気にしないでくれ。そっちにとっても、仕方ない選択だってのは分かるからな」

「……ご理解頂けるのでしたら、幸いでございます」

シクロが言うと、村長は安心したように言って頭を上げる。

「ここは本当に小さな村でして、教会も無い僻地《へきち》です。スキル選定の儀式も、ノースフォリアまで教会が馬車を出してくれて初めて受けられるのです。……そんな状況ですから、どうしても、その、教会に睨まれるようなことをするのは死活問題でして……」

「そうだろうな。……本当に、何の為の教会なんだか」

村長の言葉を聞き、シクロは更に教会に対する怒りが募った。

そもそも――スキル選定の儀式は、人々の生活を助ける為に神がスキルを授けてくれるものだ、と言われている。

だというのに、邪教徒というスキルをミストに与えるだけでは飽き足らず——無関係な人々も巻き込み、結果的に生命線を教会が握るような形になっている。

これのどこが、人々の生活を助ける行為だというのだろうか？

シクロには、そんな疑問が湧き上がっていた。

「——まあ、それはいいんだ。それよりも村長。空き家ってのはどの家になるんだ？」

「それでしたら、あちらがちょうど空き家になっている家でございますな」

村長が指差したのは、集落に建つ家としては十分に立派な一軒家であった。

「そうなのか？　てっきり——あっちの奥にある、ボロい家の方かと思ってたな」

シクロは言って、ここからでも一番遠く、村の最も奥に建っているボロボロの家を指差す。

「そ、それはその、あの家には住人がおりますので」

すると——何故か、村長が焦ったような口調になる。

シクロはこれを妙に思い、もう少しだけボロボロの家の住人について質問をすることにした。

「そうなのか。それにしても、あんなボロ家に住んでるなんて、変わった住人なんだな？」

「そ、それは……変わり者でして。ああいう家を好むのです」

「ふうん」

慌てて説明をどうにか捻《ひね》り出しているような村長の様子に、シクロは更に不審を強める。

「それなら、暫く近くの家を借りることになるんだ。世話になるかもしれないってことで、挨拶をしておかないとな」

「あ、挨拶ですか⁉」

「ああ。悪いか？」

「いえ、その……挨拶はやめておいた方が良いかもしれませぬ！」

ここまで来ると、露骨に怪しい。村長は何かを隠しているのだろうと、シクロは確信した。

そして、大っぴらに知られてはまずいのだろうということも。

「なんで？　別に挨拶ぐらいいいだろ？」

「それは……その、あそこに住んでおる者は偏屈でして」

「ボクらは気にしないぞ」

言うと、シクロはボロボロの家に向かって歩き出す。

「ぼ、冒険者様！　お待ち下さい」

「いや、待たないね」

シクロは完全に村長の態度を怪しんでおり、同様に他の三人も村長を訝《いぶか》しんでいた。シクロの強行的な行動を止める者はいない。

シクロはボロボロの家の前に立ち、扉をノックする。

「――近くの家を借りることになった冒険者だ！　挨拶に伺った！」

シクロが声を上げ、家の主を呼ぶ。すると、すぐに家の主から返事があった。

「――はい。今向かいます」

声は女性のもので――シクロには、聞き覚えのある声のように思えた。

そんなまさか、とシクロは否定する。

だが――扉が開くと、シクロの耳の方が正しかったと証明される。

「ご丁寧にありがとうございます、冒険者……さ、ま……」

扉を開き、出てきた女性は――なんと。

シクロにとってはよく見知った顔。

ミランダ＝リリベル、その人であった。

「……ミランダ姉さん？」

「シクロ……くん？」

二人は互いの顔を確認し、驚きのあまり唖然《あぜん》とする。

だが――すぐにミランダが崩れ落ち、泣きながら声を上げる。

「――ごめんなさいっ！　ごめんなさいシクロくんっ！　ごめんなさいッ‼」

「え、えっと⁉　ミランダ姉さん⁉」

突如その場に崩れ落ち、怯えるような仕草を見せながら謝罪を連呼するミランダ。

そんなミランダの様子に、シクロは訳が分からず、ただ困惑することしか出来なかった。

——その後。ミランダは暫く錯乱し続けていたが、次第に落ち着きを取り戻し、なんとか話が出来る程度まで回復する。

「……ごめんなさい、シクロくん。突然のことだったから」

「いや、それはいいんだけど。ミランダ姉さんはどうして——」

そこまで言って、シクロはミランダの首元に視線を向ける。

そこには——奴隷であることを示す、金属製の首輪が付けられていた。

「どうして奴隷として、この村にいるんだ？」

「……そうね。シクロくんは、あの後のことは知らないものね。——あの日から起こったことを、全て話すわ」

言うと、ミランダは話を始めた。

まず——当初、ミランダはシクロが冤罪で裁かれたことを理解しておらず、ブジンのことを信用していた。そしてブジンが何度も店に通うようになり、すっかり信頼してしまったミランダは、ブジンの提案する旅行に向かうことになった。

そこで事件が起きた。

旅行など真っ赤なウソで、ブジンはミランダを捕まえ、違法奴隷として所有する為に馬車を手配し、盗賊団と通じて襲わせたのだ。

結果、ミランダは捕らえられ、暫くの間――ブジンの性奴隷として飼われることとなる。だがブジンはミランダが憔悴《しょうすい》し、全く反応しなくなると興味を失ったのか、協力者でもある盗賊団にミランダを売り渡した。

その後は盗賊団から違法な奴隷商人に身柄が渡り、この村に寄った時に、村の金で買われたのだと言う。名目は――性奴隷として。

村には若い女性が少なく、男手が街へと出ていってしまうという問題があった。

そこで若い女性であるミランダを性奴隷として村で買うことで、若い男を村に引き留めよう、と村長含め村の重役達が画策したのだ。

「……そんなことがあったのか」

シクロはミランダの話を聞いて――ブジン＝ボージャックに対する怒りが燃え上がる。

元より冒険者として大成し、奴よりも強い権力を手に入れ、何かしらの形で復讐をするつもりであった。だが、ミランダに対するブジンの仕打ちを聞くと、ただ社会的な制裁を下すだけでは足りないとさえ思うようになった。

それこそ……自分の手で、この世の地獄を味わうほどに嬲《なぶ》り殺してやりたい程に。

だが、今はブジンのことを考えている場合ではない。シクロは心をどうにか落ち着かせ、息を吐く。

正直なところ、シクロは自分を信じてくれなかったミランダに対して良い印象は抱いていなかった。だが、あの時は自分の対応、想定の甘さがあった為にブジンに利用された、ということも理解出来ている。故に、ミランダとは関係を絶つ程度で収めるつもりでいた。

しかしブジンの仕打ちを聞いて、考え直す。

どう考えても、ミランダもまた犠牲者である。自分の感情問題はともかく……ここで見捨てる気にはならなかった。

「――ねえ、シクロくん。お願いがあるの」

そんなことを考えているシクロに、いつの間にかミランダがすり寄ってきていた。

「私のことを、抱いてほしいの」

「はぁッ⁉」

突然の、意味の分からない要求にシクロは声を上げ、拒絶する。

「なんでそんなことになるんだよ⁉」

「どんなプレイでも、私、我慢出来るわ。好きなだけ、シクロくんの欲望のままに抱いていいわ。私のことが許せないなら……暴力だって我慢出来るの。だからお願い、私を抱いてッ‼性奴隷として、私を買って欲しいのッ‼」

ミランダは口を開き、言葉を発する毎にどんどん落ち着きを失い、錯乱していく。

「待ってくれ、ミランダ姉さんッ！　ボクは、姉さんをそんな風に扱うつもりは無いし、抱こうとも、暴力を振るいたいとも思ってないッ！　性奴隷だなんて、もってのの外だ！　ありえないよ！」

シクロはミランダを諭すように、声を張り上げて言う。だが、ミランダはシクロの言葉を理解しているのかいないのか。途端に絶望したような表情を浮かべ、涙を流す。

「……そうよね。シクロくんも、私みたいな汚《けが》れた女、いらないわよね」

「そういう意味じゃ――」

「ごめんなさい、ごめんなさい、ごめんなさい……っ‼」

そうして――ミランダは再び錯乱し、謝罪の言葉を繰り返すだけの状態に陥る。シクロは困ったように、仲間である三人に視線を向ける。すると、三人とも首を横に振る。

「今は……そっとしておく方がいいと思います」

「せやな。こんな状態じゃあ、何の話も出来へんわ」

「ミラ姉のことは可哀想だと思うけど……私も二人と同じ意見だよ」

三人に言われ、シクロも納得して頷く。

「そうだな……ごめん、ミランダ姉さん。また後で来るから」

シクロは縋り付いたまま泣くミランダをそっと離し、この場を後にするのであった。

ミランダの家を出ると、外には村長が待っていた。

「……冒険者様。どうかこのことは……」

そして、村長は頭を下げる。

「集落の存続の為には、仕方が無かったのです。違法な奴隷商人でもなければ、こうした辺境の集落になど来てくれませぬ。都会の奴隷商人は紹介が無ければ取引出来ませぬ。ですので……こうした違法な奴隷を抱える集落は、少なくは無いのでございます」

村長の言い分は言い訳じみていたが、今はそこを責めるつもりはシクロには無かった。

「――あの人は、自分の知り合いだった。事情も聞いた。……今は、そっちの事情やらについて口出しするつもりは無い。それよりも、まずはあの人の身柄について話がしたい」

シクロの有無を言わさぬ雰囲気に、村長は息を呑《の》む。

「そ、それは……あの者を引き取りたい、ということですか⁉」

「端的に言えばそうなる」

シクロの言葉に、村長は焦り始める。

「それは、どうかご勘弁下さい！　あの者を買ったお陰で、今の村の自警団は成り立っておるようなものなのです！　もしも冒険者様に引き取られれば……街に出て、冒険者になる若者が増えてしまいます！　それでは、この村は……」

村長は悔しそうに言いながら頭を下げる。村長にとっても苦肉の策なのだろう、ということは察することが出来た。

「――だったら、ボクがノースフォリアの奴隷商人を紹介してやる。今回の依頼の達成報酬も全額返還する。だからその代わりに、ミランダ姉さんの身柄はこちらに引き渡してくれないか？」

シクロの提案に、村長は悩む様子を見せる。

「しかし……都会の奴隷は値が張ると聞きます。目的に合った者が購入出来るかどうか……」

やはり現状維持が一番良い、と考えている様子の村長。そこへ、カリムが横から口を出す。

「違法な奴隷商人にどんな嘘吹き込まれたか知らんけど、値段なんかピンキリやで。中には借金で奴隷になった女の冒険者なんかもおる。そんで、早めの返済の為に娼婦として働くことも了承しとる奴もおる。……ウチらに出す依頼の達成報酬やったら、そういう借金奴隷が十人は買える金額になるで」

カリムの言葉に、村長は目を丸くする。

「そ、それは本当ですか⁉」

「ホンマやで。まあ、奴隷娼婦として仕事して、借金返済したら奴隷から解放される契約やから当然やな」

「……それでは、意味がありませぬ」

期待を裏切られたように、村長は肩を落とす。

が、カリムは更に補足の説明を続ける。

「そんなことあらへんよ。借金奴隷にまで落ちた女なら、大抵は二度と冒険者になりとうないやろうからな。村の男に甲斐性があれば、解放された後も居着いてくれるかもしれんで。まあ、その辺は奴隷の扱いが良ければ、って話やけどな」

「……なるほど」

カリムの言葉を受け、村長は改めて考え始める。

このままミランダを性奴隷として保有し続ける方が良いか。それとも――シクロの紹介で、新しい奴隷を村に招き、住人として居着いてくれる可能性に賭けるか。

「……あの者一人だけに若者の相手をさせていては、いずれダメになる。長期的に見れば、村に居着いてくれる若い女性が出る可能性に賭けるのも悪くはありませぬな」

言って、村長は頷く。

「一度、村の重役達にも話を通して来ます。その上で、返事をさせて頂けませんか？」

村長に問われ、シクロは頷く。

「ああ、構わない」

「ありがとうございます、冒険者様」

交渉は一旦終了し、村長はその場を離れてゆく。村長の背中を見送りながら、シクロは溜め息を吐く。

「……はぁ。ままならないな、世の中ってやつは」

「どうした、シクロはん？　疲れたみたいな顔して」

カリムに言われ、シクロは答える。

「実際、疲れたよ。……正直、罪の無い人を奴隷扱いするこの村の人間に怒りも湧いてるさ。でも、ボクがキレて何かしたって解決にならないだろ？」

「せやな。違法奴隷の取引は重罪やけど、証拠が無いやろ。力づくで解決しよったら、シクロはんの方が犯罪者やで」

「えぇっ⁉　何それ理不尽‼」

カリムの言葉に怒りを示したのはアリス。

「仕方ないだろ、アリス。というかお前、まだ懲りてないのか……？」

「えっ？　あっ、えーっと、そうだ！　カリム姉！　村長さんが言ってた辺境の村だと違法奴隷なんて当たり前、みたいな話って本当なの⁉」

シクロにジトリと睨まれ、慌てて話題を逸らすアリス。

「せやな。程度にもよるけど、まあまああることやな。けど、この国は奴隷制度が整っとって、ウチの故郷とか、西の都市国家群とかの方が実情はエグいで。アイルリースやと、民族単位で生まれながらの奴隷扱いも珍しゅうないからな。そういう奴らは捨て値で売られて、劣悪な環境で死ぬまでこき使われる」

そこまで言うと、カリムは少しだけ言い難そうにしてから、続きを話す。

「この国でそういう扱いされるんは――盗賊やら詐欺師やら、反社会的な職業スキル持ちぐらいや。まあ、それも理不尽やと思うけど、数で見たらだいぶ少ないな」

「――っ！」

ミストがピクリ、と反応し、その肩をシクロが撫でて慰める。

「へえ、そうなんだ。……でも、制度が整ってるのに違法奴隷が無くならないの？　おかしくない？」

アリスの問いに、更にカリムが答える。

「需要と供給の問題やな。この国は奴隷商人が国営やから、実質役人みたいなもんなんや。そんで、資格も隷属契約を扱える者にしか与えられへん。なれる人自体が少ないんや」

カリムはそこまで言うと、少しばかり顔を顰める。

「……それと、スキル選定教の絡みもある。国と教会に上納金が必要になるから、奴隷の値段も高くなって、わざわざ営業で地方回って薄利多売せずに、都市で高利な奴隷を捌く奴が増える。そうすると、逆に違法奴隷の需要が地方で高まって、スキルやない本物の盗賊やらの資金源になるっちゅう訳や」

「またスキル選定教か。どこにでも名前が出てくるな」

シクロはそう言って、溜め息を吐く。

「まあ、何にしろボクらは依頼をこなして、村側と交渉しなきゃミランダ姉さんは救えないんだ。明日は頑張らないとな」

四人は改めて、今回の依頼に向けての気合を入れ直したのであった。

第五章　望まぬ別れ

翌日の早朝、四人は早めに起き出し、借りた家から外に出ていた。

「……うぅ～、まだ眠いよ、お兄ちゃん」

アリスだけ眠気が取れていないのか、目をこすりながら家から出てくる。先に集合していた他三人の視線を受けながらも、堂々とした遅刻っぷりである。

「出来るだけ早く依頼を終わらせるって話になっただろ？　早めに調査に出ないと、村と森の往復の時間もあるんだから調査時間が無駄になる」

「でも～、それでもちょっと早過ぎるよぉ」

不満を零し続けるアリスに、シクロは呆れて溜め息を吐く。

「はぁ……ほら、さっさと出発するぞ」

「はぁ～い」

こうして四人は調査の為、村の外へと向かう。

――そんな四人の様子を、物陰から窺《うかが》う者が一人。

「……シクロくん、出発って、どこへ？」

昨日の錯乱もあって迷惑を掛けた為、謝罪に家を出てきていたミランダであった。

（……もしかして、もう帰っちゃうの⁉）

そもそもシクロ達が何故村に来たのかすら知らないミランダは、シクロの言葉から勝手に勘違いをする。

（いやだ……見捨てないでっ‼　助けて、シクロくん……ッ‼）

悪い想像が働いてしまい、ミランダはまた気が動転し、冷静ではいられなくなる。

（どうにかして――シクロくんに、連れて行ってもらわないと。どうにか……）

ミランダは考え始める。どうすれば自分が救われるのか。考え込み、思考は狭まっていく。

答えの無い問いを自らに課すことで――更に焦り、結論を急いでしまう。

一方、そんなミランダの状況など知らず。シクロ達は森の中を順調に探索していた。

「とりあえず――もう少し進めば、探知の反応が強い奴らが見えるはずだ」

今回は依頼の達成を優先する為、練習などといった余裕は一切無く、シクロのスキルも最大限使っての探索となった。その為『時計感知』による反応の強さから、森の中でもより大きな反応のある方へと優先して移動している。

「今回ばかりは、手加減無しや。効率優先で行くで。――ミストちゃんには悪いけど、付いてくるのを優先してや」

「……はいっ！　頑張ります！」

カリムの言葉に、ミストはどうにか返事をする。

ミスト以外の三人は高ランクの冒険者であり、ステータスも非常に高い。故にただ移動するだけでも速度が段違いとなる。

そんな三人に――正確にはミストのギリギリに合わせて移動する三人に付いていくのは、ミストにとってなかなかに大変なことだった。

「――接敵するぞッ!!」

「はいよ！　見えたでッ！」

シクロが宣言すると、まずはカリムが剣を抜いて飛び出る。その先には――キラーベア三体を相手に、十数頭の群れで狩りを成功させたばかりのヘルハウンドの群れがあった。

ヘルハウンド達は、見るからに異常に発達した筋肉を持っており、はちきれんばかりに身体が膨らんでいた。だが、それだけの筋力を維持する為にもエネルギーが必要なのか、必死にキラーベアの死体を貪り、しかし飢えは満たされていないように見えた。

そんな群れの中に——剣を抜いたカリムが突撃する。

「ハッ‼」

一閃すると、途端にヘルハウンドの首が一つ飛ぶ。

「——ミストルテイン！」

続いて、ミストルテインを手にしたシクロの射撃。ダンダンッ！　と連射する射撃音の後、複数のヘルハウンドの額に穴が空く。丁度、カリムの動きに反応して動き出そうとしていた個体である。

「——まだまだやでッ！」

余裕の表情で、更にカリムはヘルハウンドの間を駆け抜ける。一匹、また一匹と首を切り落としてゆく。

そしてカリムがヘルハウンドの群れの間を駆け抜け終わる。抜け出した直後、魔法発動の準備の終わったアリスが攻撃に出る。

「エアプレッシャーッ‼」

発動したのは風属性の魔法。ヘルハウンドの群れ全体を、上から覆うように大気の塊が落下する。

風とは思えないほどの圧力が全てのヘルハウンドを捕らえ、圧殺。ほぼ全てのヘルハウンドがこの一撃で絶命した。かろうじて生き残ったヘルハウンドも、足が折れ、身体が内部からズタボロになり、虫の息であった。

「さて、後始末だ」

最後にシクロがミストルテインで生き残りにトドメを刺す。ダン、ダンッと一匹ずつ、額に弾丸を打ち込んでゆく。

あまりにも圧倒的で、一瞬の戦闘であった。

ミストは、そんな三人の様子をただ見ているしか出来ず、ポカンと呆けたような表情を浮かべていた。

「まあ、こんなもんか。……どうした、ミスト?」

「い、いえっ! ご主人さまも含めて、皆さん本当に凄い方達なんだなぁと思いまして!」

「へへーん、これでもSランク冒険者だもの! 当然よっ!」

鼻高々に自慢するアリス。

そんなアリスを尻目に、カリムとシクロはヘルハウンドの死体を調べに向かう。

「にしても、ここまで明らかに異常な個体だったとはな」

「せやな。身体がデカいのはもちろんやけど、筋肉の発達っちゅうか、膨張具合が異常や。無理やり発達させせられたみたいにな」

「……人為的な現象ってことか？」

「それは調べてみんと分からんな」

二人がそんな話をしている所に、鼻高々なアリスが近寄ってくる。

「はいはーい、私に任せて。そういう調査なら、錬金術が得意よ。死体も山程あるし、幾つかの薬品を試せば分かることがあると思うわ」

「それは――頼もしいな。頼む、アリス」

「うんっ♪　まかせてお兄ちゃんっ‼」

こうして――アリスの錬金術による調査が開始される。

事前にアリスが調合し、シクロの収納に保管されていた薬品に加え、この場でもアリスの錬金術により新しい薬品が生み出されてゆく。

そうして用意された薬品を使い、ヘルハウンドの死体に様々な実験を行う。

「……うーん、薬品の反応っぽいのは無いかな。ドーピングされた魔物っぽかったし、そういうのかなって思ったんだけど」

「じゃあ、人為的な現象ではないのか」

「それは……どうかなぁ。原因がはっきりしないと断言出来ないよ、お兄ちゃん」

言いながら、アリスは次の薬品を準備する。

「次は――寄生虫とかが潜んでないかどうか、虫下し液で反応を見てみるね」

言うと、アリスは新たに精製した虫下し液をヘルハウンドの死体にぶちまける。

すると、途端に著しい反応が起こる。ちょうど額に穴の空いた個体だった為か、頭部に掛かった液が功を奏し、内側に潜んでいた何者かが暴れだす。

ミミズに似た虫らしき生物が、弾痕から次々と溢れ出してくる。

「うっわ……キモいけど、これで原因ははっきりしたね」

「寄生虫か。それなら……人為的な現象の線は無さそうか」

「少なくとも、直接人の手が加わっとる訳や無さそうやな。この寄生虫がどこ由来のもんかで、間接的には関わっとる可能性もあるけども」

三人はそれぞれ考察をしながら、謎の寄生虫を観察する。

そして何やら、寄生虫は虫下し液の他にも嫌がっているものがある様子に気付く。

「……ん？　こいつら、何から逃げてるんだ？」

シクロは寄生虫が逃げる方向から、逆側へと視線を向ける。

「はい？」

そこに居たのはミスト。特に何をしている訳でもなく、ただ突っ立っているだけのミストである。

「……ミストの何かが、この虫にとって虫下し液並みに嫌みたいだな」

「それなら――ミストちゃん、ちょっと魔力を、魔法にせずにそのまま寄生虫に向けて吹き掛けてみて？」

「分かりました、やってみます」

ミストはアリスの要求に応え、集中し、魔法の形にせず魔力をそのまま放出した。

すると、ミストの魔力が衝突した途端、虫はボロボロと崩れ落ちて死んでいった。

「これは……ミストの魔力に特攻効果があるのか？」

「いや――ちゃうな。多分、神聖と光の属性が弱点なんやろ。アンデッドみたく」

「なるほどね。ミストちゃんの魔力は、自然とその辺の属性を帯びてるから、それで嫌がってたのか」

カリムの仮説を聞いて、納得したように頷くアリス。

「あの……ご主人さま。つまりどういうことでしょうか？」

「ミストの魔法は、めちゃくちゃコイツらに効くってことだよ。もしかすると、どこかでミストの魔法で一掃してもらうタイミングがあるかもな」

「でしたら私、頑張らせていただきますっ！」

自分にも役割が貰えたことで、意気込むミスト。

こうしてミストの微笑ましい一幕がありつつも。一同は調査を続ける為、より森の奥へと深く入り込み、探索を続けていく。

異変の原因となる生物――ミミズ状の寄生虫を特定した後、四人はさらなる原因究明の為、探索し続けていた。

寄生虫ということは、何らかの手段でその数を増やしていることになる。

つまり、ヘルハウンド以外にも宿主が存在する可能性が高いのだ。

「多分、どこかで増えた寄生虫を含む生き物を、ヘルハウンドが食べたんだよ。それでヘルハウンドが寄生された。そうやって寄生の連鎖の最後――終宿主まで特定して、どうやって増えてるのかまでしっかり確認したいかな」

それが寄生虫の存在を特定した、アリスの言葉であった。

普段こそアホな言動をしているが、これでもSランク冒険者であり、賢者としての知識はしっかり学んである。非常に頼りになる存在なのだ。

そんなアリスの言葉に従い、シクロ達一行は終宿主を探す。一先ずは、ヘルハウンドのような異常個体が、他に発生していないかどうかを調べる。

「とりあえず、ヘルハウンドの駆除は続けるか」

「せやな。残しといてええもんでもないやろうし」

シクロの提案にカリムも頷き、一行はヘルハウンドを駆除しながら探索を続ける。

やがて――シクロの時計感知の範囲に、異常な反応が見られた。

「なんだ……これ？」

シクロは眉をひそめながら呟く。

「ヘルハウンドも含めて、異常な数の魔物が群れている場所があるな」

「それは――怪しいな」

シクロの報告に、カリムも違和感を覚え頷く。

「複数種類の魔物が群れとるなんて、滅多に無いことや。それが異常な数って言えるほどの規模やと、滅多なことじゃあありえへん」

「ってことは、寄生虫に何か関係あるかもしれないわね‼」

アリスの言葉に、一同頷く。

「一先ず、確認に行こう」

シクロ達は、異常な群れの存在する場所へと駆けていく。


到着した一行が見たものは、正に異常と言う他ない光景であった。

まず目を引くのは、中央にそびえ立つ植物型の魔物で、その姿は一般的にヘルプラントと呼ばれる魔物のものに似ていた。しかし、寄生虫により異常が発生しているのか、所々に変異が見られる。

まず、ヘルプラントは良い香りのする花と、子孫を残す為の種が入った果実を持つ。花の香りで魔物を誘引し、果実を食べてもらい、遠くに種を運んで貰う。

だが、このヘルプラントの果実は見るからに腐っており、中をダニやノミのように小さい虫が食い散らかしている。そして、ヘルプラントの周囲に集まった小型の魔物達は、この果実を食べる為に我先にと集まっている。

小型の魔物達は、果実を口にした途端に身体を痙攣《けいれん》させ、異常を来《きた》す。身体をビクリ、ビクリと何度も震わせ、筋肉が異常発達してゆく。

やがて変化が終わった魔物は、空腹に苛まれた様子で、獲物を探して暴れまわる。小型の魔物同士で喰らい合い、あるいは餌を求めてこの場を離れてゆく。

そして――ヘルプラントの花の香りには、捕食対象をおびき寄せる効果もある。

これに釣られて呼び寄せられ、ヘルプラントの蔓《つる》に捕まっているのが、他ならぬ異常個体のヘルハウンドである。ヘルハウンドは小型の魔物も捕食しているものの、大半はヘルプラントの蔓に捕まり、養分となっている。

養分を得たヘルプラントは、また新たな果実を実らせ、これを小型の魔物達が喰らう。

そうして高速でエネルギーが循環している為か、ヘルプラントは種子以外のもう一つの繁殖方法にて急激な増殖を続けている。

そう、ヘルプラントは根を伸ばし、それを切り離すことで自らのクローンのような個体を生み出すことでも数を増やすことが可能な魔物なのだ。つまり、今は外部から集まり続けている魔物を養分として、種子ではなく株分けによって寄生虫に侵されたヘルプラントが増えているのだ。

そして寄生虫は、ヘルプラントの果実を乗っ取り、魔物の肉体に侵入することで急激に数を増やす。

よってこの場所、この魔物達が、この森における寄生虫の繁殖元であることは明白であった。

「うげ……気持ち悪いけど、アレが原因なのは明らかね」

アリスが観察を続けながら呟く。

「多分、あの寄生虫は中間宿主が動物型の魔物で、終宿主が植物型の魔物なんだろうね。果実の養分を吸って卵から孵化《ふか》。それが果実を食べる魔物に寄生して第二世代になって、次に肉食の魔物に寄生して第三世代になる。最後に肉食の魔物が空腹に耐えられず、植物型の魔物に誘引されて……捕食される時に、寄生虫は終宿主に寄生。成虫となって、卵を産み付けてるんだと思うわ」

冷静に生態を分析しつつ、アリスは考え込む。

「うーん……元々の寄生虫がどこから来たのかは分からないけど、駆除さえすれば感染が拡大する可能性は低いかも」

「どうしてだ？　聞いてる感じだと、ヤバそうに聞こえるけど」

シクロが疑問を抱き、アリスに尋ねる。

「多分だけど、第二世代が寄生出来る魔物が限られてるからだよ、お兄ちゃん。第二世代はヘルハウンドにしか寄生出来てない。この森には、他に幾らでも魔物がいるのにね」

アリスの言う通り、この場に大型の肉食の魔物はヘルハウンドしかいない。森には他に幾らでも大型の魔物が存在するにも拘わらず。

それはつまり、他の魔物は寄生されていない、ということに他ならない。

「せやけど、第二世代と第一世代に分かれとるって保証は無いやろ？　せやったら、その前提は崩れるで」

「それは大丈夫。ほら、食い散らかされてる小型の魔物を見て」

アリスは言うと、小型の魔物達の喰らい合う光景を指し示す。

そこでは様々な魔物同士が互いを喰らっているのだが、身体から出てくる寄生虫は、ウジ虫に似た姿をした小さな寄生虫だった。そして捕食者が小型の魔物の場合、ウジ虫型の寄生虫はその場をのたうち回ることしか出来ない。

だがヘルハウンドが捕食者であった場合のみ、まるで群がるようにウゾウゾと蠢《うごめ》き、ヘルハウンドへと集まって行く。

「あんな感じで、第二世代の寄生虫は、第一世代とも、第三世代とも姿が違うわ。それにヘルハウンドにしか見向きもしていない。だから私は世代は成虫も合わせて四つだと思うし、第二世代が次に狙う寄生先は、少なくともこの森ではヘルハウンドしか居ないと思う」

「――なるほどな」

アリスの考察に、カリムも感心したように頷き、呟く。

「まとめると、この寄生虫は植物型の魔物に寄生して、果実に卵を産み付ける。卵は果実の養分を吸い取って孵化。この果実を食べた魔物の中で第二世代まで成長。その魔物を更にヘルハウンドが食べて第三世代に成長。そしてヘルハウンドからまた植物型の魔物に寄生して、っていう循環を繰り返してることになるかな」

アリスは現段階で判明していることをまとめると、更に付け加えて推測を語る。

「この循環が成り立つには、ヘルプラントか同様の魔物でなきゃだめだと思う。卵を産み付けた果実を魔物に食べてもらわないと、この寄生虫は増えることが出来ない。けど、果実を餌に魔物をおびき寄せる植物型の魔物って、基本的に強くないから小型の魔物が標的なんだよね。だから第三世代、ヘルハウンド経由で寄生される切っ掛け自体が無いんだよ」

「そういうことか」

シクロはアリスの考察を聞き、ニヤリと笑みを浮かべる。

「だったら――とりあえずコイツらと、他にも似たような反応があったら潰していけばオッケーってことだな？」

「そういうことよ、お兄ちゃんっ！」

こうして四人は情報共有を終え、いよいよ戦闘態勢へと入る。

「まずは頭数を減らしていくか」

シクロは言うと、ミストルテインを構え、連続で射撃する。ダンダァンッ！　と音を立て、弾丸が魔物達を狙って飛来する。魔物達は次々と頭を撃ち抜かれて絶命するが、ヘルプラントを狙った弾丸だけは、直撃したにも拘わらず命を奪うことは出来なかった。

弾丸に撃ち抜かれたヘルプラントの傷からは、寄生虫の成体――ムカデに似た生き物が溢れ出て、何らかの液体を吐き出して傷を塞いでゆく。

「……チッ。傷付けるだけじゃあ効き目が薄いらしいな」

「シクロはんは、他の魔物の数減らすの優先した方が良さそうやな」

カリムは言いながら剣を抜く。

「カリムもヘルプラントはきついんじゃないのか？」

「いや？　ウチにも隠し玉があるんやで」

言うと――カリムは剣を構えたまま瞑想し、集中力を高める。

そして、次の瞬間、呟きと同時にスキルを発動する。

「――『紅焔剣舞《こうえんけんぶ》』、いくで」

すると、途端にカリムの手元、剣を握る部分から炎が溢れ、剣を包み込む。炎が剣を完全に包み込んだ後は、三つに分かれ、剣を覆う炎と、二本の炎の剣に分離する。

準備を終えたカリムは、前へと駆け出す。そして、まるで舞を踊るような流れる動きで次々と剣を振るう。また、カリムの剣閃に合わせ、宙に浮かぶ炎の剣も舞い踊り、独立して周囲の魔物を切り裂き、燃やしていく。

瞬く間にカリムはヘルプラントの群れまで到着すると、次々と切り捨て、同時に炎による熱で焼き殺し、内部の寄生虫ごと死滅させていく。

「なるほど、そういうのもあるのか」

シクロはカリムの技に感心しながら、周囲の魔物――特にこの場から逃げ出そうとしている魔物を優先して殲滅《せんめつ》していく。

そして――ヘルプラントへ有効打を持っているのは、カリムだけではなかった。

「いくわ！　フレイムピラーッ‼」

まず声を上げたのはアリス。カリムが攻め入った方とは異なる範囲へ炎の弾丸を放つ。

放物線を描きながら飛来した弾丸は、直撃すると途端に炎の巨大な柱を立ち上げ、ヘルプラントの全身を包み、炭になるまで焼き尽くす。

そんな高火力の魔法を、アリスは連続で放つ。広範囲魔法でないにも拘わらず、殲滅速度はカリムとそう変わらない。

「私も……いきますっ！　ホーリーレイ！」

続いて、ミストが魔法を放つ。神聖属性の光線が、上空から次々と降り注ぐ。魔物達は無差別に貫かれて――そのまま体内の寄生虫を一気に浄化され、滅されていく。

寄生虫は死から逃れようと、宿主から膨大な生命力を吸い上げる。その為、聖なる光線が一発直撃しただけで殆どの魔物が即死していく。

当然、体内に巣くう寄生虫も例外なく全滅である。

シクロとミストでヘルプラント以外の魔物を広域殲滅した効果もあり、残るは株分けにより異常繁殖をしたヘルプラントのみとなる。

「――そんじゃあ、ボクもここらで秘密兵器のお披露目といこうかな!!」

言うと、シクロはミストルテインを一度消して、両手を空にする。そのまま時計生成を発動しつつ、身構える。

「こい、『フランベルジュ』ッ!!」

シクロが呼ぶと――十秒ほどの時間を掛けて、巨大な魔道具が生成される。形状としては銃に近いが、サイズが桁違いであり、全長は一メートルを超える。

更には持ち手の上部に巨大なタンクが装着されており、重量感もずっしりとしていて、ミストルテインとはまるで異なる様相の武器であった。

「ご主人さま、これは？」

「弾丸じゃなくて、燃料を着火しながら敵に吹き付ける。火炎放射器っていう武器だよ。中の燃料も――もちろんスキルで生成済みだッ!!」

言うと、シクロは火炎放射器フランベルジュのトリガーを引く。すると――タンク内に水時計生成の応用で生み出された液体燃料、所謂《いわゆる》ナパームに近い物質が放射口へと送り込まれ、勢いよく噴射される。着火された燃料は炎をまといながら、ヘルプラントへと飛翔。

ヘルプラントの身体に粘り気のある燃料がまとわりつき、焼き尽くしながら、全く消える様子の無い炎が燃え続ける。転がったり、触手で炎を消そうともがいたりするヘルプラントもいるものの、粘性の高い燃料である為、むしろ逆効果となり炎が燃え広がってゆく。

結果――たった一度の射撃で、数十体のヘルプラントを巻き込み、燃やすことに成功する。

「ハハハ！　これは想像以上に効いてるみたいだなッ！　このまま殲滅してやる！」

シクロもヘルプラントの殲滅の為、フランベルジュで次々と標的を燃やしていく。

やがて暴れるヘルプラントは、無我夢中に逃げようとする内に、森にまで燃料をこすり付けてしまう。このままだと森を燃やすことになるのだが、シクロは慌てていなかった。

「おっと――山火事にする訳にはいかないな！」

言うと、シクロは時計生成を発動。燃料もまた時計生成で生み出したものである為、スキルの効果により消すことも可能である。森に燃え移った分の燃料だけ消失させる。

すると、火元となる燃料を失った炎は、一瞬だけ揺らめいた後、すぐに消える。森の木々は生きた木々である為、僅かな間炎がちらつく程度では燃え広がることは無い。無事、フランベルジュによる延焼、山火事は回避された。

また、シクロと同様にアリスとカリムも延焼には気をつけていた。威力を最大限優先し、ヘルプラントが暴れるのを防ぐ目的で、一瞬にして絶命させている。そして炎が延焼するよりも先に、発動した魔法を終了させることで火を消している。

結果、カリムの炎剣もアリスの炎の柱も、山火事を起こすような事態にはならなかった。


四人の殲滅作戦により、魔物の群れは短時間で殲滅された。

地面に埋まっているヘルプラントの根までも、アリスの魔法が念入りに焼き殺し、この群れについては完全に焼却処分が完了した。

「――さて。ここはこれで良いにしても、他にも群れがあるかもしれないんだよな？」

シクロが言うと、アリスは頷く。

「うん。可能性は低いとは思うけど。寄生されたヘルハウンドを、都合よく捕食したヘルプラントが居れば同じようなことになってる可能性はあると思う。多分、寄生されたヘルプラントの方が誘引の力が強いから、ヘルハウンドもほとんどここに集まってたはず。だから、本当に低い確率の話だよ」

「そうか……なら、狩り残したヘルハウンドを焼いて処分しつつ、念の為にまた森の探索だな」

シクロの言葉に、他三人も同意して頷く。寄生されたヘルプラントを中心とした異常な魔物の群れの殲滅は終わり、探索が続けられることとなった。


森の探索を続けながら、ヘルハウンドを狩り続けるシクロ達。

「――ハッ！」

カリムが声と共に剣を一閃して、また一匹のヘルハウンドが首を落とされ絶命した。

「ふぅ。これでもう何体目や？」

「さあな。でも、この辺りにはもうヘルハウンドらしい反応は無いな」

シクロは時計感知を使い、ヘルハウンドの反応を探りながら言う。

「結局、あのヘルプラントみたいな異常な群れも発生してなかったし。都度ヘルハウンドを焼却処分してきた以上、感染も広がらないはずだよな？」

「その通りだよ、お兄ちゃん。多分、もうこの辺りの森にはあの寄生虫はほぼ生息してないんじゃないかなぁ？」

アリスがシクロの推測を肯定し、更に事態が収束しつつあることを宣言する。

「後は村の近くとか、村の反対側の森まで一応調べてみて、って感じになるね」

「そうだな。今日は、とりあえずこれぐらいでおしまいってところだな」

シクロの言葉に、全員が頷いて応える。こうして、この日の探索は終了する。


探索を終え、村の近辺へと向かって戻る一行。

既に探索は終了していたこともあり、時計感知で積極的にヘルハウンドを探すこともしておらず、歩調もミストに合わせて遅いものとなっていた。

その為――向かう先で起こる出来事を、事前に察知することが出来なかった。

「――いやぁぁぁぁぁぁあああああッ‼」

突如、森に絶叫が響き渡る。その声は、明らかにシクロ達にとっても聞き覚えのある声で、緊迫感が走る。

「この声……ミランダ姉さん⁉」

「何かあったのかも！」

中でも特に驚きを見せたのは、ミランダとの関わりが深いシクロとアリスであった。

「急ごうッ！」

シクロがまず先行し、続いてアリス。カリムとミストがその後に続く形となった。

悲鳴のした方向へと駆け抜けるシクロ。既に時計生成を発動し、ミストルテインを手に携え、戦闘態勢も整えている。

更には時計感知も発動し、事の起こっているらしき場所を把握し、一直線に向かった。

だが。

「——ちくしょうッ‼　クソ犬がぁぁぁあああッ‼」

シクロは怒りに任せ、ダンダンッ！　と銃弾を放つ。

銃弾は正確に、二匹のヘルハウンドの異常個体の頭部を貫き、瞬時に絶命させる。そのお陰もあって——ミランダの身体に喰らいついていた牙も離れ、無残な姿となったミランダが開放される。

「ミランダ姉さんッ‼」

シクロは誰よりも先にミランダに駆け寄る。

素早く抱き上げ、ヘルハウンドの死体から引き離し——そして、体重が異様に軽いことに気付いてしまう。ミランダは身体をヘルハウンドに貪られ、腹部の柔らかい部分をごっそり食い千切られており、手足も齧《かじ》られた痕があり、原形をとどめていない。

特に酷い左腕に至っては、肩まで食い破られ、腕があった痕跡すら見当たらない程であった。

「……畜生、なんでッ！　どうしてだよミランダ姉さんッ!!」

シクロはそんな無残な姿となった――ミランダであった死体を抱きかかえたまま、行き場を失った感情を溢れさせるかのように声を荒らげた。

「なんで……こんな所にいたんだよッ!!　それに……なんでボクは、間に合わなかったんだよッ!!」

シクロの瞳には、自然と悔し涙が浮かび上がっていた。そんなシクロを、追いついたアリス、そしてカリムとミストが心配げに見つめつつ、歩み寄る。

「……お兄ちゃん」

だが、掛けるべき言葉が見つからず、アリスが一言、シクロを呼ぶだけで、誰も口を開くことは無かった。

そのまま、場には沈黙が流れた。

だが――やがてシクロは意を決したように立ち上がると、ミストと向かい合う。

「……ミスト。頼みがあるんだ」

「……はい。ご主人さまのお考えでしたら、私も分かります」

ミストは分かっている、といった様子で頷き、言う。

「――再生魔法を、使えばいいのですね？」

ミストの言葉に、シクロは気まずそうにしながらも頷いた。

シクロは意を決した様子で語る。

「正直言って……死者の蘇生は禁忌の術だとボクは思ってる。命を弄ぶような技だし、本来はあってはならない。……でも、それでも、ボクは考えてしまったんだ。ボクとミストの力があれば、死者蘇生も可能なんじゃないかって」

シクロの言葉に、アリスが反応する。

「お兄ちゃんの言う通り、死者蘇生の術はずっと昔から、どの国でも禁忌扱いされてる術だよ。理由は色々あるけど、一番は――死んだ人が本当の意味では蘇らないから。大抵は、フレッシュゴーレムっていう魔物と同じような化け物が生まれるだけなの。そして、生み出された化け物が人類に牙を剥《む》いた例も少なくないわ」

賢者として、錬金術を学んだ知識の中から、アリスは語る。

「正直言うと、私も錬金術の範疇《はんちゅう》だったら死者蘇生……と、過去に信じられてきた術なら全て使えるわ。でも、それはどれも禁忌だし、蘇るのはミラ姉じゃない化け物でしかないの。だから……私は、お兄ちゃんの意見には反対だよ」

「せやな、ウチも反対や」

アリスの言葉に、カリムも頷く。

「可哀想やとは思うけど、ウチらが禁忌犯してまで助けるべきとは思わへんで。仮令成功しても失敗しても、リスクにしかならへん」

「その考えは、ボクにも分かる。けど……今回限りだから、やらせてくれないか？」

シクロは、アリスとカリムに頼み込む。

「それに……いつかは挑戦するつもりだった。ボクらのパーティの手札として、仲間の蘇生が出来るっていうのは大きな武器になる。少なくとも――ディープホールを攻略するなら、それぐらいの切り札があってもいいと、ボクは考えてる」

言うと、シクロは頭を下げる。

「――頼む。ボクには……出来るかもしれない力があるのに、ミランダ姉さんを見捨てたくはないんだ」

シクロの頼み込む姿を見て、カリムが呆れたように溜め息を吐く。

「はぁ……。そもそも、必要なんはミストちゃんの力やろ？　ウチらには禁忌犯したこと黙っといて欲しい、ただそれだけや。違うか？」

「そうだな。でも、ボクらは仲間だ。筋は通すべきだと思う」

「……ウチは何も知らん。悲鳴を聞いて『ミストちゃんを連れて』先に行ったシクロはんを、アリスちゃんと一緒に追い掛けた。それでええな？」

言うと、カリムはアリスの手を取り、この場から離れていく。

「……ごめん、それとありがとう、二人とも」

シクロは建前の為に距離を置く二人を見送ると、ミストと向き直る。

「それじゃあ——ミスト。まずは魔法を使う前に、どうやって蘇生するのか話そう」

「はい。——私の再生魔法だけでは、死者の蘇生までは出来ません。ご主人さまは、何かアイディアがあるんですよね？」

「ああ。ボクの——『時計操作』と再生魔法を組み合わせれば、もしかすると、ってだけなんだけどな」

シクロは自嘲気味に言ってから、真剣な様子で詳細を語る。

「ボクのスキルは、本来は時計に関わるスキルでしかなかったんだと思う。けど、成長したお陰なのか、時計と名の付くものならある程度融通が利《き》くようになった。フランベルジュなんかも、そういう応用あっての武器だ」

「ということは、人の身体を時計に見立てるのですか？」

ミストの問いに、シクロは頷く。

「ああ。ボクが常に『腹時計』を停止して、魔力だけで肉体を維持しているのと同じように。ミランダ姉さんの——『体内時計』を過去に戻す」

シクロはミストを見つめながら、具体的な策を語る。

「つまりボクがミランダ姉さんの『身体』を治す。ミストには——ボクの心を治してくれた時のように、ミランダ姉さんの『魂』を再生してほしいんだ」

「……なるほど。理解出来ました」

納得したように頷くミスト。

「出来るかどうかは分かりませんが……頑張ってみます」

「ありがとう、ミスト」

シクロはミストに感謝を伝えつつ微笑むが、すぐに表情を引き締める。

「じゃあ、すぐにでも作業に取り掛かろう」

「はい！」

こうして、死者蘇生への挑戦が開始される。二人はミランダの遺体を左右から挟むようにして立ち、それぞれが両手を翳《かざ》す。

そして――集中力を高め、魔力を集め、スキルを発動させる。

「――『時計操作』ッ！」

「――『再生魔法』っ！」

二人は同時にスキルを発動させた。すると、二人から溢れた魔力が光を放ち――ミストの神聖さを帯びた魔力と、シクロの魔力が絡み合いながら、ミランダの肉体へと注がれていく。

魔力が肉体へと浸透するほどに、ミランダの肉体の欠損部位が、みるみるうちに再生していく。さほど時間を掛けないうちに、肉体の再生は完了してしまう。

だが――ミランダが目を覚ます気配は無い。

（再生出来ない……？　ううん、違う——再生するべきものが、ここには無いんだ！）

ミストは瞳を閉じたまま集中し、再生すべき存在——魂と呼ぶべき何かを探る。

そしてミランダの肉体の中のどこにも無いということが分かると、更に魔力が探索の幅を広げる。

途端——ミランダの身体から、眩《まばゆ》い神聖な魔力が立ち上り、天へと向かってゆく。

遥か上空で、ミストの魔力はまるで雲のように薄く広く広がっていった。

ミストは、広大な範囲であるがゆえに薄く弱い反応を探る為、集中を続ける。

（何か——ご主人さまの心を再生した時のような、あの感覚があれば——）

ミストが必死に探っていると、その手の甲に温かいものが触れた。

「ミスト——っ！」

それは、シクロの手であった。肉体の再生を十分に終えたシクロは、自らの魔力を分け与えることで、ミストの補助に回ったのだ。

（——っ！　あった！）

そして、とうとうミストは魂と呼ぶべき何かを発見する。自分の魔力がそれを包んだ途端、再生魔法が作用する。どこかへ向かって流れ行く途中だった魂は、逆流するかのようにミランダの肉体目掛けて戻ってゆく。

そうして——ミストの魔力が魂を捉えて数分後。

ようやく、ミランダの魂が肉体へと帰還した。

「――くっ!!」

そして、それがミストの集中力の限界であった。発動し続けていた再生魔法は、ミストの限界と共に終了する。ミランダの魂が肉体に戻りきるか否か、といった瞬間の出来事。

「……ミストっ!!」

シクロは、慌ててミストを抱きかかえる。ミストは、自分でも知らぬ間に、疲労のあまりその場に膝を突いていたのだ。今にも倒れそうなミストをシクロが支える。

「ご主人、さま。出来ました。私、魂を――」

「ああ。ボクも見てた。凄かったよ、ミスト。とても頑張ったんだ」

言いながら、シクロはミストを抱きしめる。

「こんな、無茶なお願いだったのに――ボクに付き合ってくれて、ありがとう、ミスト」

「はい。私は、いつでもご主人さまの味方ですから」

疲労の残る様子では有りながらも、ミストはシクロに向けて微笑んで見せるのであった。

魔力が収まり、光も消えたのを見計らい、カリムとアリスが戻ってくる。

「――どうや、上手くいったんか?」

その言葉に、シクロは頷いてから答える。

「ちゃんと魂は戻ってきた。ミストが頑張ってくれたんだ。これ以上にないぐらい、出来ることは全てやったよ」

「そうか。ほんなら……ともかく、今はその姉ちゃんが無事目ぇ覚ましてくれるかどうかやな」

「ああ。上手くいってくれるといいんだけど……」

カリムの言葉に、シクロは不安げな表情のまま頷く。

そんなシクロを見ながら――アリスは、気まずそうな表情を浮かべ、口を開く。

「……お兄ちゃん。ミラ姉だけど――」

アリスが何かを言おうとした時、同時にミランダの身体が僅かに動く。

「ミランダ姉さんっ!!」

「……しく、ろ……くん」

ミランダは、喋りづらそうにしながら、声を出す。反応から見るに、しっかりとミランダ本人が蘇生されたことは間違い無さそうに思えた。

「なに、が……」

「ミランダ姉さんが、魔物に襲われた所を見つけたんだ。それで――出来る限りの手段を使って、ミランダ姉さんの怪我を癒やしたんだよ」

あえて死者蘇生をした、とは言わないシクロ。

「そう、だったのね」

「ああ。一時はどうなるかと思ったけど、無事で良かった――」

「違うよお兄ちゃん。無事じゃない」

安堵し、笑みを零したシクロの言葉を遮るように、アリスが口を開いた。

全員がアリスに視線を向け――アリスは今にも泣きそうな表情で、話を続ける。

「人間に限らず、普通の生物は身体の中を魔力が複雑に巡っているの。喩えるなら、それは魔力が歯車のように噛み合って、大きな一つの機械みたいになってるのが普通なの。でも――ミラ姉の魔力は、そうなってない」

アリスは言いづらそうにしながらも、自らの見解を語ってゆく。

「人体を流れる魔力は、優れた魔法適性持ちでもないと認知出来ない。だから、お兄ちゃんが分からなかったのも仕方ないよ。でも――ミラ姉の魔力は、複雑に巡ってはいるけど、噛み合ってない。バラバラの歯車が身勝手に回っているような状態なの。……そんな状態じゃあ、普通の生物は生存出来ないわ」

生存出来ない。断言されたシクロの表情に緊張が走り、口の中が乾燥する。

「それは……つまり」

「うん。――ミラ姉の今の状態は、フレッシュゴーレムっていうアンデッド系の魔物と同じ。……蘇生は、失敗してる」

アリスの言葉で、その場に重苦しい空気が漂う。言葉を失い、肩を落とすシクロ。苦悩するような表情を見せると、ミランダが声を掛ける。

「……シクロ、くん。ありがとう」

「ミランダ姉さん？」

突然の感謝の言葉に、シクロは困惑し声を上げる。ミランダは、息も絶え絶えになりながら必死に言葉を紡ぐ。

「助けようと、してくれたのよね？」

「ああ。でもボクは……」

「気にしない、で。悪いのは、私、だから」

ミランダは、何故このようなことに——ヘルハウンドに襲われる事態になったのかを、途切れ途切れの声で説明した。

ミランダはシクロ達が村から出ていくのを見て、シクロに見捨てられたのだと思い込んだのだ。そしてどうにかして、シクロに見捨てられたくないという一心で、シクロ達を追い掛けて村を抜け出した。村人達の目を盗んで。あてもなく、見つけられるはずもないのにシクロ達を捜し続け——やがてヘルハウンドに見つかり、襲われた。

それが、ミランダの死に至るまでの真相であった。

「いつでも……シクロくんは、私を、助けようと……してくれたよね。でも——信じられなかったのは、私。私が、間違っていたの。シクロくんは、いつも、味方で、いてくれたのにね」

ミランダは、苦しみながらも、シクロに語り掛ける。

「ごめん、ね――ちゃんと、信じられなくて……ごめん、ね……っ‼」

「いいんだっ！　そんなのは別に、いいんだよミランダ姉さんッ‼」

ミランダが、涙を流しながら謝罪する。それをシクロは、同じく涙を流しながら構わないと口にする。苦しそうにするミランダを抱きしめ、背を擦った。

「そんなことよりも、他のどんなことよりも――ミランダ姉さんが生きて、幸せでいてくれることの方がよっぽど大事だよ！」

「そっか……そうなれたら――ずっと、良かったのにね」

ミランダは、まるで諦めるように呟く。そして――二人を見守っていた、ミストの方へと視線を向ける。

「ねえ、貴女」

「……はい」

「貴女が、私を――呼び戻して、くれたんでしょう？」

「……ええ、そうです」

答えたミストに、ミランダは微笑み掛ける。

「ありが、とう。貴女の……優しさに、包まれてるみたいで……とても、気持ちよかったわ」

「そう……だったんですね」

「だから――最後は、貴女の……力で。送って、欲しいの」

「……っ！」

ミランダの言葉に、ミストは息を呑む。

そしてシクロは――首を振って、ミランダの言葉を拒否しようとする。

「最後なんて！　そんなこと、言わないでよ！　姉さんッ‼」

「シクロくん。……強く、なってね。今でも、素敵だけど。今よりも、もっと、素敵で――天国からでも、見惚《みと》れちゃう、ぐらいに」

言いながら――ミランダは、シクロの頭に手を置いて、優しく撫でた。

そしてミランダは、ミストに視線を向け、頷く。

ミストは――頷きを返し、ミランダの意思を尊重した。

「――『ホーリーブレス』」

瞳を閉じ、集中して――ミストは神聖魔法の一種を発動させる。聖なる光が場を包み込み、味方にはバフ効果を発揮し、アンデッドに対しては浄化の効果を発揮する。

つまりアンデッドの一種である、フレッシュゴーレムと化したミランダにとっては、再び魂が解放され、天へと昇ってゆく魔法となるのだ。

「――姉さぁんッ‼」

シクロは、まるで天へと帰すまい、とでもいうかのように、必死にミランダの身体を抱きしめた。

しかし――物理的な干渉で、ミランダを留め置けるはずもなく。

ミランダの魂は――ミストの神聖な魔力に包まれ、天へと還ってゆく。

「シクロくん。後悔なんて、しなくていいからね」

ミランダは、最期の言葉とばかりにシクロへと語り掛ける。

「私が、こうなったのは――君のせいじゃ、ないから」

「……違うよ、姉さんッ!! ボクが! ボクがもっと頑張っていれば……ッ!! あの時だって!! 自分が仕事をクビになったからって、勝手に自信を無くして――人を信じられずに、一人で暴走したボクが、姉さんを助けられなかった一番の原因なんだよッ! 姉さんは、だから、こんな所で死んでいい人じゃ――」

「それでも、だよ。それでも――悪いのは、君じゃない」

ミランダは、最後の力を振り絞り、シクロに微笑み掛ける。

「君は、なあんにも、悪くないよ――」

その言葉が――本当に、最後だった。

浄化の光は次第に収まり、ミランダの魂は、天へと昇り完全に消え去ってしまう。

後に残されたミランダの身体は――薄く微笑みを浮かべたまま、ぐったりと動かなくなってしまった。

「……姉さん……っ‼　姉さんッ‼」

そして──シクロはただ、ミランダの遺体を抱えたまま。

その場で泣き崩れるのであった。


シクロは長い間、ひたすら泣き続けた。

だがやがて泣き止むと、ミランダの遺体を収納する。いずれ故郷の王都へと連れ帰り、埋葬する為である。

その後は──四人で村へと帰還。そして、ミランダが村から抜け出し、魔物に襲われ命を落としたことを報告。

村長も悲劇があったことには顔を俯け悲嘆に暮れるような素振りは見せたものの、本当に気にしているのは、村の財産である奴隷が失われた点であるようだった。

その為、シクロは当初の予定通り依頼達成報酬を返還した上でミランダの遺体を引き取り、代わりに王都の奴隷商人を紹介することを約束する。

遺体となってしまったミランダでも、村の奴隷であるからには、勝手に連れ出すのは問題がある。通すべき筋は通した、ということになる。

そうして――数日掛けて森に残ったヘルハウンドの討伐をこなし、完全に事態は収束する。

用件も無くなり、四人は馬車に乗り、ノースフォリアへと帰還する。

馬車の中で、シクロは遠い景色を眺めながら、ふと呟く。

「……どうすれば、上手くいったんだろうな」

その呟きに反応し、全員がシクロの方に目を向ける。

「今まで……何回も考えてきたよ。ボクがどこで、どうしていればこうならなかったのか。ボクに出来ることはもっとあったんだろうなって……後悔ばっかりしてる」

どこか後ろ向きにも聞こえるシクロの発言に、言葉を返すのはミストであった。

「ご主人さま。ミランダさんを助けられなかったことを……悔やんでいるんですね」

「そうだな。それも含めて……ボクは、いつでも、どんな場面でも、もっと上手くやれたはずなんだ。でも、選択を失敗し続けてきた気がする。ボクのせいで、色々なものが失われた気がする」

気落ちしている様子のシクロに、ミストは励ましの言葉を返す。

「……過去を振り返るのも、失敗を悔やむのも、時にはいいと思います。でも、ご主人さま。

それはどうか――これから起こることをより良い方向へ導く為に役立てて下さい」

ミストは言って、シクロの手をとる。

「誰だって、変えたいような過去に悩んで、考え込んでしまうものだと思います。でも、過去の失敗や悲劇を変えることは出来ません。だからこそ――抱いた後悔も、悲しみも、全部明日の自分の為にお使い下さい。そうすることで、もしかしたら、少しでもいい方向に未来が変わるかもしれませんから」

「……ミスト」

ミストの励ましの言葉で、シクロは顔を上げ、気を持ち直すような様子を見せる。

「それに――ご主人さまは、どうして私を買って下さったんですか？」

「それは……」

「色々なことがあって、だからこそ奴隷である私を、ご主人さまは買って下さいました。だから私は、酷い環境から抜け出して、今こうして幸せでいます」

シクロに向けて、微笑み掛けるミスト。

「この通り、変わるんです。ご主人さまが悔しくて、どうにか変えようと頑張ったから。未来は良い方に変わるって、私には分かるんです」

言うと、ミストは――いつかシクロがしてくれたように、シクロの身体を抱きしめる。

「だからご主人さま――頑張って。私がずっと、貴方のそばで――未来は変えられるんだって、証明し続けますから」

ミストの言葉がじんわりと胸に染み込んでくるようで、シクロは言いようのない温かさを感じていた。

そしてふと周りに視線を向けると、カリムとアリスも微笑み、見守りながら頷いていた。

「ミストちゃんの言う通りや。シクロはんにはアホなとこもあるかもしれんけど、それでも変えていきたいって気持ちがしっかりあるやろ？」

「お兄ちゃんがつらい時は、みんなで支えてあげるんだからね！」

「……カリム。アリス」

二人からも言葉を受けて、シクロは頷き、気を取り直す。

「――そうだな。ボクは、悔やんでるだけじゃダメだ。今までみたいに、ただ眼の前の理不尽に一喜一憂するだけでもダメだ！　悔しさも、全て力に変えていくぐらいじゃないと」

力強く、シクロは拳を握りしめ、宣言する。

「ボクは……世界を変える」

それは大胆が過ぎるほどの宣言であった。

「人がスキルで差別される世界。人が人を物のように扱う世界。そんな考えを肯定して、今の常識を作り上げたスキル選定教の望んでいる世界。そういうものを、ボクの大切なものを壊した理由の一つを――ボクは、変えていきたい」

シクロは強い意志の光を瞳に宿し、語る。

「ミランダ姉さんのこともそうだ。ボクがあの日……ずっと無能扱いされ続けて、仕事をクビになって、自信も、他人を信頼する余裕も失って失敗したのも、一つの原因だと思う。でも、違法奴隷商人なんて仕組みが成り立つ世の中じゃなければ、ミランダ姉さんがこんな辺境で死ぬようなこともなかった。事件を起こす人間だって、そもそも存在しなかったかもしれない」

過去の失敗を見据えながらも、その上でシクロは、自分の手で変えられるかもしれない他の原因へと目を向けていた。

今までのように、ただ自分とその周りの境遇に、不満を漏らすだけではない。確かに強い目的意識を抱き、シクロは変わりつつある。

「ミストが奴隷に落とされたのだって、スキル選定教がミストのスキルを邪教徒と呼んだからだ。ボクとアリスの……すれ違いも、賢者という職業スキルを異様に特別扱いする文化が無ければ起こらなかったかもしれない。これだって、元を辿《たど》ればスキル選定教だ」

言いながら、仲間である三人に視線を向ける。

「もちろん、だからってボクの失敗が正当化される訳じゃない。ボクにも変えられること、出来ることはあると思う。でも――それでも、世界を変えることで、変わる未来だってあると思う」

そしてシクロは、仲間である三人に頼み込む。

「だから――みんな。ボクと一緒に来てくれ。こんなことがもう起こらないよう、世界を変える為に」

それは――シクロが初めて、明確に自ら理不尽と闘う意志を示した瞬間であった。

シクロの言葉に、三人それぞれが頷く。

「もちろんです、ご主人さま。私はいつでも、いつまでもご主人さまについていきますっ！」

「ウチも協力させてもらうで。それでこそ、ウチが期待するシクロはんや」

「私だって、お兄ちゃんの為なら幾らでも頑張れるわ！」

三人それぞれが、シクロと共に行くということを、はっきりと意思表示する。

それを見たシクロは、嬉しさから笑みを浮かべ、感謝の言葉を口にする。

「ありがとう、みんな。ボクは――最高の仲間に恵まれて、幸せだよ」

こうして――シクロはいよいよ、本気でスキル選定教と、そして世に蔓延《はびこ》る理不尽と闘うことを決意し、決起した。

そして――ノースフォリアへと帰還したシクロは、早速行動を起こすこととなる。

第六章　決意と始まり

依頼を終え、ノースフォリアへと帰還したシクロ達一行は、冒険者ギルドにて依頼完了の手続きを済ませた後——辺境伯との面会を求め、屋敷へと向かった。

到着すると、応接室へと案内される。

「今日は、どうしたのかな？」

辺境伯、デイモスは応接室を訪れると、また何か難題を言われるのか、と警戒している様子であり、表情が若干引きつっていた。

そんなデイモスの様子を見て——シクロはまずは立ち上がると、すぐに腰を折り、頭を下げてから言った。

「まずは——今までのことを、謝罪させて下さい。すみませんでした。辺境伯という立場の方への態度として、不適切な言動が多かったこと。度々無理な要求をしてきたこと。申し訳有りません」

突如頭を下げ、謝罪を始めたシクロを見て、デイモスは驚きから目を見開く。

「これはまた……どういう心境の変化だい？」

「色々、ありました。それで、本題に入るよりもまず、通すべき筋があると考えました」

「ふむ」

シクロの態度を見て、デイモスは顎に手を当て、考え込む。

「……まあ、全く気にしていない、と言えば嘘になるがね。だが、Ｓランク冒険者には態度の良くない人間も少なくない。君のしたこと程度を、いちいち咎めていてはキリが無いよ。――それでも、気持ちは変わらないのかな？」

「はい。申し訳ありませんでした」

シクロは頭を上げず、謝罪の言葉を繰り返す。そんなシクロの様子を見て、デイモスは納得したように頷く。

「――そうか。それなら、私も謝罪を受け入れよう。これからは、今まで以上に友好的な関係を続けていこうじゃないか。お互いに、ね」

「……はい、ありがとうございます」

謝罪を受け入れてもらうことが出来たシクロは、ようやく頭を上げ、席に座り直す。

「さて、シクロ君。本題について、話をしてもらおうか？」

「はい。……色々なことがあって、考えて、どうしてもやりたいことが出来たので。デイモスさんには協力をしてほしくて、お願いに来ました」

「まあ、またお願いだろうとは分かっていたけどね」

デイモスは溜め息を吐きながら、シクロに問い掛ける。

「でも今回は、特別なんだろう？」

「はい。ボクの方からも、出来る限りの対価を提供するつもりです。単にお願いというよりは、ある意味では取引という形に近いかもしれません」

言うと、シクロは少し間を置いてから詳細を話し始める。

「……ディープホールに落ちてから、ボクはずっと思っていたことがありました。どうして人は――スキルによって差別されるんだろう、と。そんなものさえ無ければ、もっとマシな人生を歩んでいたのかもしれないのに、と」

シクロは経緯から含めて話してゆく。

「そしてＳＳＳランクの冒険者となって、これまでの活動を通して――仲間と一緒に過ごしてきて、その思いはより強くなりました。スキルで人を差別するような習慣は良くない。そんなものは無くなってしまった方が、きっと今よりも幸せになれる人が沢山いるはずだ、と」

「ふむ、そうなると――つまり、そういうことだね？」

デイモスはニヤリと笑みを浮かべ、シクロの言いたいことを察した様子で言う。

「はい。ボクは――スキルありきの世界を、スキル選定教が人の未来を左右し過ぎる世界を変えたいんです」

ついにシクロは本題を、重大な決断を言葉にして、デイモスに伝えた。

「なるほど。確かに——それは冒険者が個人で叶えるには大き過ぎる目標だね」

「はい。どんな手段を使うにしても、人の生活に、社会に大きく変化を起こす必要があると思います。だから……ボク個人の力では、成し遂げられないだろうと思います。なのでデイモスさんにお願いしに来たんです」

そこまで言うと、シクロはいよいよ交渉の段階に入る。

「もちろん、タダで協力して欲しい、という訳じゃありません。ボクを——SSSランク冒険者という手札を、デイモスさんが使いたいように使って下さい。それはデイモスさんの利益の為だけでも構いません。流石に誰かを不当に貶めるとか、犯罪に関わるようなことは出来ませんが……ボクに出来ることなら、何でもやります」

シクロの提示した内容を、吟味するかのように、デイモスは顎に手を当て、考え込む。

「それに——ボク達はこれから、ディープホールの攻略を行います。その時に手に入る魔物の素材なんかも、デイモスさんに最大限融通します。指名依頼の報酬も、今回のお願いで相殺してくれても構いません」

以前、幾らでも報酬を出す、というようなことをデイモスはシクロに提案していた。その報酬を今回のお願いと相殺すればタダ働きも同然となる。

それだけの条件をシクロが提示したことで、いよいよデイモスも、シクロがそれだけ本気で今回の提案に踏み切ったのだと理解する。

「なるほど。つまり君の目標は、それだけの対価を払ってでも実現する価値があると？」

「はい。価値もありますし――仮令価値を否定されても、ボクは成し遂げたいと思っています」

シクロは真剣な表情で、決意の強さを言葉にして語る。これにデイモスも納得したように頷き、口を開く。

「なるほど。確かに――対価は悪くないね。もちろん、シクロ君がどれだけの協力を私に求めてくるのかにもよるけれど」

「そこは、相談の上でちょうどいいラインを探していければ、と考えています。具体的に何を、どうすればいいのか。効果的な手段はなんなのか。ボク一人では考え付かないことまで含めて――協力してもらえれば助かります」

シクロは言うと、座ったままの状態でまた頭を下げる。

「お願いします。ボクに――力を貸して下さい！」

頭を下げ、協力を求めるシクロを見て――デイモスは、フッと笑みをこぼす。

「なるほどね。随分と、短期間で変わったものだね」

言うと、デイモスはシクロに答えを返す。

「頭を上げなさい、シクロ君。こちらとしても、君と協力関係を築くのは悪くないと思っている。特に――今の君であれば、十分に信頼出来ると考えているよ」

「それは――！」

「ああ。是非とも、君の目標に協力させて欲しい」

言うと、デイモスはシクロに向けて、握手を求めて手を差し出す。

シクロも手を差し出し、握手を返す。

そして――握手を交わした後、デイモスは再び口を開く。

「さて。――こうなったからには、シクロ君、そしてパーティメンバーの皆さんにも聞いておいて欲しいことがある」

デイモスの言葉にシクロは仲間の三人の方へと視線を向ける。三人も、シクロと目を見合わせる。

「どういうことですか？」

デイモスと向き直ったシクロが問うと、デイモスは語り始める。

「そうだね――元を正せば、これはとある辺境の領主の息子として生まれた男の、しがない昔話になるのだけれどね」

そうして――デイモスは、シクロ達が予想もしていなかったことを話し始める。

「かつてその子どもは、夢を持っていた。父のように武勲に優れるスキルを手にして、領民達をダンジョンのスタンピードから守るのだ、とね」

デイモスが語り始めた話を、シクロ達は真剣な様子で聞く。

「しかし――スキル選定の儀式で手に入れたのは、事務作業が得意になるというだけのどうしようもないスキルだった。前線に立つことは許されず……だからこそ、ある時起こった大規模なスタンピードの時も生き残った。家族でたった一人だけね」

デイモスの言葉に、シクロ達は息を呑む。

察するに、この話はデイモスの、辺境伯としての過去である。ということは、デイモスは過去に、家族全てを失う程の悲劇に見舞われてしまったことを意味する。

「それから彼は苦悩し、どうして自分だけが生き残ってしまったのかと悩みながらも、どうにか領地を立て直した。領民の幸せの為に尽くす日々だった。気がつけば伴侶もいて、子どもも生まれていた」

その子どもがクルスなのだろう、とシクロ達は察する。

「そして――子どもが十六を迎えた日。彼は自分の時の反省を活かして、秘密裏にスキル選定の儀式を行うことにした」

ここからが本題だ、と明らかに分かる声色で、デイモスは語る。

「そして……我が息子が、手にしたスキルは、司祭の口から『娼婦《しょうふ》』であると告げられたよ」

その発言で――シクロ達は、全員が察する。

すなわちデイモスも、そして息子のクルスもまた――スキルに、スキル選定教に人生を左右され、苦しめられてきた人間なのだと。

「その時、私は思ったよ。どうしてスキルに、人生をこうも左右されなければならない？　私が『暗算』スキル持ちだからといって、どうして強くなる必要が無いと言えた？　あの時私も父や母、兄弟達と同じように、武を学び、共に戦場に出ていれば、救われた命も多かったんじゃないのか？　クルスは何故――薄汚い司祭に娼婦と呼ばれ、『そういう趣味』の輩《やから》に売れば良い等と言われ、侮辱されなければいけないのか？」

デイモスの声には、強い怒りと、同時に怒りを抑える冷静さも滲んでいた。

「……つまり、本当にスキルは、スキルの示す道に従い生きることは、人にとって幸福な道なのか、とね。私は、常々疑問に思っていたんだよ」

それは正に、シクロが抱いている疑問、違和感と全く同じものであった。

「そんなある日、非常に面白い手札が見つかった。――ディープホールの深層から帰還した、SSSランクの冒険者という存在だよ」

「……ボク、ですか」

デイモスに言われ、シクロは呟く。デイモスも頷いてから話を続ける。

「君と面会して、これは利用出来ると思ったよ。私の目的に、君のような英雄的存在、圧倒的武力は必要不可欠だ。さながら――ルストガルド帝国が『魔王』なる存在により、一つの国として成り立っているのと同じようにね」

「魔王、ですか？　それが……今回の話と、関係が？」

シクロが問うと、デイモスは頷く。

「これは少しややこしい――政治や歴史の話になるんだがね。まず、この世界の成り立ちから関わっているとも言える」

デイモスはそう言って、シクロに教えるように語ってゆく。

「始まりは、何もない場所、場所とも呼べない場所に創造神が降り立った。創造神は七日を費やし世界を、そして住まう生き物達を生み出した。――これは、神と直接交信する技術を持つ、エルヴンヘイムのエルフ達からも事実だと肯定されている。つまり、実際にこの世界は、創造神が作り上げたことが分かっている」

デイモスの言葉を、ポカン、としながら聞くシクロ。同じような反応を見せているのはミストぐらいで、カリムとアリスはまるで最初から知っていたかのように平然としていた。

「あの……デイモスさん。それは神話とか、おとぎ話じゃなく、実際にあったことなんですか？」

「少なくとも、エルヴンヘイムから伝わる話では事実だとされているよ」

言われ、シクロは驚く。

創世神話のような話は、シクロも子どもの頃に聞いたことがあった。しかし、その内容が――一部分でも事実であり、歴史上存在した出来事であった、というのには驚愕する他無かった。

「ともかく、この世界は創造神が生み出した。何もかも創造神の掌の上のものだった。――そう、過去形だよ。数々の種を、生物を生み出し、人々を導いた後、創造神は疲れ、眠りにつくこととなった。世界の管理を、自らが生み出した四柱の神に任せてね」

「それも事実なら、知っています」

シクロはデイモスの言葉に先んじて口を開く。

「エルヴンヘイムのエルフが崇《あが》める大地母神。ルストガルド帝国を始めとする、亜人種国家が崇める魔神。砂漠の国、アイルリースが崇める太陽神。そして、ボクらの国とスキル選定教が崇める、スキル選定神ですね」

シクロが言うと、デイモスは頷く。

「そうだ。……ただ、創造神を崇める人々の伝承によれば、スキル選定神ではなく断罪神と呼ばれていたそうなんだがね」

スキル選定教の神――断罪神。

その名を聞いて、シクロはどこか引っかかりを覚える。

だが、今はそこを追求している場合ではない為、デイモスの話を聞き続けた。

「ともかく、本来創造神が担っていた役割を、四柱の神が担うようになった。そこから――創造神以外の神を崇める宗教が跋扈《ばっこ》し始める。これは、それぞれの神が創造神に代わり、この世界を手にしようとしたからだ、とも言われている。創造神を崇める人々からはね」

神による、世界の奪い合い。

シクロの想像をも超えるスケールの話に、次第に意識があらぬところへ飛びそうになる。が、どうにか必死にデイモスの話についていこうと気を張る。

「それに事実、歴史上もそう思えるような変化が起きている。最初は太陽神信仰により、砂漠の厳しい環境でも有利に生き抜く術《すべ》を得たと言われているアイルリースが大きく国土を広げた。かつては無数の小さな部族が存在しただけだが、今では砂漠地帯のほぼ全てがアイルリースの支配地域だと言われているぐらいまで拡大している」

「せやな。……詳しくは言えんけど、太陽神信仰とアイルリースの発展に関係があるんは事実や」

アイルリース出身であるカリムが、デイモスの言葉を肯定する。

「そして次に出てきたのが――スキル選定教だ。群雄割拠の戦国時代に生まれたこの宗教は、本来生まれつき特別な者か、あるいはダンジョンの踏破等の偉業を達成することでしか得られなかった『スキル』というものを人々に与えた」

スキル選定教の話題になり、シクロはより集中して耳を傾ける。

「結果、スキル選定教を国教に定めることが、同時に軍事的な優位性にもつながった。当時存在した無数の都市国家は、次々とスキル選定教を受け入れた国に飲み込まれ、統合されていった。——要するに、当時の主要な信仰、創造神への信仰の駆逐が行われていった」

シクロは、自分が知りもしなかった歴史、スキル選定教の過去の所業を知り、言いようの無い感覚に見舞われる。怒りに似た、苛立ちにも近い奇妙な感覚だった。

「そうして莫大な権力を得ることとなったスキル選定教は、当時当たり前に使われていた、創造神が人に託した言語を古代語として、新たにスキル選定教の定めた言語を現代語に指定し、国々にこれを使うよう強制した。結果——創造神への信仰は、ほぼほぼ消滅してしまったという訳だ」

シクロは、それで自分が——創造神に関する知識に欠けているのだろう、と理解した。つまり、スキル選定教が徹底して文化を破壊したからこそ、歴史を含めたあらゆる知識を得る機会を失ってしまったのだと考えた。

「そうして人類がスキル選定教に染まった頃になって——次に、魔神を信仰する勢力が現れた。人より優れた能力を持つ亜人種が集まり、魔神の使徒である『魔王』の名の下に一致団結した集団。ルストガルド帝国が誕生したんだよ」

いよいよ、歴史の話が出たそもそもの理由、魔王の話題にたどり着く。シクロは更に聞き漏らさないように、と気を張り直す。

デイモスはどこか面白そうにしながら話を続ける。

「——だが当時、ほぼ全ての国はルストガルド帝国を国として認めていなかった。何故なら彼らは、その血筋に正統性が無かったからだ。国主たる魔王は、どの国の王の血筋でもなく、単なる一人の亜人がある日魔王として目覚めただけの存在だった。故に、国として認められなかった」

「……それが、どうして今のように、一つの国として認識されるようになったんですか？」

シクロが問うと、デイモスはニヤリと笑みを浮かべて答える。

「それは、魔王が『英雄』であり、圧倒的な『武力』だったからだよ。国でないはずの魔王率いる集団が、スキル選定教を国教に据えた国々と、互角以上の戦争を続けることになった。その主要因である魔王の存在を、新たな英雄の血筋であるとして国主の正統性があると認める国が出てきた。……いや、認めることで、争いを出来る限り避ける方向に動いた、と言った方がいいかな」

それはつまり——圧倒的な『武力』さえあれば、国として諸外国に認められうる、という意味でもあった。

「以来、そうした英雄の血筋を正統性の理由に挙げる国は増えることになった。我が国ハインブルグの西に広がる都市国家群には、そういう国が非常に多い。……因《ちな》みに、ハインブルグは未だにルストガルド帝国の魔王を暫定政権としてしか認めていない。単なる革命勢力扱いだね。帝国との戦争が続いているのも、それが一つの理由だよ」

「そ、そうだったんですか……？」

ルストガルド帝国との戦争。その理由がさらりと、当たり前のように明かされ、シクロは面食らってしまう。

だが、これは本題ではない、とでも言うかのように、デイモスはすぐに話題を戻してしまう。

「ともかく、ルストガルド帝国の存在が新たな国の在り方を示した。つまり圧倒的な武力、そして功績をもってして諸外国に認めてもらうことさえ出来れば、建国することも可能なんだよ。——例えば、ＳＳＳランク冒険者が、最悪のダンジョンとまで呼ばれたディープホールを攻略するようなことがあれば、間違いなく認めてくれる国は出てくるだろう」

ようやくシクロは、デイモスの言いたいこと、そして目論見《もくろみ》が理解出来た。

「そういうこと、ですか。つまりボクに、魔王になれ、と」

「ははは。それは極端な言い方だけれどね。ノースフォリアの英雄となり、諸外国に君の血筋を皇族として認めてもらえれば、別に戦争をする必要までは無いさ」

デイモスの言葉は、認められなければ、戦争も辞さない、という意味でもあった。

「つまり要約するとこうだ。シクロ君がディープホールを攻略してくれれば、我がノースフォリアは国として独立出来る。スキル選定教の横槍だって弾き放題。どんな文化も我々為政者側の意向次第。君と私の本願を達成する為の、最高の条件が整うという訳だよ」

ようやく——何故、デイモスがこのような話をしたのかがはっきりとする。デイモスは、シクロ達を明確に、自らの陣営に引き込もうと勧誘しているのだ。

目的も同じで、利害も一致している。手段としても現状取りうる最高のものである。これはシクロを、改めて信用したからこそ出された提案なのだ。

「……前向きに検討はしたい、と思っています」

シクロは悩みながらも、言葉を紡ぐ。

「ですが、いきなり皇族になれ、国を作れ、と言われれば……流石に、即断するのは難しいですね」

現状の本音を包み隠さず、デイモスへと伝えるシクロ。

「まあ、そうだろうね。流石にそこまでは私も期待していないが」

言いながら、デイモスは顎をさすり、何かを思い出すような仕草を見せる。

「――そうだね。もう一つ、せっかくなので伝えておこうか。これはさっき話した、歴史の話とも少し繋がるんだが」

言うと、デイモスはシクロと、そしてミストにだけ視線を向ける。

「君達は、どうやって自分のスキルの名前を知ったのかね？」

デイモスに問われ、シクロとミストは互いに顔を見合わせる。

そんなのは当たり前のことだ、と言わんばかりにシクロが答える。

「それは……スキル選定の儀式の時に、司祭から教えてもらいました」

「そうだよ。だが、妙だと思わないかね？」

デイモスは言うと、シクロを指差す。

「何故シクロ君は、自分のスキルが『時計使い』であると断言出来る？」

次にデイモスは、ミストの方に指を向ける。

「そして君、ミスト君は、どうして『邪教徒』だと断言出来る？」

デイモスに問われ、二人はポカンと口を開く。が、二人を置いてデイモスは話を続ける。

「司祭が言っていた、ということだが、そもそも司祭が本当に『正しい』ことを言ったと、何の落ち度も無く、間違いは無かったと、どうして断言出来るのかな？」

言われて、シクロとミストもハッとする。

「そう。——我々は古代語を知らない。しかし、スキルとは創造神が生み出した仕組み、力であり、その名は古代語で名付けられている。そして現代の我が国では、古代語を読めるのはスキル選定教の司祭だけ。……ここまで言えば、もう意味することは分かるね？」

デイモスの言葉にシクロとミストは頷き、シクロが口を開き答える。

「つまり……スキル選定教にとって都合の悪いスキルは『誤訳』される。ということですね？」

「ああ、その通りだ」

デイモスは頷き、更に語る。

「それに私が気付いたのは——クルスのスキルが本当に『娼婦』なのかと疑いを抱いたからだ。

教会の記録を閲覧し、同時に古代語を今でも扱っている少数民族を秘密裏に保護し、屋敷で雇った。彼らの力を借りて再翻訳した結果、直訳すると『月を読む者』であると分かったよ」

それは、娼婦に関わりがあるとはまるで思えない意味の言葉であった。

「これが娼婦と訳された理由だが……恐らく、かつて大地母神の使徒と呼ばれた女性がこのスキルを持っていたことが理由だろうと考えられる。要するに宗教上の敵対勢力に縁深いスキルだから貶めた、ということだよ」

その言葉で、ショックを受けるシクロとミスト。特にミストは、手が震える程の衝撃を受けていた。

「それは――だったら、ミストのスキルも、まさか？」

シクロが問うと、デイモスは頷く。

「こちらで、シクロ君とミスト君のスキルについても調べさせてもらったよ。ミスト君のスキルは『聖なる偉大な人』。かつて創造神の使徒としてその活動を手伝い、大地母神に次ぐ程の癒やしの力を扱ったと言われる人物と同じスキルだ」

その言葉を受けて――ミストの瞳から、自然と涙が溢れる。

「――ご主人さま」

ミストは震える声を漏らす。シクロはそんなミストを気遣い、抱き寄せた。

「私は……邪《よこしま》な存在では、なかったんですね？」

「ああ。そうだよミスト。君は――何も悪くなかったんだ」

「とても……とても、嬉しいような、苦しいような、不思議な気持ちです」

言って、ミストはシクロの胸元に頭を預け、涙を流し続ける。そのままミストがある程度落ち着くまで、話は一時中断となった。


やがてミストも泣き止み、ある程度気を取り直すことが出来た。

「……すみません、失礼致しました」

ミストはデイモスに頭を下げる。

「いいや、構わないよ。その気持ちは、多少理解出来るつもりだからね」

「……ありがとうございます」

そうしてミストが頭を上げ、話は再開される。

「シクロ君。君のスキルについても、こちらで調べはついている。……当然、興味はあるね？」

「はい。ボクの……この力が何なのか。それが知れるなら、知っておくに越したことは無いと思うので」

シクロが言うと、デイモスは一度頷いてから話を続ける。

「時計使い、と君のスキルが司祭に呼ばれたのには、恐らくだが複雑な理由が絡んでいる」

「複雑な、ですか」

「ああ。少なくとも、宗教的に敵対しているから、と単純な理由でないことは間違いないよ」

断言してから、デイモスは詳細を語る。

「まず、君のスキルの名は直訳すると『聖なる歌の者』という意味になる」

「歌……ですか？」

さっぱり自分に関わりの無い要素が出てきてしまい、シクロは困惑の声を上げる。

「ああ。この『聖なる歌』の部分が厄介でね。元々は――創造神が世界を作り上げた七日間に歌っていた歌を指すと言われているんだ。だが、実は同じ名前の建造物がスキル選定教には存在する」

複数の意味を持ちうる古代語、という点が、どうやら今回のポイントであるらしかった。シクロは納得し、一先ず話に聞き入る。

「教会の総本山には、神話に出てくる光景を題材にした美術品や建造物が無数に存在する。その中でも『聖なる歌』と呼ばれるのは、中央に聳《そび》え立つ時計塔のことを指す。非常に高度な機械式の時計で、時を告げる鐘の代わりに、パイプオルガンの自動演奏が鳴り響く仕組みになっているそうだ」

ここでようやく時計、というキーワードが出てくることで、シクロは話がつながったのを感じた。

「つまり音楽を奏でる時計塔を、創造神の歌に擬《なぞら》えて『聖なる歌』と呼んでいるんだ。まあ尤《もっと》も、彼らは歌は創造神ではなくスキル選定神が歌ったものだと主張しているがね」

話を聞いて、シクロは事情をようやく察することが出来た。

「デイモスさん。もしかして……その時計塔は、複雑過ぎる為に、専属の技師なんかが管理をしていたりしませんか？」

「──鋭いね、シクロ君。その通りだよ」

デイモスはシクロの言葉を肯定し、続きを語る。

「まさにその時計塔の技師が問題でね。特に決まった名前は無いが、存在は有名だ。そして『聖なる歌』そのものも有名となれば──司祭が『聖なる歌の者』という言葉の意味を、その時計塔の技師を指すものだと取り違えてしまうのも、ありえない話じゃない」

ここでようやく、シクロのスキルの名が何故『時計使い』と呼ばれる羽目になったのかが明らかとなった。

しかし、そうなると次の疑問が湧く。

「ですが……デイモスさん。『時計使い』、つまり時計塔の技師が誤訳なんだとしたら……ボクのスキルの意味は、一体？」

「もう分かっているんだろう？　もう一つの意味が、君のスキルの本当の名前だ」

デイモスに言われ、シクロに緊張が走る。

「つまり『聖なる歌』――世界を創造する時、創造神と共に在った存在を擬人化したのだと考えると、君のスキルは『創造神の助手』のような意味になるだろう」

「それって……ボクが神話の、使徒みたいなスキルを持っているって意味ですか？」

デイモスはシクロの言葉に、首を横に振る。

「いいや。『聖なる歌の者』なんてスキルを持った使徒の記録は残っていない。だからこそ――既存の使徒よりも、よほど凄い可能性すらある。つまり君は、歴史上最も創造神に近い力を得た使徒かもしれないいんだよ」

その言葉に――シクロは唖然としながらも、どこか納得する部分があった。

確かに言われてみれば……というよりも最初から違和感を覚えてはいたのだが、どう考えてもシクロの力は『時計使い』の範疇に無い。時計、と言い張っての様々な物質の創造。操作。収納。感知。明らかに、時計使いよりも創造神の使徒であった方が納得の出来る能力である。

時計というモチーフに寄っていればいるほど力が強くなる、という点については疑問が残るのだが。

「……ボクの能力から考えても、たしかに、納得出来る部分はあります」

「ふむ、やはりそうなんだね」

シクロが考え込みながらもどうにか返答をすると、デイモスは非常に嬉しそうに頷きながら言った。

「となると、やはり君を私の陣営に組み込むのは非常に有意義だと言えるな」

「それは……どういう意味ですか？」

シクロが問うと、ニヤリと笑みを浮かべてデイモスは告げる。

「考えてもみたまえ。ＳＳＳランク冒険者。難攻不落のダンジョン踏破を成し遂げた大英雄。しかも——史上最高の力を授かった、創造神の使徒と来るんだ。君という存在を皇族に据えた建国は、さぞかしやりやすいに違いないだろうね」

言われてようやくシクロは気付き——僅かに顔を引きつらせる。

何やら、外堀を埋められつつあるような感覚に見舞われた為だ。

「あの、デイモスさん。ボクはまだ、そこまでは断言していないんですが」

「ああそうだね。しかし、君が皇族になってくれると、本当にありがたいんだがねえ？」

笑みを浮かべ、してやったりといった表情で告げるデイモス。

シクロが断るはずが無いと分かっているからこその——今までのシクロの無茶振りに対する、ちょっとした意趣返しのようなものであった。

「……はい。前向きに検討させていただきます」

こうしてシクロは、一度目よりもより『前向き』になった上で、同じ言葉を繰り返すしか無くなる。

一通りの話は終わったのか、デイモスはパン、と手を叩いてから話題を変える。

「――とまあ、ここまで話したのは、あくまでも大目標の話だ。実際に今すぐ教会をノースフォリアから追い出す訳にもいかないし、下手に独立してハインブルグに敵視されるのも良くない。ここからは、今後我々が何を狙い、どのように動くべきかについて話をしようじゃないか」

デイモスの言葉に、シクロ達一行も全員が頷く。

「まず、ディープホールの攻略、という要点については変えるつもりは無い。しかし、攻略したからといってすぐさま建国、という動きは危険過ぎる。なので、まずは功績を理由にハインブルグから叙爵してもらう。オーウェン準男爵……辺りが妥当だろうかね」

まさか自分が貴族に――と考え、そういえばそもそも皇族になれ、等とより無茶なことを言われていたのだった、と思い返すシクロ。

「君という英雄的な存在を切っ掛けに、武力、権力共に王国、教会のどちらからも影響を受けない程度に独立した立場を築いていきたい。領内の改革についてはその後の話だ」

「権力……ですか。ボクがそれを手にする意味は、どういうものですか？」

シクロが問うと、デイモスもより詳しく語る。

「そもそも、君を皇族として建国するのが最終目標だからね。順当に段階を踏んでいく方が、反発も少ない。特に元王国貴族、という立場が重要だ。王国が新たな国の皇族を輩出した、という体裁が成り立つからね。間違いなく、反発はかなり抑えられる」

「なるほど……」

シクロとしても、王国と争い、無用な犠牲を生み出す必要性は感じていない。

自分が貴族になる、というのが順当なステップであることが理解出来た。

「他にも、ルストガルド帝国との戦争を始めとした、国内の諸々の問題の解決に君が関与することで、王国に恩を売ることも出来る。そうすれば、我々が建国したとしても文句を言うようなことは出来ないし、君という戦力を評価し、過激派も思い留まる切っ掛けが出来る」

と、デイモスは自分の考えるより具体的な展望を口にする。

「最終的には――スキル選定の儀式と同等の技術を我々で有する必要もある。ここが最大の難点だとも思うから、他の部分では可能な限り無用な負担を避けたい。……そういう訳だから、頼むよシクロ君」

デイモスの要求に、シクロは頷く。

「――分かりました。ボクに出来る範囲で、出来ることをやっていきたいと思います」

そうして、シクロとデイモスは再び握手を交わす。

「さて。少し気が早いかもしれないが……早速動いてもらいたい」

「はい。何か起こったんですか？」

シクロが言うと、デイモスは頷く。

「どうやら、冒険者ギルドの方で少々厄介な事態になっているようでね。グアンが――ギルドマスターが報告してくれたんだが、詳しい話は彼から直接聞いてもらいたい」

「分かりました。それでは、ギルドにまた顔を出しに向かいます」

無事デイモスとの面会を終え、協力関係を築くことに成功したシクロ達一行。互いに礼をして、この場での話に区切りを付けると、それぞれ次の目的地に向かい、応接室を後にする。


シクロ達がギルドに到着すると、デイモスから話が通っていたらしく、受付嬢が反応する。

「シクロ様。それに、パーティメンバーの皆様。ギルドマスターがお呼びですので、同行して頂けますか？」

こうして、受付嬢の案内でシクロ達一行はギルドマスターと面会することとなる。

案内された部屋で待っていると、案内をした受付嬢と、ギルドマスターであるグアンが姿を見せた。

「待たせたな」

「いえ、それよりも本題に入りましょう」

シクロの様子が変わっていることに気付き、グアンは僅かに目を見開く。が、特に言及することこもなく、話に入る。

「では、早速だが君達『運命の輪』の四人に依頼がある。——近頃、ディープホールにて既存の魔物が異常に強化された個体が発見されるようになった。諸君にはその原因の究明の為の調査と、可能であれば原因の排除を頼みたい」

グアンの要求は、依頼としてはごく普通のものであった。だが、異常に強化された魔物、という部分に引っかかりを覚えるシクロ。

「異常な個体、ですか。具体的には、どういった異常が？」

「主に獣型の魔物が異常を起こしている。筋肉の異常発達に、強い飢餓感から来ると思われる凶暴性の増加。そして、それらを引き起こしている原因らしき『寄生虫』の存在も確認済みだ。諸君には、この寄生虫の出処《でどころ》を調べ、始末してもらいたい」

寄生虫、という言葉に、シクロは顔を顰めてしまう。何しろ、ミランダを死に追いやった魔物、ヘルハウンドの異常個体が発生した原因であるからだ。

グアンの提示した情報から考えても、今回の依頼は、ミランダの死の遠因となった寄生虫と同種のものである可能性が高い。こんなところで元凶が出てくるのか——と、シクロは怒りにも近い複雑な感情から顔を顰める。

だが——これをグアンは何と勘違いしたのか、口を開く。

「……君が、我々ギルド側を恨んでいるのは理解している。それでも、今回の依頼はどうしても受けてもらいたいのだ」

恨みと言われて――確かに、犯罪奴隷であった頃の仕打ちを思い返せば腹が立つのだが、今はその話をしている場合でもない為、言及するつもりのないシクロ。

むしろ誤解である為、それを解こうと何か良い言い方を考えて思案するのだが、その素振りが更にグアンの誤解を加速させる。

「まずは、聞いてくれないか。何故早急に――諸君に依頼を出してでも、この問題を解決せねばならないのかを」

グアンは状況についての説明を始める。

「……実は、ダンジョンに異常が発生したことが、スキル選定教にまで伝わってしまっている」

グアンはそう前置きしてから話を続ける。

「以前より、ノースフォリアはスキル選定教の影響が小さく、冒険者が活動しやすい土壌もあって、教会よりもギルドの方が高い立場を維持することが出来た。だが、今回の異常な魔物が発生する件は話が大きく、冒険者ギルドだけの力では早期解決が望めそうになかった。結果、スキル選定教が事態解決に必要な戦力を教会本部から派遣する可能性を提示してきたのだ」

グアンは難しそうな表情を浮かべて語る。

「恐らく教会の狙いは、冒険者ギルドへの影響力を持つことだ。他の都市のギルドでは、スキルを理由にしたパーティ構成への口出し等も普通に行われている。それと同様の仕組みを、ノースフォリアにも組み込みたいのだろう。……今回の事件を奴らに解決でもされたならば、確実に現行の体制に不備があるからだ、と批判してくるだろうな」

グアンの言葉を聞いたシクロは、アリスの方を見る。

アリスは頷いてから、シクロの視線、疑問に答える。

「ほんとのことだよ、お兄ちゃん。王都のギルドでも、教会が普通にパーティ構成に口出しすることがあったから。私も勇者パーティに入れとか色々言われたけど、もちろん拒否したわ！　こっちだって賢者様だったもの！」

「なるほどな」

拒否してやった、の部分を鼻高々に主張するアリスに苦笑いを漏らしてから、シクロはグアンの方へ向き直る。

「グアンさんは、そういう事態を避けたいんですね？」

「ああ。スキルの適性が、冒険者としての才能に大きく影響することは認める。しかし、教会基準だとスキル偏重が過ぎるのだ。冒険者に実際に必要なのは、スキル以上に経験であり、パーティに必要なのは人としての相性だ。これらを軽視する教会に、冒険者の活動を弄《いじ》くり回され、弱体化を招くような事態は避けたい」

グアンの主張は、シクロにも納得出来るものであった。もしも教会の口出しで、今のパーティメンバー以外と強制的に組まされるようなことがあれば、間違いなく反発する。

「それに――ノースフォリアは冒険者の街だ。教会なんぞに上に立たれるのは、政治的にも困った事態になる」

その言葉で、シクロは勘づく。グアンもまた、デイモスの計画について知る者の一人なのではないか、と。しかし、この場で問う訳にはいかない為、黙っておくことにした。

「以上の理由で、諸君には早急にこの事件を解決してもらいたいのだ。遅くとも、教会が戦力を派遣してくるよりも先に」

「なるほど。早いほどいい、というなら最高戦力であるボクを含むパーティに依頼するのが合理的、という訳ですか」

シクロの言葉にグアンは頷く。

そして、グアンは頭を下げる。

「……君の過去の境遇について、私個人で良ければ幾らでも謝罪しよう。だが……ギルドとしての謝罪は不可能であり、賠償もありえない。その上でなお、頼み事をするというのは都合の良い話だとは理解している」

そういえばグアンに勘違いをされているのだった、と思い出すシクロ。ただ、確かに恨みがあるか無いかで言えば、間違いなくある。故に言葉に困り、即座に否定も出来なかった。

「我々には、より多くの人を救う為に通すべき筋がある。犯罪者に甘い対応をしてはならないし、奴隷が存在することで冒険者達は同じ場所に落ちるのを恐れ、慎重になる。君に限らず――今後も我々は犯罪奴隷を預かり、最低限の待遇で扱う。それが、このノースフォリアで、冒険者の増長を防ぐ役割の一端を担っているのも事実なのだ。君が過去に正式な犯罪奴隷であった以上、我々の扱いが不当であったと認める訳にはいかない」

グアンの主張に、シクロは眉を顰める。だが……言っていることは理解出来た。

ギルド側から見れば、シクロが冤罪で奴隷に落ちたのかどうかは分からない。故に、シクロだけを特別扱いしてしまえば、犯罪奴隷の現在の境遇そのものが不当である、という主張にも繋がりかねない。

そして――スキル選定教という明白な敵が存在することも分かっている今。明確な弱点を作ってしまえば、利用されることも想像に難くない。

「すまない、シクロ君。私からは……この場で個人的に頭を下げることしか出来ない。だが、この依頼はどうか受けてくれないだろうか」

グアンの謝罪を受けて、シクロは考え込み――そして、慎重に口を開く。

「……まず、グアンさん。一つ誤解を解くなら、ボクは別に依頼を受けたくない訳じゃありません」

シクロは言ってから、自分の心境を語る。

「確かに、ギルドで受けた仕打ちは記憶にも新しいですし、恨みはあります。ですが、それをこの場で持ち出す気も無ければ、依頼を受けないと言う選択肢もありません。ボク達が適任であるというのなら、尚更です」

「……そうか。それは、ありがたいことだ」

グアンはシクロの言葉を受けて、ようやく頭を上げる。

「であれば――もう一つ。こちらから謝罪しなければならない」

言うと、グアンは自分と一緒に部屋に入ってきた受付嬢を見る。

「こっちに来なさい」

部屋の隅に控えていた受付嬢は、恐る恐る、といった様子で近寄ってくる。

「シクロ君。彼女のことは覚えているかね？」

言われたシクロは受付嬢に目を向け、首を傾げ、少し考え込んだところで――思い出す。

「ああ、あの時の」

ミストが冒険者として登録に行った時、驚きからミストの職業が邪教徒であると声に出してしまい、周囲にバラしてしまった受付嬢である。シクロに気付かれたことで、受付嬢は怯えからか身体をビクリ、と震わせた。

そんな受付嬢をよそに、グアンは話を続ける。

「当初の予定では、シクロ君が依頼を受けてくれなかった場合、彼女の処分について君の意見を聞き入れる、という条件を提示する予定だった。君は結果、依頼を受けてくれたのだが――

それでも通すべき筋はあると思い、彼女の失敗に関して謝罪させてもらう。申し訳なかった」

「……申し訳、ありませんでした」

グアンが再びシクロに頭を下げ、合わせて受付嬢も頭を下げた。

「……頭を上げて下さい。確かに彼女の失敗は、ミストにとって良くない結果を招くものでした。ですが、だからといってボクが不当な復讐を目論むようなことはありませんし、過剰な処分を望むこともありません。もし望むとしても、その権利があるのはミストだけです」

言って、シクロはミストに視線を向ける。ミストは首を横に振ってから口を開く。

「私から言うことは、何もありません。いつでも、ご主人さまが守ってくれますから」

「——と、いう訳です」

ミストの言葉を受け、シクロが視線をグアン側に向け直すと、グアンが頭を上げてから言う。

「分かった。では、彼女にはギルド職員としての規則に則《のっと》り、正しい処分を下すと約束しよう」

「それは、重い処分になりますか？」

「いいや。厳重注意と再教育にはなるが、特別重い処分とは言えないだろう」

これでようやく安心したのか、受付嬢も頭を上げる。

「……本当に、ご迷惑をお掛けしました」

そしてその言葉を言い残すと、グアンの合図を受け、部屋を出ていく。

シクロは話を戻す為に口を開く。

「謝罪の件で話が逸れましたけど——ディープホールの調査依頼についてですが。ボク達もちょうど、これから本腰を入れてディープホールの攻略に向かおうと思っていたところです。しっかりやらせてもらいますよ」

「そうか、それは助かる」

続けて具体的な、ディープホールで起こっている異常の詳細についての話となる。

「ディープホールでは現在、中層——と言っても攻略済み階層の、という意味だが。中層の獣型の魔物、ヘルハウンドの凶暴化が最も厄介な現象だとして報告に上がっている。他にも、小型の魔物が凶暴化している例もある。冒険者が狩った魔物の死体を、異常個体だからということで売れそうにない為廃棄する事案もあり、中にはダンジョン外で廃棄し、寄生虫がダンジョン外にも広がっている可能性が懸念されている」

グアンの説明に、シクロは納得したように呟く。

「なるほど。それで……」

「シクロ君。気付いたことが？」

グアンに問われ、シクロは答える。

「はい。ボクが前回受けた依頼が、正にその外部で広がったパターンでした。ヘルハウンドの異常個体が増殖していて、寄生虫が増殖するサイクルも出来上がっていたので、それらも含めて処理してきました」

「なるほど……詳細を訊いても構わないかな？」

「はい」

シクロは件の寄生虫について、知っている限りのことを語る。ヘルハウンドから終宿主に寄生する可能性が極めて低く、ヘルハウンドさえ処分してしまえばダンジョン外での感染拡大についてはは食い止められるであろう、という予測についても話をした。

「そうか。事実、その村ではもうヘルハウンドの異常個体は確認出来なかったのだな？」

「はい。間違いなく、狩るほどに数は減っていました。感染源となるヘルプラントが他にも生息していれば、ああも減り続けることは無かったはずです」

グアンは報告を受け、顎に手を当てたまま考え込む。

「……しかし、ディープホール内部にそのヘルプラントが生息しているという報告は受けたことが無い。ダンジョン内での感染については、他の原因が存在する可能性が高いな」

「因みに、予想なんかはありますか？」

シクロが問うと、グアンは躊躇《ためら》いながらも口を開いた。

「ふむ……あくまでも、私の元冒険者としての予想でしかないが……ヘルハウンドの生息する領域を、更に深く潜ればアンデッド系の魔物が増える階層がある。寄生虫が神聖属性に弱い、という点を考えると、その辺りの魔物に突然変異体が現れた可能性が高いな」

「ギルドでは、まだそこまで調査が出来ていないんですか？」

シクロが問うと、グアンは頷く。

「残念ながらな。ヘルハウンドの異常個体が強力であること、アンデッドの生息域が攻略済み階層の最下層であることが重なり、調査は殆ど進んでいない。奥に原因があるはずだ、ということ以外は何も分かっていないに等しい状況だ」

その分ギルドは、シクロの力による早急な攻略を望んでいるということにもなる。ギルド側で解明が進んでいない以上、スキル選定教の介入を防ぐには、もうSSSランク冒険者という手札しか残っていないも同然の状況だった。

「——分かりました。出来る限り早く……明日にも、準備を終わらせてディープホールの攻略に向かいます」

「ああ、宜しく頼む」

そうしてシクロは、グアンと握手を交わすのだった。


シクロ達一行はギルドを後にすると、長期間のダンジョン攻略に備え、物資を買い込みに向かう。シクロ本人は腹時計の停止により、食事を必要としていない。だが、他の仲間達は当然食事も水も必要となる。そうした資源はもちろんのこと、ダンジョンを探索する上で欠かせない道具も買い揃える。

そうして買い出しを終えた一行は、冒険者向けの宿を取り、翌日に備える。

シクロは自室に籠もり、近頃は夜の習慣として根付いてきた、時計生成で生み出せる魔道具の設計、改良を続けていた。

そんな時——シクロの部屋をノックする音が響く。

「はい。どちら様？」

「ご主人さま。少しいいですか？」

「ミストか。いいよ」

シクロが答えると、ミストは扉を開き、部屋に入ってくる。そしてシクロが設計をしているのを見ると、微笑みを零す。

「ご主人さまは、いつも頑張り屋さんなんですね」

「いや、そんな立派なもんじゃないよ。こうやって何かしてないと、漠然と不安になるだけなんだ」

シクロは苦笑を漏らしながら言う。

「——で、ミストは何の用で来たんだ？」

「はい。用、といいますか。少し、ご主人さまとお話がしたくて」

ミストは少しだけ、言いづらそうにもじもじとしながら言う。そんなミストの様子が微笑ましくて、シクロは笑みを浮かべながら頷く。

「分かった。いいよ、ゆっくり話そう」

言うとシクロは設計をしていた作業を止めて、ミストを呼んでベッドに座る。ミストはシクロに呼ばれるがまま、同じくベッドに座り、隣り合わせとなる。

「――いよいよ、本格的にディープホールの攻略が始まるんですね」

「そうだな。元々は、その為に奴隷の仲間を求めて……ミストと出会って。そのお陰で、いろんなことが良い方向に変わった」

言いながら、シクロは当時の――と言っても、それほど時が経っている訳でもないのだが、ミストと出会った頃のことを思い返す。

「自分でも、あの頃はボロボロで、情けないとこばっかり見せてたなって思うよ。……それでも、ずっとミストはボクを信じて、付いてきてくれた。ありがとう、ミスト」

シクロは、沸き上がる感謝の気持ちをそのままミストへと伝える。

「……ずるいです」

ミストは、少しだけ顔を赤らめて言う。

「私が先に――ご主人さまに、ありがとうって言いたかったのに。私の方が、ずっとご主人さまに感謝してるんだって伝えたかったんですよ？」

どこか茶目っ気を出しながら言うミストを見て、シクロは何か温かい気持ちが胸の中から溢れてくるのを感じた。

「ご、ごめん」

「うふふ。別に、いいですよ。ご主人さまに喜んで貰えているのなら、その分だけ私も嬉しいですから」

ミストは言いながら、可愛らしく笑う。

シクロは言いようの無い感情に包まれ、何故か恥ずかしくなってそんなミストから目を逸らす。視線を逸らしながらも、シクロは次の話題をすぐに思い付き、話を繋げた。

「ディープホールを攻略したらさ。――次は、何をしたい？　ミストは、何かやりたいことはあるか？」

シクロが問うと、ミストは首を傾げながら考える。

「そうですね……私は、ご主人さまと一緒であれば、それ以上のことは望みません」

「う、嬉しいけどさ。それは。でも、ミストにも何かやりたいことの一つぐらいはあるんじゃないか？」

シクロが更に問い詰めると、ミストは思い出したような素振りを見せ、途端に顔を赤くする。

「……その、本当に、出来ればでいいのですが」

「ん？　何かな、言ってみてよ」

「――デート、に行きたいです」

ミストは、恥ずかしさを堪《こら》えながら、思い切って言い切る。

「ご主人さまと、二人っきりで。恋人同士みたいな、デートがしたいです。……私みたいな奴隷女なんて、ご主人さまには釣り合わないかもしれませんけど――」

そこまで言ったミストの言葉は――突如、ミストを抱きしめたシクロによって遮られる。

「ふえっ⁉」

「ミスト。それ以上は言わなくていい。奴隷でも、何でも変わらないよ。ミストが望むなら――デートぐらい、何度だってしてやるさ」

シクロはミストを安心させるかのように、優しい声で、背中を擦りながら語る。

「ミストの言葉で、ボクも分かったよ。胸の中にある、この温かいものは――君がくれた、君の為だけのものだ」

「ご、ご主人さまっ？」

困惑するミスト。

そんなミストに向けて、シクロは言い放つ。

「愛してる。ミスト。君のことを、掛け替えのない、大切な人として愛してる。誰にも渡したくない、二度と離れたくないって思うぐらい、愛してる」

ミストは最初、突然の展開に混乱していたが、次第にシクロに何を言われたのかを理解して、今まで以上に顔を真っ赤に染め上げる。

「えっ、あう、その、ご主人さま？　あ、愛してるって……」

「本気だよ、ミスト。愛してる」

「ふわぁあっ⁉」

「何度でも言えるよ。愛してる。二度と離さない」

シクロに抱きしめられたまま、何度も耳元で愛を囁《ささや》かれ――やがて、降参したように、ミストも口を開く。

「……は、はいっ。私も、ご主人さまのこと、愛してますっ‼」

「嬉しい。ミストも、同じ気持ちだなんて、夢みたいだ」

必死に自分の気持ちをはっきりと言葉にしたミストを、シクロはたまらなく愛おしい存在だと感じていた。そんなミストと離れたくなくて、体温を、存在を感じ続けたくて、より強く、ぎゅっと抱きしめる。

「こんな気持ちは、生まれて初めてかもしれない。ボクは、世界で一番幸せな人間のような気がしてくる」

シクロは言うと、ミストの目を見つめる。ミストは、そんなシクロに笑みを浮かべ答える。

「間違いじゃないです。ご主人さまは――私が、世界で一番幸せにしますから」

自らの、ひたすらに献身的な愛情を、はっきりと言葉にして伝えるミスト。その言葉に感極

まったシクロは――自然と、ミストの方へと顔を近づけていた。

「――ミスト」

「ご、ご主人さま……っ！」

近づくシクロの顔に、ミストは緊張し、ぎゅっと目を瞑《つぶ》って身構えてしまう。

そんなミストのことがおかしくて、愛らしくて。

シクロはそっと――ミストの頬に、キスを落とした。

「――ふえっ⁉」

「緊張させて、ごめんなミスト。流石に、いきなり過ぎたかな」

「えっと……はい。嫌じゃないですし、とっても嬉しいんですけど……ちょっと、これ以上は、なんだか色々と耐えられそうにないです」

ミストは頷き、シクロの言葉に同意する。

「あはは。ボクもだよ。これ以上のことをしたら、多分我慢出来ない」

「……ふえぇ」

シクロの言葉で、またミストは顔を真っ赤に染め上げる。

そんなミストの頭を撫でてから、シクロはミストを解放する。

「ほら、明日に備えてゆっくり休まないとな」

「あ、えっと、はい！　おやすみなさい、ご主人さまっ！」

そうして解放されたミストは、恥じらいながら慌ててシクロの部屋を後にした。

そんなミストを微笑みながら見送ったシクロ。

「……これからは、もう失くさないように頑張らないとな」

と言ってベッドに倒れ込み、宙に向かって拳を伸ばし、何かを握りしめるような仕草をする。

もう二度と、大切なものを失わない。その為に出来ることなら、なんだってやる。

シクロのそんな決意が、今まで以上に強く固まった夜であった。

第七章　深く暗い穴の底へと

――翌日。

シクロ達一行は準備を済ませ、ディープホールへと向かうべく、宿屋の外に集合していた。

「それじゃあ、皆。準備はいいな？」

シクロが問うと、全員が頷く。

「ウチは問題あらへんで。コンディションもバッチリや！」

カリムは言って、力こぶを作るような仕草を見せてアピールする。

「何か足りないものがあっても、大抵のものは私が調合出来るから、安心してねっ！」

アリスもまた、別の形でディープホールへ向かう意気込みを口にする。

そして――ミストもまた、力強く頷いてから口を開く。

「ご主人さまと一緒なら、どこまでも。どれだけでも頑張れます！」

昨夜の出来事で妙に緊張している様子も無く、シクロはホッと一息吐く。

「それじゃあ――ディープホールの攻略、それに寄生虫問題の調査に出発するぞッ！」

シクロが言うと、三人は一斉に、おぉ～っ！　と掛け声を上げて応えた。

こうして、いよいよシクロ達冒険者パーティ『運命の輪』による、ディープホール攻略が本格的に開始されるのであった。


ディープホール浅層は、狭い入り組んだ洞窟エリアから始まり、巨大な洞窟と崖のエリアへと続く。

その巨大洞窟エリアを抜けると、いよいよ中層。

「……何度見ても、気味の悪い光景だな」

シクロは言いながら、中層に入り風変わりした光景を眺めながら呟く。

「ここからが噂の、ディープホール探索済みエリアの中層。通称『森林洞窟』って呼ばれとる場所やな」

シクロの呟きに合わせるように、カリムが語る。森林洞窟という言葉通り——中層からは、洞窟内であるにも拘わらず、木々が生い茂るようになる。地上では見たことも無いような不気味な形状の、赤や緑の樹皮を持つ木々が鬱蒼《うっそう》と生い茂っている。

「ただでさえ見渡しの悪い洞窟やのに、木までびっしり生えとるからホンマに景色が悪い。小型の魔物もあちこち隠れ放題。いつ奇襲を受けるかも分からん、危険区域や。ここから一気に難易度が跳ね上がるもんやから、探索に来るような冒険者も一握り。ある意味、ここからが本当のディープホールの始まりやっちゅう訳や」

カリムは語りながらも、周囲を警戒しながら先頭を進む。

「私もダンジョンは色々攻略したけど、こんな不気味でめちゃくちゃな所は他で見たこともないわね」

カリムの言葉に合わせ、アリスも呟く。

「生えてる植物も、地上には存在しないものばっかり。というか、光のほぼ無い洞窟で、どうやってこんな立派な木が育ってるのか見当もつかないわ」

木々を眺めつつ、語るアリス。

「ここの木は、実は結構な値段で売れるんだよな。ディープホールから脱出する時に、ついでに伐採したここの木がギルドで素材として引き取ってもらえたのを覚えてるよ」

「せやな。地上の木には無い色味のある木やから、木工細工としても人気の高い素材やで」

シクロとカリムが語ると、今度はミストが口を開く。

「それなら、多少でも伐採して回収した方がいいんでしょうか？」

「いや、普通はしないな。特別な手段がなきゃ、嵩張《かさば》って仕方ない。普通の冒険者はスルーするだろうし、ボク達も深く潜ってもっと良い値段のする素材を集めた方が利益が出る」

「それに今回は別件もあるしな。悠長に木こりの真似事しとる場合やないで」

「なるほど、納得です」

ミストの疑問にはシクロとカリムが答え、これにミストも納得し頷くと、更に続けて質問をする。

「生息している魔物は、小型動物の魔物が多いんでしょうか？」

「せやな。大型の魔物やと動きづらいしな。おってもせいぜいゴブリンと同程度か、ちょっとでかいぐらいの中型の魔物やろ」

「それと、動物の他にも虫型の魔物も結構出るぞ。経験上」

これにもまた、カリムとシクロが答える。

「うげ、虫は嫌ぁ～。ねえお兄ちゃん、虫よけの薬、錬金していい？」

「……まあ、無駄な戦闘が避けられるなら、悪くないからな」

「ありがとお兄ちゃん、大好きっ♪」

等と調子の良いことを言った後、早速アリスが魔力具現化と魔力操作のスキルを発動し、シクロから素材を受け取って調薬を開始する。

すると、先頭を行くカリムが不意に立ち止まる。

「――おっと。残念やけど、一歩遅かったみたいやな」

言って、カリムが剣を構える。視線の先には巨大な蜂の魔物。小型犬程のサイズがあり、それが十数匹で群れてシクロ達一行へと近づいてきた。

「えっ⁉　ちょ、待って待って！」

「……はぁ。アリスはそのまま続けてていいぞ。ボクらで倒しておくから」

戦闘が始まりそうになっているにも拘わらず調薬をやめようとしないアリス。これに呆れ、シクロは溜め息を吐いてからミストルテインを出現させ構える。

「でかい図体の割に、普通の蜂みたいな機敏さも失われていない厄介な魔物だ。意識しとかないと攻撃を外すリスクが高くなるから、注意してくれ」

シクロが以前、この魔物と戦った時の経験からパーティ全体へとアドバイスを出す。

「さんきゅー、シクロはん。ほな、ウチから行くで！」

真っ先に飛び出したのはカリム。既にこちらを捕捉し、近寄って来ている蜂の群れに向かって飛び込んでいく。

「ほっ！　よっ！　はっ！」

そして次々と、群れの隙間を駆け巡るように剣を振り、翅《はね》の付け根を狙い切り落とす。当然、翅を失った蜂は上手く飛べずに墜落する。

だが、蜂の全てがカリムの手の届く高さを飛んでいた訳ではない。半数以上が無事に上空を飛んでおり、仲間をやられた怒りからカリムに攻撃の矛先を集中させる。

「させるかよッ！」

そこで、シクロの援護射撃が入る。蜂の意識がカリムの方へと向いていたこともあり、シクロのミストルテインから放たれた弾丸は次々と蜂の身体へ着弾する。

ほぼ全ての蜂が撃ち抜かれ、墜落。残る数匹の蜂は不利を悟ったのか、慌てるようにして逃げる方向へと飛んでいく。

「逃しません、ホーリーレイッ！」

ここでミストの魔法が間に合い、逃げる蜂の背中を、神聖な魔力の光線が撃ち抜く。

これで全ての蜂が死亡、あるいは行動不能となった。

「――さて。トドメはミスト、よろしくな」

「はい、ご主人さま」

こうして無事に戦闘が終わり、ミストが簡単な魔法で蜂達の息の根を止めて回る。

中層に入って最初の戦闘は、難なく終了することとなった。


シクロ達がディープホールの探索を進めている一方で、とある場所でもとある男がダンジョンの探索を進めていた。

「――ちくしょうッ！　なんで！　なんでだよッ‼」

逃げ回りながら悪態をつくのは――勇者レイヴン。

「グルルルッ‼」

追うのは何の変哲も無い、大型の狼種の魔物、グレートウルフ。

Bランク冒険者でも、パーティを組めば余裕を持って討伐可能な魔物である。しかし、Sランクと表向きには公表されているはずのレイヴンは逃げ回っていた。

「お前らのせいだぞッ！　ちゃんと援護しろよッ！」

勇者レイヴンは、前を走る二人のパーティメンバーに文句を言う。

「はぁ⁉　そもそも、アンタがミスったせいで私達までダンジョン攻略やらされる羽目になったんじゃないッ‼」

「そうよ、たかが平民一匹処分するぐらいのことを失敗したせいでしょッ‼」

パーティメンバーの二人――レイヴンと付き合いが長く、共に様々な悪事を働いてきた二人の貴族令嬢は反論をした。

この三人は、様々な悪事がシクロの一件から芋づる式で露呈し、結果として共に魔王軍との戦争の最前線に送り込まれ、奉仕活動を強制されている。今回のダンジョン探索もその一環だ。前線での物資補給という観点から、ダンジョンの確保は重要な任務である。

元はこの三人の表向きのランク、Sランクに見合った難易度のダンジョンの探索、及び魔王軍の排除を任されていたのだが、実力が追いついていない為、今ではBランクのダンジョン攻略しか任されていない。

そして――Bランクのダンジョンですらも、こうして苦戦している。

「ちくしょうッ‼　こうなったら『アレ』使うぞッ‼」

言うと、レイヴンはグレートウルフの方を振り返り、即座に剣を振るう。

「くたばれッ！　ブレイブスラッシュッ‼」

レイヴンが叫ぶと共に、剣へと光の魔力が収束。一閃と共に光は解き放たれ、巨大な斬撃《ざんげき》となってグレートウルフを襲う。

「ガオオオオッ‼」

グレートウルフは胴体を切断され、大きな鳴き声を上げ、絶命する。

「はぁ、はぁ……ッ！」

「ちょっとレイヴン！　出来るんなら最初っからやりなさいよ！」

「うるせぇッ！　疲れるからやりたくなかったんだよッ！」

無事グレートウルフを撃退したにも拘わらず、パーティの雰囲気が明るくなることは無い。

むしろ、険悪さが増していく。

「普段から鍛えてないからそんなことになるのよ」

「そうそう。勇者のくせして私達と大差ない体力っておかしくない？」

「ぐ……ッ！」

二人の言葉も当然。それぞれ炎魔法と神聖魔法のスキル持ちであり、本来は後衛の役割を担うはずなのだ。前衛で身体を動かし、敵と戦うはずの勇者と比べれば、体力に関しては劣るのが当たり前。

だというのに、勇者レイヴンはグレートウルフから逃げる際、二人の後衛と大差ない速度でしか走れず、疲労の度合いも同程度であった。明らかに体力不足である。

更に言うならば――訓練不足故に技術も拙《つたな》い。加えて、今までレイヴンが勇者として残してきた功績は実家の騎士団等、様々な戦力を率いての討伐ばかり。実戦経験すらも乏しい。

技術不足でSではなくAランク。体力不足でBランク。更に実戦経験不足も重ねれば、レイヴンの実質ランクはCランク程度が妥当だろう。

グレートウルフから逃げ回っていたことからも、その評価が妥当なのは明白であった。

「くそッ！　やってられるか、こんなのッ！　帰るぞお前らッ！」

レイヴンの言葉に、二人の貴族令嬢は顔を見合わせる。

「このダンジョンも攻略出来なかったってなると、流石に立場やばくない？」

「そうよね。最悪、本当に最前線送りされるかも」

最前線とは、傭兵などの使い潰してもよい戦力が送り込まれるような戦場のことを指す。

つまり、いつ死んでもおかしくない危険地帯、ということだ。

「うるせえ！　こんな所で死ぬぐらいなら、最前線でもなんでも行ってやるッ！　それに俺は勇者だぞッ⁉　小賢《こざか》しいダンジョン探索なんかじゃなくて、たかが魔族を殺すだけでいいなら楽な仕事だ！」

レイヴンは言うと、二人の反応も待たずに一人でダンジョンを引き返し始める。

これを見た二人の令嬢も、この場で死ぬことなど望んでいない。当然、レイヴンを追うのであった。

ダンジョンから脱出したレイヴンは、とある部屋に呼び出されていた。

「のうのうと顔を出せるとは、随分と良い身分だな？」

言って、レイヴンへと鋭い視線を向けるのは——最前線のダンジョンの確保、管理を務める冒険者ギルドのギルドマスターである。また、ギルドマスターの他にも対魔王軍の総司令官、スキル選定教から派遣された司祭も同室に集まっている。全員が、勇者であるにも拘わらず、十分な結果を示すことの出来ないレイヴンに対して、苦言を呈する為に集まっていた。

「ふん、だったらどうするんだよ？　さっさと前線送りにしてくれて構わないぜ？　ちまちまダンジョンなんか回るよりも、大技ぶっ放して敵を殺す方が楽だからなァ」

だが、この期に及んでなお、レイヴンは不遜な態度をとっていた。

「そこまで言うなら、望み通り最前線に送ってやろう」

不遜な態度のレイヴンに、対魔王軍の総司令官が答える。

「魔族共をぶっ潰してやるから、期待してくれてていいぜ？　ああ、けどなァ？　万が一のことがあっちゃいけないだろ？　前線なら人手不足なんて言い訳もきかねえ。しっかり冒険者共と兵士共を使って俺達を守ってくれよな？」

嫌みっぽく言って、したり顔になるレイヴン。だが、総司令官は動じていなかった。

「ふむ。何やら勘違いしているようだな」

顎のヒゲを撫でながら、総司令官は無慈悲に言い放つ。

「貴様が送られるのは最前線。冒険者も兵士もおらん。戦果次第で恩赦《おんしゃ》を与えるという餌を条件に、安い命を使い潰す犯罪者共と同じ立場だ」

「なっ⁉」

総司令官の言葉に、レイヴンは怒りの声を上げる。

「ふざけんなッ！　そんなクズ共と一緒になんて戦えるかよッ！」

「だが、貴様が望んだ通り最前線で魔族共を最も多く殺せる配置だ」

「くそがッ！　何かあったらどうしてくれるんだよッ⁉」

レイヴンの言葉に、ピクリと眉を動かす総司令官。

「何かあったら、とはどういうことかね？」

「俺が大怪我だとか、最悪死んだりしてみろ！　俺の家が黙っちゃいねぇぞッ⁉」

脅し文句として、レイヴンは最強の一言を告げたつもりであった。だが、総司令官は可笑《おか》しそうに鼻で笑う。

「フン、貴様の実家がどうしてくれると言うんだ？」

「俺は勇者だぞ？　クロウハート家も黙っちゃいないし、場合によっちゃあ、そこの司祭の上からも何かしらの罰が下るだろ」

レイヴンが巻き込むように言うと、スキル選定教の司祭である老人が声を上げて笑う。

「ホッホッホ。確かに、勇者様が亡くなられるとなれば、一大事ですなぁ」

「ほら見ろ！　俺は唯一無二の存在、勇者なんだよッ！　それが分かったら俺を守る為の人員を――」

「ですが、貴方はもう勇者ではありませぬ」

レイヴンが調子づいたところで、司祭の老人が裏切るような言葉を口にする。

「……は？」

「残念ながら、クロウハート家の嫡子は悲惨な戦場での光景を目の当たりにして改心するのです。これからは我々スキル選定教の望む理想の勇者様として働いて下さる予定なのです」

「何言ってんだ？　俺がそんなことする訳――」

「貴方がどうするかなど、関係ありませぬ。勇者ではなく、クロウハート家の嫡男でもない、どこぞの某殿《なにがしどの》よ」

司祭の言葉の意味が理解出来ず、レイヴンは困惑のあまり声を出せなかった。

「察しの悪い奴だな。——入ってこい」

ここでギルドマスターが声を上げる。

そして、入ってこいという言葉と同時に——部屋の扉を開き、二人の人間が入室する。

その二人を見た途端——レイヴンは驚きの声を上げる。

「はぁッ⁉　なんだよコイツはッ⁉」

レイヴンは、二人のうち片方を指差して声を荒らげる。

何しろ——その人物は、レイヴンと瓜二つの顔立ち。髪と瞳の色まで一致する、さながら双子のように似た姿をしていたのだから。

「ソイツがクロウハート家の嫡男、レイヴン＝クロウハートだ」

「ハァッ⁉　俺がレイヴンだろッ‼　意味分かんねぇよッ‼」

「まだ分かんねぇのか、このクソガキは」

ギルドマスターは溜め息を吐いてから、レイヴンへと説明する。

「要するに、替え玉だ。役に立たねぇ実子よりも、そこの男をお前の代わりに勇者として立てることに決めたんだよ。クロウハート家も、教会もな」

「……は？」

その言葉で、レイヴンは一瞬にしてどん底へと叩き落とされる。

「い、いや。だって、俺が勇者だぞ？　勇者のスキルを持ってるのは俺だけで、唯一無二で、代わりなんか用意出来ないはずだッ！」

「本当ならその通りなんだがな。残念ながらお前自身が証明しちまったんだよ。ダンジョンの攻略もまともに出来ない無能っぷりを晒すことでな」

「ほっほ。そもそも、代えの利かぬ人材などそうそう存在しませぬ。それこそ、真の勇者と呼ぶべき突出した実力者――近頃現れたと噂に聞く、ＳＳＳランクの冒険者のような傑物でもなければどうとでもなりますな」

つまり、レイヴンの能力が低かった為、替え玉の用意が可能になったのだ。

「つー訳でそっちの金髪が、表向きに勇者として顔役をやる。そっちの茶髪の男が、勇者としての仕事をこなす。まあ、兜《かぶと》でもかぶってりゃあ誰にも分かんねぇからな」

「二人共、我々スキル選定教から選ばれた優秀な人員ですからな。『勇者レイヴン様』に至っては、顔を似せる為に皮膚を裂き、貼り合わせて治癒魔法を掛けるという施術で元の顔を捨ててまでこの役割を全うしてくれるのです」

「恐縮です、全ては我らが神の為ですから」

金髪の――レイヴンの替え玉となる男が、司祭の老人へと頭を下げる。そして司祭の老人もまた、替え玉の男に向けて敬意を払うような仕草を見せる。同様に――総司令官も、ギルドマスターも替え玉の男を勇者として敬うような態度をとっていた。

そんな様子を見せつけられ、レイヴンは頭の中が真っ白になっていた。

「……う、うわあぁぁぁぁあああっ!!」

声を上げ、癇癪《かんしゃく》を起こしたように暴れ始めるレイヴン。

「取り押さえなさい」

しかし、司祭の老人の一言で、替え玉と呼ばれた男二人が動き、レイヴンを取り押さえる。

勇者が暴れたというのに、取り押さえるのは一瞬。二人がレイヴンに飛びかかると、まるで無力な子どものようにあっさりと抑え込まれるレイヴン。

「う、うぐっ……嘘だ……こんなの……」

呻くレイヴンは取り押さえられたまま、更に追い打ちを掛けるような言葉を司祭の老人から投げ掛けられる。

「ふむ。どこかに拘束しておきなさい。それと、念の為に髪を刈って、頭皮と顔を焼いておきなさい。勇者そっくりの男が戦場で奴隷扱いを受けていた、というのは不要な醜聞ですからな」

「なっ⁉」

「仰《おお》せのままに」

司祭の老人の言葉にレイヴンは驚愕し、替え玉の二人は頭を下げ、了承する。そうして、二人はレイヴンを拘束したまま部屋を後にする。

「やっ！　やめてくれッ!!　謝るッ！　反省したからッ!!　頼むぅッ！　やめてくれぇぇぇぇえええッ!!」

連行されるレイヴンの惨めに弁明する声が、虚しく響く。


レイヴンがまさか、頭を丸めさせられた上に顔を焼かれてまでいるとはつゆ知らず。シクロ達一行は、何の問題も無く順調にディープホールを攻略していた。

調査という目的もあり、進行速度こそ速くは無いものの、ダンジョン内に異変がないかどうか、しっかりと確認しながら日々深部へと歩みを進めていく。

「――今日はここで野営にするか」

シクロは、仲間達の方を振り返りながら提案する。森林洞窟と呼ばれる特殊な階層もいよいよ終わりが近づいており、木々の生えていない領域が遠くに見えてきている。

「せやな。森林洞窟を抜けたら、アンデッドが生息するエリアへ突入するからな」

「異常個体のヘルハウンドもけっこう見かけるようになってきたし、元凶も近いはずよ」

シクロの言葉に同意するように、カリムとアリスが続けて口を開く。

「アンデッドが多い階層では、今までのような野営は出来なくなりますね」

ミストが言うと、これにはシクロが頷いて応える。

「そうだな。虫やら獣やらが中心だったら、火と煙である程度の襲撃は防げる。けど、アンデッド相手にそんな手札は使えない。――ただ、何事にも例外はある」

言うとシクロは、時計収納を発動。とあるアイテムを一つ取り出す。

「それは……確か、エネルギーキューブ、でしたっけ？」

「そうだ。よく覚えてたな、ミスト」

シクロが取り出したのは、かつてミストの身体を癒やす為に使用したアイテム、エネルギーキューブであった。

「こいつはボクが食事で得たエネルギーを物質化したアイテムで、不思議なことに神聖属性の魔法に近い効果があるんだ。こいつを野営地を囲むように配置すれば、アンデッドは嫌がって近づいてこない」

「へぇ、そんな便利なアイテムなんやな、それ」

シクロの言葉に、カリムが感心したように声を上げる。

「ボクがディープホールを脱出する時も、アンデッド階層で休憩するのにコイツを使ったから効果は実証済みだ。ただ、休憩っていっても小一時間もあれば良い方だったからな。一晩中、ずっと効果があるのかまでは確かめてない」

「まあ、そん時は数揃えて入れ替えながら野営すればええやろ」

等と、シクロとカリムは先での野営についての相談を続ける。が、そんな二人を制止しに入るアリス。

「それよりも、早く野営の準備しましょ！　先の話は、準備を終わらせてからでもいいでしょ？」

「ああ、そうだな。悪い、アリス」

こうして一行は、野営の準備に入るのであった。


その晩、シクロは寝ずの番をしながら考えていた。

（……階層を深く潜るほどに、あの頃のことを思い出す）

冤罪で裁かれた時の記憶。底辺の奴隷として虐げられた日々の記憶。階層が深くなるほどに見覚えのある景色が増えていき、脱出しようと足掻いた記憶が鮮明に蘇る。

（あの頃は、とにかく憎しみが溢れて仕方がなかった。ボクを追い込んだ人間達を、逆に地獄に落としてやりたい気持ちでいっぱいだった）

今でこそ、シクロは仲間との出会い、経験を積み、そしてミストの再生魔法による治療のお陰もあって衝動的な復讐心は薄れている。

しかし——出来るなら。筋の通る範疇であれば。仮定の話が鎌首をもたげる。全く恨みも怒りも抱いていない、という訳ではないのだ。心の中にくすぶる何かを、ディープホールの景色が擽《くすぐ》る。

(ボクは——何なんだろう。復讐鬼でもない。善人でもない。なのに普通じゃありえないほどの力を手にして、どうするつもりなんだろう)

疑問が浮かぶ。答えなんて無いと知りつつも、自問自答してしまう。

でなければ、ダンジョンを抜ける為に必死だった日々を思い出して——今では時計操作の応用から、食事どころか睡眠すらも不要となった自分という異物を、強く意識してしまうから。ディープホールという環境に身を置くことで、地上に出てから忘れ掛けていたことを思い出してしまうから。

(そうだ。ボクは……普通じゃあないんだ。もう戻れない。だからきっと、間違えちゃいけない)

仲間が眠る、テントを見守りながら。シクロはディープホールという場所に由来する、今の自分を自分たらしめる要素を思い返す。陽の光の無い朝を迎えるまで、静かに自省を繰り返す。

答えなど無いのに、繰り返す。

森林洞窟を抜け、いよいよアンデッドの出現する階層へと到達。出現する魔物はフレッシュゴーレムと呼ばれる、屍肉《しにく》や遺骨で作られたゴーレム。そしてゾンビ、稀にスケルトンの類が出現する。

少し洞窟を進むだけで、シクロ達は早速そうした魔物の集団と遭遇する。

「これは――想像してた以上だな」

シクロは驚き混じりの声を漏らしながら前を見据える。

何しろ、出現したアンデッド達の内、一体の人型フレッシュゴーレムの姿が明らかに異常だったのだ。

通常、フレッシュゴーレムは屍肉を継《つ》ぎ接《は》ぎした結果、皮膚が無く筋肉だけがむき出しになったような姿をしている。だが、今回遭遇した魔物の内、この一体のフレッシュゴーレムだけが全身からウジ虫にも見える寄生虫を溢れさせ、ボトボトと零しているのだ。

「あれは……森でも見た寄生虫だね。小動物からヘルハウンドに寄生する段階、第二世代の寄生虫だよ」

アリスがシクロの呟きに説明を付け加えるように、フレッシュゴーレムを観察しながら言う。

「じゃあ、ビンゴって訳やな。この奥に――元凶がおるっちゅう訳や！」

言って、真っ先にカリムが走り出す。剣を構え——真っ先に襲いかかる先は、取り巻きの狼形スケルトン。今回遭遇した魔物の中で唯一素早い立ち回りをするアンデッドである為、真っ先に潰しにかかったのだ。

「じゃあ、私があいつをやるわよッ！　フレイムピラーッ!!」

宣言したアリスが魔法を放った先は——寄生されたフレッシュゴーレム。肉体を炎の柱が包みこみ、瞬く間に肉体を燃やし尽くす。

「じゃあ、ボクとミストで残りを始末か」

「はいっ！　ホーリーレイ！」

シクロはミストルテインを構えてゾンビの頭部を撃ち抜き、ミストは魔法の光線で同様にゾンビの頭を撃ち抜く。スケルトン以外は全て人形《ひとがた》かつ、動きが遅かったことで功を奏した。大した手間も掛けず戦闘終了。

「大した相手やないけど、殲滅するってなると手間やなぁ」

「ああ。やっぱり先に元凶となっている何か……寄生虫の発生源を見つけないと駄目だな」

カリムが剣を鞘へと戻しながらつぶやいた言葉に、シクロも同意する。

「ここからは、今まで以上に捜査を優先しよう。フレッシュゴーレムは出会い次第殲滅。それ以外の魔物は可能な限りスルーする方向で」

「せやな、それでええと思うで」

進んでいく。

「私もお兄ちゃんの案で良いと思う」

「私もご主人さまの言う通りでいいと思います」

こうして三人の同意も取れたことで、一行は元凶を捜索する為に速度を上げてダンジョンを進んでいく。

――この階層到達初日の探索では、調査の成果らしいものは得られずに終わった。調査結果を含めたマッピングも行いながらの探索である為、スピードを上げたとは言っても探索可能な範囲には限界がある。

そうして二日目、三日目と探索を続けて明らかになったことがある。

ダンジョンの奥に潜るほどに、寄生されたフレッシュゴーレムとの遭遇率が上がっているという点だ。

森林洞窟を抜けた直後は、最初のフレッシュゴーレム以降ほとんど通常のフレッシュゴーレムしか出現しなかった。しかし、幾らか深部に進むと、遭遇するフレッシュゴーレムの数匹に一匹は寄生されている状態になった。

これは明らかに、より深部に元凶が存在する、という証拠となる。

そこでシクロ達は、丁寧な探索を一旦やめ、寄生されたフレッシュゴーレムとの遭遇率にだけ注意しながら深部を目指すことに決めた。

結果、四日目はより深くダンジョンを潜るだけとなった。そして予想通り、フレッシュゴーレムが寄生されている確率は上がっていった。

やがて一行は、巨大な門が一つ聳える地点へと到着する。この場所こそが、ディープホールにおける最初の『階層主』の部屋である。

階層主とは、ダンジョンの階層と階層の繋がりの間に存在する、侵入者のこれ以上の進行を遮るかのように生まれる魔物のことである。

多くの場合、門などで閉ざされた部屋に存在しており、この階層主を討伐することでしか奥に進むことは出来ない。

ダンジョンを攻略する冒険者は、この部屋をボス部屋、階層主をボス等と呼び、ダンジョン攻略の一つの節目として認識している。

そしてシクロ達の目の前に存在する門こそが、そのボス部屋へと侵入する為のものであり、奥にはボス、階層主が待ち構えていると分かる。

更に言えば、寄生されたフレッシュゴーレムの発生源もまた、同じくこの門の先にあると考えられる。

「……出来過ぎた話だが、納得の出来る話でもあるな」

「せやな。ボスに突然変異した魔物が出たんやったら、こんだけ大規模な異変が起こっても納得出来るっちゅうもんや」

シクロの言葉に、カリムもまた同意するように頷く。

「行こう。この先に——元凶がいるはずだ」

シクロは呼び掛けると同時に、門へと手を掛けた。深部への道を塞ぐはずの門は、シクロが触れただけで勝手に開き始める。

そして……その奥に待ち構えていたものが。

「——キヒヒ、なんだぁ？　餌にでもなりに来たのか、人間がよぉ」

不気味に笑みを浮かべ、シクロ達を迎える。

待ち構えていた階層主。その姿は、異形そのものと形容する他無かった。

大まかな形は、フレッシュゴーレムの上位種とされる魔物、タイラントとの類似性が高く、恐らくはタイラントの亜種、突然変異種であると思われる。

しかし——断言は出来ない程度には肉体がグズグズに崩れ、腐り落ちていた。

原因は、寄生虫である。

この階層主は、全ての元凶とも言える寄生虫を、全身の至る所から常に溢れ出させており、さながら体内で育てた寄生虫を解き放っているかのようにも見える。故に階層主の姿は大量の寄生虫に覆われ、正確な姿が確認出来ない。

しかし——顔立ちだけは、はっきりと確認出来た。

爛れた皮膚に、醜悪に歪んだ笑みを浮かべる顔。

頭髪は一切なく、その面影を察するに値する要素は少ないにも拘わらず——シクロには、はっきりと理解出来た。

醜悪な表情が。

正に自分を見下して笑った時の『あの男』の顔であったから。

「お、お前は……まさか……ッ⁉」

「ああん？」

シクロが驚きの声を上げると、階層主はシクロの方へと注目する。

そして顔を見るなり——激怒した。

「テメェエエエエッ‼　シクロかァ⁉　シクロだろ、そうだろォ‼　いや、違うっつってもそうだッ‼　そのクソムカつく面《つら》は覚えてるぜェッ‼」

「そうか……お前は——テメエは、ブジンなんだなッ‼」

激昂し、声を上げる階層主——タイラントの変異種と化したブジン＝ボージャックの言葉を受けて、確信したシクロ。こうなった理由こそは不明なものの——この魔物は、絶対に許せない敵であると。筆舌に尽くし難いほどの怒りと恨みが沸き上がる。

シクロは咄嗟にミストルテインを生成し、手に構える。

階層主ブジンに銃口を向け、問い掛ける。

「どうしてお前が、ディープホールの階層主なんかやってるんだッ！」

「へっ、そんなの知るかよッ‼　てめぇのせいで一度くたばった後、気付いたらここで最高の身体に生まれ変わったって訳よォ！」

怒りに沸騰する頭を、シクロは冷静になるよう努めて制御しながらブジンに問う。

衝動的に復讐を――即座に殺してしまいそうな思いを抑え込み、本来の目的である『異変』の原因について情報を聞き出す。

「テメエのそのご自慢の身体は、随分趣味が悪い出来に見えるんだが？」

「いいや、最高だぜェ？　ぶち殺されてからずっと、俺様を見下した奴ら、見捨てた奴ら、この国の全ての人間を……一人残らず殺し尽くしてやりたくてなァッ⁉　気付いたらかわいい子分共が、身体から溢れて止まらなくなってよぉ‼　最高の気分だぜ、人間を食い殺す怪物を生み出す感覚はよォ‼」

「ふん、クズが」

ブジンの言葉を真実とするなら――何らかの要因がブジンの悪しき考えと重なり、通常のタイラントから変異するに至った。それが原因で、魔物を異常に強化しつつ、空腹から見境なく『人間を含む』獲物を狙う異変を起こす寄生虫が生まれた。

要するに――全ての原因はブジンの存在にあり、ブジンを殺すことで寄生虫の増殖は大きく抑制可能である、ということになる。

「よーく分かった。これで……心置きなく、テメェを潰せるって訳だッ‼」

「ケッ、やってみろよォ、『時計使い』のシクロちゃぁぁん？」

ブジンの挑発するような言葉に合わせ、シクロはミストルテインの引き金を引く。

弾丸は即座にブジンの肉体を――眉間も含め、数箇所を貫いた。

しかし、ブジンの身体に空いた穴はみるみるうちに塞がってしまう。

「キヒハハハッ‼　どうだぁ⁉　最高だろォ⁉　俺様は『不死身』なんだよ、そんなおもちゃで殺せる訳ねぇだろォ、シクロちゃぁぁぁあああん‼」

シクロの攻撃が有効打にならないと確信した途端、盛大に煽るブジン。

その様子を見て、援護しようとカリム、アリス、ミストがそれぞれ構える。

だが、シクロは手で制止した。

「悪い。コイツとは、ボク一人で戦わせてくれ」

シクロとブジンの会話から、並々ならぬ事情を察していた三人は、頷いて構えを解いた。

「強がらなくていいんでちゅよぉぉお⁉　女に泣きついて、バブバブ僕ちゃん戦えないでちゅ、助けてほちいでちゅ、って無様に頭を下げてみなァッ‼」

ブジンは気に入ったのか、シクロを幼稚な言葉遣いで煽り続ける。

だが――シクロは意に介さず、不敵な笑みを零す。

「悪いが、ボクは何にも困っちゃいない」

「ああん？」

「不死身だって？　そりゃあいい。むしろ好都合だ」

シクロは……怒りからくる、凶悪な笑みを浮かべて告げる。

「いっぺんぶち殺したぐらいじゃあ、まるで足りないからなァ!!　テメェが二度と蘇りたくもないと泣き言漏らすまで、消えてなくなったほうがマシだと思えるぐらい苦しめながら殺し続けてやるよッ!!」

有言実行。シクロには、正に言葉通り——指で数えるのではまるで足りないぐらい、無数のプランがあった。ブジンを苦しめて、生まれてきたことすら後悔させながら殺す為の……復讐のプランが。

ディープホールの奥底に落とされた時から——いや、単なる妄想に過ぎないものまで含めれば、それよりも前からずっと考え続けてきた、執念の結晶。

たかが不死身を『自称』するだけの魔物を前にした程度で、揺らぐはずもない。

「……く、くそがぁぁぁぁあああッ!!　調子に乗ってんじゃねぇぞカスがよぉぉおおッ!!」

ブジンはシクロの態度に怒り狂い、声を上げて暴れ出す。復讐というならば、ブジンもまた逆恨みとはいえシクロに対して強い復讐心を抱いているのだから。自分こそが復讐者である、とでも言うかのようなシクロの態度が、ブジンは気に食わなかった。

こうして――二人の復讐がぶつかり合うこととなった。

(――ここまでのモンやったんかいな)

シクロと階層主、ブジンの戦いを見学しながら。カリムは、そんな感想を抱いた。

(そら、シクロはんは強いと思うとったけども。それでも……ここまで圧倒的やとは思わんかったわ)

カリムの目には――そして、アリスとミストの目にも、正に蹂躙《じゅうりん》、と呼ぶべき光景が映し出されていた。

「く、クソがぁぁぁぁぁあああぁッ!!」

肉体を『再生させた』ブジンが立ち上がり、シクロを襲おうと動き出す。

しかし、それを制するかのように、直後シクロのミストルテインから弾丸が放たれ、ブジンの手足を吹き飛ばす。

ダンダンッ! という射撃音に一瞬遅れ、ブチブチ、とブジンの肉体が引き裂ける音が響く。

「ほら、立てよ。ボクのことが嫌いなんだろ?」

「ガァァァアアッ!!」

煽るようなシクロの言葉を受け、怒りに任せてブジンは肉体の再生を速める。

腕と呼ぶべき形状すら捨て、触手のような何かと化した肉体を伸ばし、シクロへと攻撃を加えようとする。

だが――それでもシクロには届かない。

「――『レヴァンテイン』」

シクロは新たな武器の名を呼ぶ。銃剣と呼ばれる、銃と剣が一体化した形状の武器が、シクロの左手に握られる形で出現する。触手がシクロに届く間も与えずに、シクロの手にはレヴァンテインと呼ばれた銃剣が握られる。

すると目にも留まらぬ――ブジンでは認識出来ないほどの速さで剣が振るわれ、触手が切り刻まれる。

「ギャァァアアアアアッ⁉」

小さな賽の目状に切り刻まれた触手から激痛が伝わり、叫び声を上げるブジン。

まるで雑魚をあしらうかのような戦闘が、ずっと繰り広げられている。それも、カリムでさえ恐らくは『苦戦する』と思われる程の階層主を相手に。

実力差は、誰にとっても歴然。

ただシクロ一人だけが、圧倒的な強者であった。

「苦しそうにしてるじゃねえか、ブジン。治してやろうか？」

「な、何を」

突如発せられた、善意を装ったシクロの発言。これにブジンは困惑する。

だが問いを待つ間も無く、シクロはブジンとの距離を詰め、その腹をレヴァンテインの刃で大きく切り裂く。

「うぎゃあぁァあぁッ⁉」

「ちょうど身体を治すのに優秀なアイテムがあるんだ。しっかり味わってくれよ？」

言うとシクロは――引き裂いたブジンの腹へと、『あるアイテム』を取り出し突っ込んだ。

それは、エネルギーキューブ。生命エネルギーの塊であり、人には治癒の効果を、そして一部の――例えばエルダーレイスのような上位のアンデッドすら苦しめるほどの浄化の効果を発揮するアイテムである。

ブジンはそんな物体を腹に埋め込まれ、取り出す間も与えられず、引き裂かれた腹の傷が『癒えてしまう』。

「――ッ⁉　グおぉおおァァァあああッ⁉　あヅイッ⁉　シヌ、死ぬぅうあぁァあぁッ‼」

浄化の力の塊を埋め込まれ、ブジンは苦しみのあまりのたうち回る。

だが、ブジンがタイラントの亜種という、肉体を持つアンデッドである為、そして再生のエネルギーが膨大に有り余っている為、少量のエネルギーキューブでは死ぬことが出来ない。腹の中から浄化され、灼熱のマグマでも飲み込んだかのような苦しみが続くばかりとなる。

「ああ、悪い悪い。そういやアンデッドには効き過ぎるんだったな、忘れてたよ」

シクロは苦しむブジンを見下ろしながら、無表情のまま呟く。のたうち回るブジンを、嗤《わら》うでも、警戒するでもなく、ただ見下ろす。

「……まだまだ、こんなもんじゃないからな」

冷たく、言い放つシクロ。

「テメエが今まで傷つけてきた人達の苦しみは、まだまだこんなもんじゃない。これは、この程度は――序の口に過ぎない」

容赦はしない。そんな意志が溢れる声で、シクロは言い放つ。

「ほら、続けようぜ。地獄よりも苦しい『不死身』ってやつを」


――ブジンは、自分が意識を失っていたことを理解する。

と同時に、いつの間にか周囲が暗闇に包まれていることに気付く。

「な、なんだここは……⁉　せ、狭い⁉」

状況を把握しようと藻掻《もが》いたところ、手足を満足に伸ばすことも出来ないほどに狭い空間に押し込められているようだと分かった。

「——何だよ、ようやくお目覚めか？」

壁を一枚隔てたような距離から、シクロの声が響いた。

「テメエッ‼　出しやがれ‼」

「勝手に出ればいいだろ。まあ、オリハルコンの板をお前がブチ抜けるなら、って話だけどな」

シクロの言葉から、周囲の壁のようなものが、オリハルコンで出来ていることをブジンは理解する。

「何をするつもりだ、テメェッ‼」

「知ってるか？　古い時代の拷問って、なかなか残酷なものが多いんだぜ」

シクロの言葉に苛立つブジン。次第に身体が熱くなってゆくのを感じる。

「例えば牛の形をした真鍮《しんちゅう》の像の中に人を閉じ込めて、牛の腹の下で火を焚《た》くって拷問があるんだけどな」

「な、何が言いてぇんだよッ⁉」

ブジンはシクロの遠回しな言葉にイラつき、声を荒らげて——身体の熱が、怒りから来るものだけではないということに気が付く。

「中の人間はじっくり炙《あぶ》り殺されて、苦悶する悲鳴が牛の悲鳴みたいになって響くらしいんだ。

——気になるよなぁ⁉　どんな風に聞こえるのかってよォ‼」

ジリジリと、熱が皮膚を焼く。

ブジンは——自分が正に、シクロの言う拷問をそのまま受けているのだとようやく理解した。

「やっ、やめろッ‼　やめてくれッ‼」

「あぁ？　モゴモゴ言われたって聞こえねぇなあ？」

シクロはわざとらしく言ってみせる。

今までブジンの声が聞こえていたにも拘わらず——オリハルコンで出来た牛の像の構造を変化させ、あえて聞き取りづらくする。

「まあ、安心しろよ。テメエの叫び声が聞こえなくなったら出してやるから。——まあ、その時はまた次の拷問に回すだけなんだがな」

言いながらシクロは、牛の像の下で輝く光、日時計の生成により生まれる光弾を、更に強く光らせる。これにより、強く熱されたオリハルコンの像が鈍く赤熱する。

『——グモオォォォォオオォォオオォォォォオォオッ‼』

像の中からは、ブジンの絶叫がまるで化け物の鳴き声のように、歪んで響く。

シクロは——この鳴き声が聞こえなくなるまでじっと、静かに冷たい目で像を睨み続ける。

次にブジンが意識を取り戻すと、両手両足が鎖で何かへと繋げられていた。

「こ……今度は何だ？」

「ようやく起きたのか。遅《おせ》ぇよカス」

「グッ⁉」

ブジンの顔を、シクロが横から蹴りつける。

「テメエの焼けた臭いは臭くて最悪だったからな。今度は火を使わないことにしたぜ。感謝しろよ」

「な、何が感謝だ、クソが……ッ‼」

既に散々苦しめられているにも拘わらず、ブジンにはまだ逆らう気力が残っていた。

「元気そうで何よりだ。じゃあ、次の拷問に行くぞ」

シクロが言うと――キリキリ、と何かが動く音がブジンの四方から響く。

「牛つながりで、こんな拷問もある。罪人の手足を縛って、牛に繋げる。で、牛にはそれぞれ別の方向に走ってもらうんだよ。するとどうなると思う？」

シクロに問われ――ブジンは答えられない。

だが、既に答えは分かっていた。

何しろ、自分の手足が今正に――四方へと引っ張り続けられているのだから。

「身体が四方八方に裂かれて死ぬんだよ。まぁ今回は、牛なんて用意出来なかったからな。歯車でゆっくりと鎖を巻き取って……テメェの身体をじっくり丁寧に八つ裂きにしてやる。どうだ、楽しみだろ？」

「ウッ、グゥウウッ!!」

シクロが語る間も、ブジンの手足は引っ張られ続けていた。

既に常人の手足であれば千切れている程度の力が掛かっている。

だが、ブジンの肉体は既に化け物のもの。恐ろしく強い力で引っ張られても――引き裂かれる痛みに気が狂いそうでも、簡単には千切れてくれない。

なまじ頑丈な肉体を持つ為に、地獄の苦しみに苛まれ続ける。

「アァァァアァアァアァアッ!!　いだいッ!!　だずげでえぇええぇえっ!!　ウグァァァァアアァァァアッ!!」

「助ける訳ねぇだろ。何様のつもりだテメェは」

無慈悲にシクロは言い放つ。だが、ブジンはそれどころではない。苦しみのあまり、シクロの言葉も耳に届いてはいなかった。

「ギャアアアァァァアアアァァアアッ!!」

そうして――ついにブジンの肉体が限界を迎える。四肢が断裂し、肉体が股間から二つに裂ける。じっくりと激痛を味わい、自身の肉体が引き裂かれる感覚まで丁寧に味わって、ブジンは泡を吹いて意識を失う。
だが――これでもまだ、ブジンの命は潰《つい》えない。

――次にブジンを襲ったのは、高速で回転するプロペラ状の刃。

「少しずつ自分の手足が薄切りにされていく感覚ってどうなんだ？　後で教えてくれよ、不死身のクソ野郎」

シクロはブジンの身体を固定し、ゆっくりとプロペラへと突入させる。

ブジンの腕が、足が。オリハルコンの刃によって、見るも無残にスライスされていく。

繰り返される切断の痛みは、しかし少しずつしか肉体を削ってくれない。

「――殺しでッ！　ごろじでぐれぇぇぇえぇッ!!」

ブジンがそう叫んだのは、腕がまだ半分以上無事なままの段階であった。


――次。巨大な無数の歯車が噛み合い、回っている。

「労災って言ってなぁ。職人ギルドじゃあ、歯車に指を巻き込まれて、潰れて失くす人もたまーに居たんだよ。死ぬほど痛かったたってみんな言ってたんだけど、不死身のお前なら耐えられるよなぁ？　死ぬなんて、テメェには大したことじゃないんだから」

言うと、シクロは回る歯車の中へとブジンを突き飛ばす。

歯車は無慈悲に、ブジンの肉体を巻き込んだまま回る。

「——ぎぎゅッ!!」

悲鳴は一瞬だけだった。既に喉が潰れ、声もでない状態になったのだから。

ブジンは全身をぐちゃぐちゃのミンチ状態にされて、それでも尚死なない。

歯車が一周して、二周して——いつまでも回り続けるから、ゆっくりと治るブジンの肉体を繰り返しミンチに変える。

シクロが飽きて歯車を止めるまで、ブジンは全身が挽き肉になる感覚を、無限とも思える程繰り返し味わう。

——ブジンの肉体は、オリハルコンの足枷と重しを付けたまま、深いプールの中に落とされる。

「酸の中に落ちた人間の死亡率は高くてなぁ。どうにか浮かび上がったところで、水面には酸から揮発した成分が多過ぎて、酸素が殆ど無い。つまり、酸欠になるんだよ。やっとのことで深く息を吸った途端、意識を失って水底に沈んで――そのまま消えてなくなるまで溶けていく。まあ、アンデッドのお前には関係無いだろうけどな」

シクロは冷たい口調で語るが、既にブジンには聞こえていなかった。

プールの中に満たされた強酸が、ブジンの肉体を溶かす。

神経を一つ一つ溶かされる激痛に、ブジンは悲鳴を上げる。だが、酸性の溶液中でどれだけ叫んでも、その声は泡となって消える。

これでも尚、ブジンは死ねない。肉体が溶けて消える速度を、再生速度が上回っているのだから。骨が見えるほど溶けては治り、新しい肉がブジンの身体を覆う。だがそれもまた、すぐに酸によって溶かされる。

身体が治ってしまうから、足枷も外れず水面に浮かんで逃げることも出来ない。

やがて酸が弱まるまで、ブジンは神経が溶ける痛みに苦しみ続けることとなる。

――何度も、何度も身体を破壊され、ブジンの心は完全に折れた。

逆らう気力も無く、されるがままシクロの拷問を受けた。

十や二十では済まない程の、無数の手段で苦しめられた。

結果――ブジンの心は壊れ、何の反応も示さなくなってしまった。

「おい、よく聞け」

シクロは反応の薄くなったブジンを蹴り倒し、頭を踏みつけながら言う。

「ボクはお前を絶対に許さない。これだけやっても、お前を許してやろうと思う気持ちなんて塵ほども湧いてこない。仮令お前が生まれ変わって、どんな善人に変わって、どれだけ人の為になっていようが、必ず見つけ出して殺してやる」

シクロの言葉が、ブジンの心を揺さぶる。

死ぬことが出来れば――このまま拷問を耐え抜いた先で、楽になる時が来るだろう、と思っていた。だからこそ心が、防衛本能的に自ら壊れることを選択していたのだ。

だが――仮令死んでも終わらない。

死ねばまたどこかで生まれ変わって、それを見つけ出されて……次はアンデッドでもない、痛みや苦しみに何の耐性も無い、一般人として拷問を受ける。

考えるだけで悍《おぞ》ましい未来であった。

「う……うぅ……」

ボロボロの姿となったブジンは、ついに涙を流し嗚咽《おえつ》する。

「許して……許して下さい……」

「許す許さないじゃない。何があろうとも、ボクは必ずやる。お前を何度でも殺す。この世に存在することを後悔して、消滅を願っても、まだ殺し続けてやる」

「あ、うあぁ……」

無慈悲なシクロの宣言に、何の希望も無いと感じたブジンは、顔をぐしゃぐしゃに歪めて涙を流した。

「い、嫌だぁ……もう嫌だぁ……ッ！　俺を殺してくれぇ……俺の全てを消してくれぇ……ッ」

懇願するブジンを、シクロは冷たい表情のまま睨み続ける。

だが——やがて思い至ったかのように足を上げ、ブジンの頭を解放する。

「だったら消えて無くなれるよう、神にでも祈ってろ」

言って、シクロは『時計生成』を発動。

「——せっかくだ。テメェの不死身の肉体とやらで、火力テストでもやらせてもらおうか」

言いながら——シクロは、自らの身体を覆うかのように、次々と時計生成を続けていく。さながら鎧《よろい》のようで——だが、身を守る鎧にしては不自然な構造、装甲。まるで筋肉や骨格を、身体の周りに付け足していくかのような形で構築されていく。

「——強化外骨格型魔導鎧『アイギス・オブ・クロックワークス』、起動」

鎧が完成すると、シクロが一言呟く。すると、シクロを覆った鎧が、魔道具としての機能を発揮し始める。各種部位に複雑に組み合わされた魔道具が、相乗効果を起こしながらシクロの能力を補助、底上げしていく。身体能力だけではなく――瞬間的に扱える魔力の最大量や、魔力操作のスムーズさ等に至るまで。

あらゆる面で、シクロという個人の能力を一段階、あるいは二段階も底上げする魔道具。それが強化外骨格型魔導鎧、ＡＯＣである。

更に、ＡＯＣの機能はシクロの能力を強化するだけにとどまらない。これまでにシクロが設計した魔道具――ミストルテイン等の武装と接続し、性能を大幅に向上させることも可能となっている。

シクロ自身の強化に加え、武装そのものの強化も同時に発生させる。相乗効果により、シクロの攻撃能力は飛躍的に向上する。

「ミストルテイン、来い」

シクロは言って、時計生成のスキルでミストルテインを手元に生み出す。

現れてすぐに、ミストルテインはＡＯＣから伸びてくるケーブルと接続された状態でシクロの手に収まる。

そしてシクロは――銃口をブジンへと向け、呟く。

「消し飛べ、クズ。細胞の一つも残さずに」

同時に、シクロの指がミストルテインの引き金を引いた。

ミストルテインの銃口から――ブジンへと目掛けて光弾が発射される。

これはシクロが日時計の生成の際に生み出す光源を、魔道具により発生させた物理障壁にて極点にまで圧縮し、撃ち出した弾丸である。通常のミストルテインでは到底扱いきれない熱量、威力の弾丸だが、AOCの補助により銃身の堅牢性や出力も向上。強烈な圧力と同時に反発力も生み出す、高性能の物理障壁による圧縮が可能となった。

こうして圧縮された光弾は射出され、標的に向かって飛来し、着弾。

すると障壁が崩れ――内側に封じ込められた、超高温、超高密度の光源が解放される。

発生するのは爆発。そして、圧縮され通常よりも遥かに高熱化した光弾による熱放射。熱量は数万度にも達し――それほどの高熱が、着弾した対象を、つまりブジンを襲う。

金属すら容易に融解させる高熱に、ブジンが耐えられるはずもなく。強烈な熱線により、文字通り細胞一つ残さず焼き尽くされ、炭に変わってゆく。

突如発生した強烈な光を正面から受けたブジンは――だが、自らの肉体が消えていく感覚に安堵していた。

（ああ――なんという光だ。これで、ようやく俺は終わるのだ……）

再生するなど到底不可能な速さで、瞬時に肉体が消し炭となっていく。それすらも、ブジンには有り難いことのように思えていた。

（ありがとう……ありがとう、俺を、消してくれて……）

そうしてブジンは——自らの肉体が、確かにこの世から一切合切存在しなくなることを確信しながら、燃え尽きて消えていった。

僅か数秒にも満たない超高熱の光による攻撃が収まると、後には何も残ってはいなかった。ブジンが存在したはずの場所には何も——本当に塵一つ残っておらず。

ダンジョンの床までもがドロドロに融解し、直径数メートル程のクレーターのような穴を形成していた。

「……なんだ、まだ三割も稼働させてねぇのに死んだのかよ」

シクロは、自身の攻撃により発生した痕跡を眺めつつ、そんなことを呟く。

「こんな奴に……なんで、奪われなきゃいけなかったんだよ。なんで、ミランダ姉さんは——」

そこまで言ってから、シクロは口を噤む。これ以上言っても仕方のない事と考え——構え続けていたミストルテインの銃口を、下げた。

第八章　復讐の先に

戦いを終えたシクロは、武装を解除して振り返り、声を掛ける。

「時間を掛け過ぎた。悪かったな」

と、戦いを――拷問を、復讐を見守り続けていた三人に向けて言う。

「いや、それはええねん。それよりも……」

カリムは言うべきことを迷い、一度頭《かぶり》を振って考えを改めてから、別の言葉を口にする。

「それよりも、これで寄生虫が湧き出てくる問題は解決したって思ってええんやな？」

「だと思う。けど、これで確定って訳じゃないからな。もうちょっと調査する必要はあるな」

シクロが言うと、補足するようにアリスが口を開く。

「お兄ちゃん。それと、こんなことが起こった理由までは分かってないわ。あのフレッシュゴーレムがどういう経緯で寄生虫を生み出す化け物に変わったのか、追加調査もしたほうがいいと思う」

「そうだな。まあ、何でも調べれば分かるって訳じゃないが……調べずに帰るってのは杜撰だろうな」

アリスの提案に、シクロも含め全員が同意する。

こうして、原因究明の為の追加調査として、更に深部へと潜ることが決定した。一先ず事態収束の報告の為にノースフォリアへと戻ることも考えられたが、続けての探索を選んだ。

これには――シクロ以外の三人に嫌な予感があった為でもある。

異常な個体へと進化を遂げていた、階層主のタイラント。それだけであれば、まだ自然現象の範疇であった。

だが――その変異種の中に、人の魂が入り込んでいた。しかも、このダンジョンを最も深くまで探索した人物、シクロと因縁のある相手の魂。

偶然で片付けるには出来過ぎている。

何か、通常では考えられない程強大な存在の意図が関与しているように感じられて仕方がなかった。

そして、そんなものがいるとすれば、さらなる深部であるだろう、とも。

また、何らかの意図が働いているのであれば――こうしている間にも、その何者かは次の行動に移っているかもしれない。

と、考えると、悠長に地上へと帰還する気にはなれなかった。

シクロとしても、調査という形で気を紛らわせる対象があるのは有り難かった為、反対はしなかった。

こうして四人は、更なる深部へと足を踏み入れていく。――が、この日は階層主の部屋を突破してすぐ、野営をすることとなる。

ここからはいよいよ、冒険者が到達した記録のほぼ無い階層。記録上の深層である。

魔物に関してはレイス等のスピリット系のアンデッドが出没するようになり、通常よりも警戒して探索を進めなければならない。階層主を突破し、体力を消耗した状態での強行軍は避けたかった。

といっても、シクロ以外は戦闘に参加していない。あくまでも階層主到達までの疲労が主ではあったのだが。それでも強行する意味は薄い。

そうして野営となり、シクロは例のごとく、寝ずの番をしていた。

やることもなく、ただ仲間の起床を待つ時間。

空白の時が流れるばかり。

故に――シクロは考え込んでしまう。

様々なことを、余計なことを考え込む。

ただぼうっと、思考に浸っていると、誰かがテントから起き出してくる様子が見えた。

「……ご主人さま。少し、お話ししませんか？」

「ミスト」

現れたのはミスト。このタイミングを待っていたかのような登場であった。

「どうしたんだ？　明日も調査は続くんだ。休んだほうがいいのに」

「はい。でも……ご主人さまと、お話ししておきたかったので」

にこり、と笑ったミストは、シクロの隣に腰掛ける。

「ご主人さまは――あのアンデッドの元となった人と、因縁があったんですよね？」

ミストの直球の問いに、シクロは一瞬驚きながらも頷く。

「ああ。あいつは――そうだな。絶対に許せない人間だった」

「だから、ああいった復讐をしたんですね」

ミストの言葉に、シクロは怯える。

続く言葉が、自分への拒絶の言葉になるのではないか。という不安に襲われた。

だが、ミストは裏切りのような言葉を口にする人間ではない。続いたのは、許容の言葉。

「安心しました。ご主人さまにも――やっぱり、許せないことってあるんですね」

思わぬ言葉に、シクロは目を見開く。ミストは驚くシクロに向けて、更に続ける。

「復讐って、意味がないって言われることもありますよね。もしかしたら、ご主人さまも――私怨だけで人を傷つけるようなことはしないのかも、って思っていました。でも、ご主人さまも私と変わらない。同じなんだって思えて、安心しました」

「……それって、安心、なのか？」

シクロはミストの言葉の真意を知る為に問う。

「はい。私にとっては」

「それは、どうして？」

「えっと……許せないとか、恨みとか、怒りとか。そういう感情に流されて、身勝手に振る舞うのは良くないことだと思います。でも、それが分かっていても、溢れる感情の行き場が無くなって、理屈よりも自分の気持ちが先に来てしまうことってあると思うんです」

ミストは丁寧に、自分が感じたままのことを、考えた通りのことを語る。

「復讐も、多分それと同じものだと思います。良くないことだって分かっていても、でも止められない。私にも——どうして、なんで、って許せない気持ちがあります。ご主人さまも、これと同じ気持ちだったのかな、って思うと、親近感というか、不思議と理解出来たような気がして」

そこまで言って、ミストは一度言葉を区切ってからまとめる。

「つまり、私はご主人さまのことが今までよりもずっとよく理解出来た気がしたんです。だから、安心しました。何もおかしくなんかない。普通の、当たり前のことをしただけの、私と同じただの一人の人間。私にとっての大切な人なんだって」

ミストの言葉が、シクロの心に染み渡る。自分と同じだと。仲間として、復讐心に囚われた醜い姿さえ受け入れてくれるミストの言葉が、シクロには何よりも嬉しかった。

「そうか。なんていうか……ありがとう、ミスト」

心が軽くなったシクロは、寝ずの番をしながら考えていたことを言葉にする。

「復讐をして……アイツを殺して、思ったんだ。別に達成感がある訳でも、何かが得られた訳でもない。かと言って後悔も無い。何かが無くなって、空っぽになったような、そんな虚しさがあるんだよ。人を殺して――それが悪人だったにしても、ボクの個人的な恨みで、あれだけ苦しめて殺したのに、本当に何にも無いんだ」

悩みを吐き出すシクロの声には、苦悩の色が見て取れた。そんなシクロにミストは寄り添い、背中に手を添えて話を聞く。

「ボクはそれが、何か自分が異常なものになった証のような気がして、ムカムカしてた。うん、喉に小骨が刺さったみたいな、そんな感じの不快感があったんだ。考えれば考えるほど、ボクはもう普通の人間じゃない気がしてきて、嫌気が差してた」

言うと、シクロはミストの目を見つめる。

「そんなボクでも――ミストは、受け入れてくれるのか？」

「はい。もちろんです」

ミストは一切躊躇わずに答える。

「きっと復讐って、心の重荷を捨てる為にあるんだと思います。富や栄誉の為でもない。心を癒やすことも、潤わせることも出来ない」

自身の考えを、シクロに語って聴かせる。

「それでも人が、復讐って言葉を作ってまで伝え引き継いできたのは、やっぱり無くならないから。ありふれてしまうほどに、みんな求めているものだから。そして——得られるものが無くても、ずっと求められてきたのは、それで心が楽になってきた歴史があるからだと思うんです」

「心が、楽に」

シクロはミストの言葉に疑問を浮かべる。

「でもボクは、楽になったのかな」

「はい。きっと今は、ずっと抱えていた重荷が無くなって……重さに歪められてしまった心が違和感を訴えているだけだと思います」

ミストは言うと、シクロの頭を抱き寄せた。

「だから——時が経てば、きっと元に戻ります。失ったものは戻らなくても。傷が治らなくても。軽くなった分、ご主人さまの心は自由になります。今までよりも、もっと自分の思い通りに生きて行けるんです」

だって——と、ミストは考える。

（だってご主人さまが——私の心を自由にしてくれたのだから。私にも分かる。ご主人さまの心も、きっと自由を取り戻せるんだって）

そこまでは、言葉にしなかった。だが、シクロには十分に伝わっていた。ミストの思いやり。シクロの不安を受け止め、共に分かち合おうとする心が。

「――そうだな。そうかもしれない」

シクロはミストの言葉を信じてみることにした。

「今はまだ、この復讐の先に何が待っているのか分からないけれど。それでも――ミストが信じてくれるような未来が、これからは待っているんだって、ボクも信じてみるよ」

「はい。ありがとうございます、ご主人さま」

感謝するのはこっちの方だ、とシクロは思った。

だが言葉にはせずに、ミストの腕の中に抱かれたまま、暫く休息の時を過ごす。

――眠りの中で、ミストは幼い頃のことを思い返していた。

父親という存在を、ミストは知らなかった。

母は夜の街で働いており、ミストを気に掛けるどころか、邪険に扱ってさえいた。

親らしいことなど、された覚えがなかった。

その日の食事にも困る境遇であった為、スラム街の孤児達に交じり、教会の施しを受けることも珍しくはなかった。
家族の愛情を知らず、飢え、渇き、満たされることのない日々であった。
そんなミストの心の拠《よ》り所《どころ》が、教会であった。
神さまは常に見守って下さっている。
良き心の持ち主には、良きスキルが与えられる。
故にミストは、他の誰よりも誠実であろうとした。
どんなに苦しくても、盗みや嘘に逃げることは無かった。
積極的に教会の手伝いをして、神父様にも褒められる良い子であり続けた。
きっと――こうやって頑張っていれば、神さまはスキルを授けてくれる。
自分を救い出してくれる。見捨てないはずと信じていた。
だが、十六歳になったあの日。
邪教徒と、突如罵《ののし》られたあの日。
全てが狂ってしまった。
あんなにお手伝いをしたのに、神父様は庇ってくれなかった。
檻に入れられた自分を見て、母親はこれで邪魔者が居なくなる、と喜んでいた。
神さまは――何もしてくれない。
どん底に落とされたミストが思ったのは、憎悪でも、絶望でもない。

誰も自分を――こんなに頑張った自分を、耐え続けた自分を認めてくれない事に対する悲しみであった。

ミストは、同年代の他の誰よりも、良い子でいた自信があった。

大人達は褒めてくれたし、実際に誰よりもお手伝いを頑張っていた。

なのに――神さまは良いスキルをくれなかった。

誰もがミストを邪教徒として排除した。

助けてはくれなかった。

だったら――これまでの自分は何だったのだろう？

ミストは、そう思わずには居られなかった。

自分のやってきたこと。生きた証。

それらが全て無意味だというのなら。

あるいは――どれだけ頑張っても、スキル一つでマイナスになってしまうぐらい、自分の価値が低かったのであれば。

（私は――生まれてきてはいけない、悪い子だったのかな）

と、そんな結論に至る他に無かった。

でなければ、自分の境遇に納得が出来なかった。

身柄を奴隷商人に引き渡され、劣悪な環境下で各地を転々として。

誰もが「邪教徒なんていらない」と、ミストを拒絶して。

そんな日々を耐え忍ぶには……仕方ない。自分が悪いんだからと思って、納得して——心が動いてしまうのを、必死に避ける他に無かった。

身体が重くなって。

息が苦しくなって。

手足が痺れて。

視界がいつでも霞《かす》むようになって。

常に——明日には死んでしまうかもしれない、という恐怖がちらつくようになって。

それでも気が狂うことなく……せめて、心だけでも穏やかでいる為には。

自分は悪い子なんだから。

世界中の人に嫌われたって、仕方ない。

こんな私が生まれてきてしまったのが、全ての原因。

悪いのは私なんだ。

と——自分を説得し続けるしかなかった。

だが、そんな日々にも終わりが来た。
随分と久しぶりに、自分を買おうとする客が来た。
(――ごめんなさい)
ミストは心の中で謝り続ける。
(こんな私が、生きていてごめんなさい)
きっと来るであろう『邪教徒』への拒絶の言葉に身構えて。
(生まれてきて……ごめんなさい)
自分自身を否定し続ける。
だが――不意を衝くかのように。
「――君の名前は？」
名前を尋ねられる。
「……ミスト。ミスト＝カーマイン、です」
「ミストか。素敵な名前だ」
答えたミストの頭に、その客は手を伸ばしてきた。
(――ごめんなさいっ！)
きっと叩かれるのだ、とミストは身構えた。
だが――その手は、ミストを傷つけなかった。

そっと頭を撫でながら、客は言う。

「心配しなくていい。ボクは、ミストを傷つけたりしない」

「……っ」

嘘だ。そんなの間違ってる。

だって私は、悪い子だから。

貴方が叩いてくれないなら、私は――。

怯えるミストの考えを遮るように。

客は――シクロは、ミストの身体を抱きしめてくれた。

「安心してくれ。これからは、ボクがミストを守ってやるから。職業スキルを理由にミストを傷つけるような奴らは、全部ボクが追い払う」

その言葉が、ミストの心に凝り固まった、自己否定の連鎖に突き刺さる。

母に。大人達に。神さまにさえ見捨てられたというのに。

それでも――この人は、味方をしてくれると言う。

そう思った途端。ミストが自分の心を守る為に纏った『私は悪い子だから』という言葉が、砕けて無くなってゆく。

そんなことない。

私は――何も悪いことなんかしてないのに。

頑張ってきたのに。

なのにどうして――誰も助けてくれないの？

と、ずっと封じ込めてきた、理不尽に抗おうとする心が動き出す。

同時に――抗ってもいい、自分を否定しなくていい、と許可されたような気にさえなって。

「……ありがとう、ございます」

ミストは、感謝の言葉を口にした。もしかしたら――という、僅かな希望が胸に宿ったような気がして。

自分が、悪い子でない何かになれるような気がして。

そんな思いを、勇気をくれた人に、感謝をしたくなったのだ。


――微睡《まどろ》みの中、ミストは思う。

あの時シクロが救い出してくれたからこそ、自分は心を取り戻したのだと。

父親を知らず、母には見捨てられ、誰も味方をしてくれなかったことを悲観して。それでも苦しくならないように、自分の心を守る為に、無理やり身に付けた自責の鎧。

それを脱ぎ捨てる切っ掛けは、シクロが与えてくれたのだ。

故にミストも、シクロに同じことをしてあげたいと思っていた。

（復讐でも何でも――それでご主人さまの心が軽くなるのなら、私は、ご主人さまのすることを肯定してあげたい。手伝ってあげたい）

シクロへの恩義を少しでも返せるのなら。

どんなことだってやりたい。許したい。受け入れたいのだ。


翌日。野営地を片付けた四人は、いよいよ深部を目指して出発する。

「それじゃあ、気を付けて行こう、みんな」

告げるシクロの表情から、精神衛生が随分と改善されたことを悟る三人。

「せやな。こっからが本番や、今まで以上に気ぃ張って行かなあかんな！」

「私も頑張るよ、お兄ちゃんっ！」

カリムとアリスが、わざとっぽく気合を入れる。

そんな二人を見てミストは微笑み、シクロに向けて頷く。

準備は万端。こうしていよいよ、四人は本格的なディープホール攻略に入る。

最初の階層主を突破した後は、暫くアンデッドの出現するエリアが続く。

だが、実体を持ったアンデッドは数を減らし、奥へ進む程にスピリット系のアンデッドが数を増やしていく。壁の中からでも突如姿を現し襲ってくるレイスは、常に気を張って警戒しなければならない厄介な敵であった。また、シクロの時計感知では、レイスを感知することは難しい。

ここで活躍するのがミストのスキル、サンクチュアリ。一定範囲に存在する味方の能力を上げ、敵の能力を下げるスキル。このスキルが発動している限り――ミストは、その範囲内に入ってくる敵の能力低下を感知出来る。

即ち、間接的に敵の接近自体が感知可能となるのだ。

感知範囲はさほど広く無い為、索敵スキルとしては不十分なものの、壁の中から迫るレイスに対しての警戒としては十分過ぎる程に優秀なスキルである。

「――右から二体来ます！」

ミストは壁の向こうから迫る敵の存在を感知し、仲間に伝える。

「前からも三体来るぞ。多分、右が不意打ちだろうな」

シクロがミストの言葉に反応しつつ、前方から迫るレイス三体に身構える。

ミストルテインの銃口を向け、告げる。

「壁から来るのは任せた」

「任せとき！」

「前はよろしく、お兄ちゃん」

シクロの要求に、カリムとアリスが応える。ミストはサンクチュアリを維持する為に集中しており、レイスの出現するエリアが続く限りは、他三人が主に戦闘をこなすように配分されている。

「じゃあ——いくぞ！」

シクロは言って、ミストルテインの引き金を引く。銃撃音が三発響くと同時に射出されたのは、エネルギーキューブを圧縮した弾丸。アンデッド系の魔物に特攻効果のある弾丸である。

当然、今回の敵、レイスのようなスピリット系のアンデッドにも有効である。

弾丸は三体のレイスの胴体へと正確に着弾。同時に炸裂し、エネルギーキューブが持つ生命エネルギーが放射される。

「——オォォオオッ‼」

レイス達の、悲鳴のような鳴き声が響く。同時に姿が霧散し、千切れて散り散りになって消滅してゆく。正面からのレイスは、問題無く瞬殺された。

だが、まだ戦闘終了ではない。

直後、ミストの言葉通りに、右側の壁をすり抜けて二体のレイスが姿を現す。

が、これを待っていたかのように構えていた二人。

「――ハァッ‼」

一人はカリム。剣閃と共に炎を生み出し、実体の無いレイスの肉体を魔法的なダメージで引き裂き、掻き消す。

「――『サンダーレイ』っ‼」

もう一人はアリス。雷の光線を幾筋も放ち、レイスの肉体を穴だらけにする。ダメージから肉体を維持出来ず、レイスは消滅してしまう。

こうして、無事五体のレイスとの戦闘も終わる。

だが――難なく戦闘を終えたように見えて、実は問題がある。

それは、メンバーの消耗。

ミストがスキル『サンクチュアリ』を発動し続けている為に消耗しているのはもちろん、カリムとアリスも消耗していた。

出現するレイスは強敵の部類であり、二人にとっても雑魚扱い出来る魔物ではない。

一撃で倒してはいるものの、これは仕留め損ない、壁に逃げられることを警戒してのことである。

少々過剰気味の一撃で葬ることを意識していること、連戦する状況が続いていることもあり、急速に魔力を消耗していた。

この中で苦もなく探索を続けているのは、シクロだけ。当然、シクロもそれを理解しており、探索のペースは他の三人に合わせている。また、昼休憩を挟むことで三人に魔力と体力の回復をする時間も作っている。

レイスを撃破していれば、いずれ十分にレベルも上がり、難なく進めるようになる。

そう考え、シクロは気長に行くつもりであった。

「――ふぅ。にしても、レイスばっか出るようになってもうたなぁ」

臨戦態勢を解き、カリムが呟く。その言葉通り、暫くはレイス以外の魔物と遭遇していない。

「ああ。だいぶ奥へと進んでいる証拠だ。あと一日か二日も進めば、次のボス――エルダーレイスの部屋に到達出来るはずだ」

エルダーレイス。かつてシクロがディープホール脱出の際、最初に戦ったボスである。

あの時は油断から苦戦をしたが、今はあの時以上の実戦経験と戦闘能力がある。間違いなく、楽勝で撃破する自信があった。

故にシクロは、ここを三人の成長の糧にしようと考えていた。

「……何度か話し合った通り。エルダーレイスとの戦いで、ボクは援護だけに集中するつもりだ。本当に、それで大丈夫だな？」

その言葉に、三人共に頷く。

「大丈夫、分かってるわよ、お兄ちゃん。――お兄ちゃんが一人で倒したボスぐらい、私達も倒せなきゃ、この先一緒に進むなんて無理だもんね」

「せやな。経験的な意味でも、レベルアップ的な意味でも。ウチらが中心になって倒した方がええはずや」

アリスが決意を言葉にして、カリムが理屈を語る。二人の言葉はそれぞれ真実であり、実際にエルダーレイスを突破した後は、レイスなど比較にもならない程に強い魔物が多数生息するエリアへと突入することとなる。

人面の怪物や、岩に擬態したカエルの魔物。彼らも強かったが――当然、その生息域に至るまでに出現した魔物も強敵揃いであった。

「……私も、がんばりますっ!!」

メンバーの中で最もレベルが低いミストも、エルダーレイスとの戦いに向けて気合を入れる。

「よし。じゃあ、どんどん進んで、どんどんレイスを倒していくぞ！」

おーっ！　と、三人もシクロの呼び掛けに声を上げて応える。

こうして、四人はレイスを相手にレベルを上げながら、着実にディープホールの深層を目指して進んでいった。

レイスの襲撃を幾度となく撃退し続け——ついに四人は、エルダーレイスのボス部屋前に到達した。

「——なんていうか、ある意味懐かしくもあるな」

シクロは呟きながら、目の前にそびえ立つ門を眺める。まるで地獄へ続くかのように、禍々《まがまが》しい装飾の施された門。かつてディープホールを脱出する際に、シクロがくぐり抜け、背にした場所。

記憶に残るままの姿をしたこの場所に、ついにシクロは戻ってきた。今度はディープホールというダンジョンを攻略する為、冒険者として挑戦し、勝利する為に。

「行こう、みんな」

シクロが呼び掛け、いよいよ門を開く。

門の先に見えるのは、だだっ広い空間。ボスらしき存在の姿すら見えない、奇妙な光景。だが、この空間には確実に奴がいる。

『——ほう、来訪者とは珍しい』

シクロには聞き覚えのある、底冷えするような不気味な声が響く。同時に、何処からともなく奴が——エルダーレイスが姿を現した。

『くく……この断罪のダンジョンを、中層まで攻略するとは中々の輩のようだな。だが、ここからはそう上手くはいかぬぞ？』

エルダーレイスはシクロ達四人を見回しながら言い、己の武器である杖を構えた。

（……ボクが倒したのとは別の個体なのか、それとも記憶が無いのか）

シクロは疑問を抱きつつも、今はそれを解明する時ではないと頭を振って口を開く。

「援護する！　みんな、行くぞッ！」

シクロがミストルテインを手に生み出し、放った弾丸が初撃となり、戦いの火蓋が切られた。

シクロが放ったのは、ごく普通の金属弾。弾頭の鉛がエルダーレイスの身体を貫くが、ダメージは入らない。

『フハハッ！　そのような攻撃では我が身体を傷つけることは出来ぬぞッ！』

エルダーレイスの肉体は一瞬だけ煙のように飛び散るが、すぐに再集合してしまう。当然、シクロはこうなることも想定済みである。物理攻撃ではダメージを与えられないことをはっきり仲間に示すのが目的なのだから。ダメージを与えたいなら、エネルギーキューブを圧縮して弾丸として放つ方が確実である。

だが今回は、シクロ以外の三人が主役となり、エルダーレイスの撃破に挑むのだ。致命傷を与えかねない攻撃は撃てない。

代わりに、シクロの銃撃が生み出した隙を衝き、カリムが前に出る。

「――『紅焔剣舞』ッ！　いくでェッ!!」

カリムの剣を魔法の炎が包み込み、そして炎が分離して二本の剣を形作る。実剣と合わせ、三本の炎剣がエルダーレイスを襲う。

『ぬうッ⁉』

流石にエルダーレイスも、これにはダメージを受けると確信したのだろう。声を上げ、慌てて回避行動を取る。

だが、その動きを制するようにアリスが魔法を発動。

「サンダーレインッ！」

アリスの掌から雷が解き放たれ、エルダーレイスの上空へと瞬時に飛来。その場で雷球を形作った後、球体から雷が溢れ、周囲に降り注ぐ。

下手に逃げ惑えば、エルダーレイスの身体は雷に焼かれてしまう状況。

故に逃げ切れず――カリムの剣戟が直撃してしまう。

『ぐおおおぉぉおおッ‼』

ダメージを受け、声を上げるエルダーレイス。物質的な肉体ではない為、見た目にはダメージがあるようには見えない。が、魔法による攻撃が直撃したのだ。無視出来ないダメージが入っていることは間違いない。

「――良いダメージが入ってるぞ！　この調子だッ！」

シクロは仲間を鼓舞するように言い、ミストルテインを構えたままエルダーレイスの動きに注視する。前回も、追い込んでから悪知恵を働かせて襲いかかってきた相手だ。ここからでも、油断は出来ない。

シクロがエルダーレイスの動きに警戒していると、不意にエルダーレイスが声を上げる。

『……フフフ、よくもここまでのダメージを与えてくれたなッ！　この借りは、貴様らの身体で支払ってもらうぞッ！』

言うと、次の瞬間にはエルダーレイスの姿が消滅する。

「来るぞッ！　多分、身体を乗っ取る攻撃だ！」

シクロが呼び掛けると同時に、ミストが頷いてスキルを発動する。

「――サンクチュアリっ!!」

ミストのスキルにより、神聖な魔力が一定範囲を満たす。味方にはバフを、敵にはデバフを展開するスキル。ここに到達するまでの間にも、シクロの時計感知スキルをかいくぐり近寄るレイスを発見して来た。

当然――姿を消したエルダーレイスのことも捕捉可能である。

「アリスさんっ！　真上です!!」

「了解っ!!」

ミストの言葉に、アリスが反応する。

咄嗟に発動したスキルは『魔力具現化』、そして『魔力操作』のスキル。これらを操り、真上に存在するはずの、姿の見えない敵に目掛けて投網《なげあみ》のような魔力を実体化させて飛ばす。

『ぐぬぅッ⁉　な、何故だッ⁉』

自分の所在が把握された理由が分からず、エルダーレイスは狼狽《うろた》え姿を見せる。

具現化した魔力は込めた魔力に比例して固くなる。咄嗟に放った網状の魔力程度なら、力を込めれば振り払うことも可能であった。

だが――エルダーレイスは狼狽えた為に、その機会を失った。

「――くたばれェッ‼」

この一瞬の隙を見逃さず、カリムが飛び上がり、剣を振るう。一度に三回の剣閃が、魔法の炎を纏ってエルダーレイスの肉体を切り裂く。

『グオォォォォオオッ‼』

「追撃しますっ！　『ホーリーアロー』ッ‼」

更に、ミストが光魔法を発動。神聖な魔力の弾丸が、矢のように鋭くなってエルダーレイスへと飛来する。カリムに切り裂かれ、霧のようになって消えかかっているエルダーレイスを光が射貫《いぬ》く。それもミストは連続で放っている為、無数にである。

『く、くそォォオオッ‼　こんな、こんなことがァァアアアッ‼』

エルダーレイスは断末魔の叫び声を上げ、千切れるように霧散していく。

完全に姿が消滅しても――全員が警戒を解かない。

だが、沈黙が流れ、暫く経っても何の変化も起こらず――ミストのサンクチュアリにもデバフが発動する反応は無い。

「……間違いないな。エルダーレイス、撃破達成だ」

シクロが判断し、声を上げる。すると他三人も、それぞれ声を上げ、喜ぶ。

「っしゃ！　やったったわ！」

「当然よ！　私達、みんな強いもの！」

「はいっ！　無事撃破出来て、良かったたです」

それぞれが異なる喜び方を見せつつ、互いに歩み寄って喜びを分かち合う。シクロもまた、三人に歩み寄る。

「おめでとう、みんな。エルダーレイスは間違いなく強敵だったのに、それでも難なく倒せた。これは、みんなの実力が上がっている証だ」

シクロが言うと、カリムが問いを口にする。

「どうや、シクロはん。今のウチらやったら、深層でもやっていけると思うか？」

この問いに、頷きつつ応えるシクロ。

「ああ。着実に、階層ごとにレベルを上げていけば、間違いなく通用するよ」

「そうか。経験済みのシクロはんが言うんやったら、間違いないな」

シクロの答えに、カリムは嬉しそうに頷く。また、アリスとミストも同様に嬉しそうに笑みを零した。

「じゃあ——いよいよだね、お兄ちゃん」

「ああ。深層の……ディープホールの、本格的な攻略開始だな」

言うと、シクロは部屋の奥に視線を向ける。

そこには——ボスを倒したことにより開いた門と、下層へと下る階段があった。

こうして、四人はとうとうディープホール真の深層へと足を踏み入れる。

第九章　断罪

ディープホール、真の深層。

エルダーレイスのボス部屋を突破すると、シクロにとっても馴染み深い光景が広がるようになる。

暗い岩場が広がり、上が見えない程に高い断崖絶壁が行く手を阻《はば》む。

場所によっては湧き水が小さな川のように流れており、これがあちこちを浸食して地形をより複雑にしている。

そして――岩場に擬態するように隠れる魔物が、シクロ達一行を襲う。

「――くるぞ！」

シクロが言い、真っ先にミストルテインを構える。

同時に岩へと擬態していたカエルの魔物が動き出し、一斉に舌を弾丸のような勢いで突き出して攻撃してくる。

「させるかッ‼」

カリムは素早く剣を抜き、舌の攻撃を回避しながらすれ違いざまに斬りつける。

次々と舌が切り落とされ、勢いを失い破壊力を失う。

続けて、シクロがミストルテインの弾丸を放つ。カエルの魔物の頭部を貫き、確実に一匹ずつ仕留めていく。

だが、それでも擬態していた魔物の数は多い。まだ半数以上のカエルが無傷のまま、第二波と言わんばかりに舌を伸ばす。

「――『フリーズロック』ッ‼」

「――『バリアー』っ！」

だが、それを阻止するようにアリスとミストが魔法を発動させる。

アリスの魔法は氷の魔法。標的周辺の一帯を魔力により生み出された冷気が包み込み、みるみるうちに氷結させ、氷で閉じ込めてゆく。

一方で、ミストは光の魔力の壁を生み出し、仲間全員を守るように覆った。

結果――カエルの魔物の攻撃は勢いを失い、バリアーに阻まれて無力化。また、体温が急激に下がった為、多くのカエルが即死し、生き残った個体も行動不能に陥る。時間が経てば、やがて死に至るだろう。

四人は無事、深層に入ってからの初戦を終えることが出来た。

「……上手くいったんやけど、思うとったより頑丈やな」

「私も、一瞬で全滅させるつもりで放った魔法の効き目がイマイチだったわ。やっぱり深層の魔物は格が違うって訳ね」

カリムとアリスが、真剣な様子で戦闘の内容を分析する。

「ですが、十分通用していますし、このまま油断せず探索を続けていけば問題無く倒せるようになると思います。――ご主人さまは、どう思いますか？」

ミストは二人に語った後、シクロに問い掛ける。

「そうだな……一応、あの岩に擬態してるカエル、名付けるなら『ストーンフロッグ』はこの辺だと一番弱い。苦戦するようなら厳しいとは思うけど、今の感じなら大丈夫だと思う」

シクロの評価に、三人も安堵したように息を吐く。

「せやったらええねん。そんじゃあ、気い張って行こうか！」

カリムは言うと、先頭を進もうと歩み出す。

「あ、ちょい待った！」

シクロはカリムを呼び止めて、慌てるようにミストルテインを構える。カリムが動きを止めたのを確認した後、行く先に向けて銃弾を放つ。弾丸は正確に飛来し――一匹だけ、逃げるように隠れ擬態を続けていたストーンフロッグを撃ち抜く。

「これで全部だ」

「あはは……これは、ホンマに気い張って行かんとアカンな」

見落としたまま進もうとしたことを恥じ、カリムは苦笑いを浮かべる。

「まあ、気にするな。ボクもスキルのお陰で索敵が簡単だからこそ見つけられたんだ。多少の見落としはちゃんとフォローするよ」

「すまんな、頼むでシクロはん」

幾らかの課題を抱えながらも、四人はより深くを目指して探索を続ける。


探索を続けるほどに、異様な姿の魔物が増えていく。最初に一行を――シクロ以外の三人を驚かせたのは、シクロも遭遇した人面の怪物。くここ、という奇妙な鳴き声や、胴体が縦に裂けて口が現れる構造など、一般的な生物はもちろん、魔物と比べてもバケモノと呼ぶに相応しい異形の存在。

そんな人面の怪物も撃破し、一行は更に深部を目指す。

シクロすら探索したことのない、人面の怪物の出現する階層の更に奥。

広がっていた光景は――地獄と呼ぶに相応しい有様であった。

人面の怪物が当然のように闊歩《かっぽ》するのは無論。複数種類の虫を継ぎ接ぎしたかのような魔物。床に転がる、目玉そのものとしか言いようのない魔物。肉の筋のような繊維が集合体となり蠢く魔物。

そういった不気味な魔物がそこら中で発見される有様であり、上も下も果てが見えない断崖絶壁に囲まれた地形も相まって、本能的な危機感を嫌というほど刺激される。

だが、それら全てを合わせてなお足りない、遥かに醜悪な存在――ダンジョンの各所に存在する、緑色の汚らしい岩の中から生えてくる『人間』の姿にこそ、シクロ達は怖気《おぞけ》を覚えた。

緑色の岩は不意に脈動するかのように鈍い光を放つと、内側から膨れ上がるかのようにせり上がり、人の姿を模した石像の形をなしてゆく。

そして――生まれた緑色の石像は、明らかに『人間』の意思を宿していた。

『殺して……殺してくれェ……』

『あぁ……うあぁう……』

緑の石像からは、そんなうめき声の様な声が響いてくるのだ。

そして――ダンジョン内の怪物達は、石像の誕生を確認すると、我先にと襲い掛かる。甚振《いたぶ》るかのように腕を、足を、身体を順番に壊していき、最後に頭を砕く。

破砕される最中、緑の石像は悲鳴を上げ続ける。

『いぎゃぁぁあっぁあああああっ!! やめでっ! もうやめでぐれぇぇえええっ!!』

泣き叫びながら石像は砕け――声が途切れ『死』を迎える。

だが、それは終わりを意味しない。

探索を続けていると――シクロ達も、やがて気付く。明らかに同じ姿の、同じ声の、同じ反応を示す石像が、何度も繰り返し生まれてくることに。

再び『生まれた』石像は、また怪物達に襲われ、苦しみ、絶望し、死を迎える。

だが、どれだけ苦しんだところで――石像は結局また『生まれる』。

悪趣味な輪廻《りんね》が繰り広げられる光景に、シクロ達は全員が気分を害していた。

「なんなんや、いったい。こんな、意味分からんで……」

カリムが苦い表情を浮かべつつ呟く。全員が同感であった。

「ボクらよりも、石像が存在していればそちらを優先して攻撃するぐらいだ。何かの仕掛けなんだろうとは思うけど」

シクロは言いながら顔を顰める。

「……いや、意味なんて無いのかもしれないんだ。無駄に考えるのはよそう。それこそ、奥に進んで行けば何か分かるのかもしれないしな」

と、自分を説得するかのように言うシクロ。仲間達三人も頷いて同意する。

「行きましょう、ご主人さま」

ミストが気遣うようにシクロの手を取り、目を見て頷く。

「ご主人さまの言う通りですから。ここで考え込んでも、良い考えが浮かぶとは限りません。先に進みましょう」

「……そうだな。ありがとう、ミスト」

シクロはミストの気遣いに感謝し、笑みを浮かべる。

「先に進もう。何があるにせよ——多分、敵がいるんだ。この奥に」

シクロの言葉に誰もが同意し——探索は続く。

そうして数週間の時間を費やし、シクロ達は異形の怪物のエリアを探索し、通り抜けた。

これまでのどんな階層よりも広く、過酷で、かつ強敵ばかりが出現する階層。

そこを抜けた先には——思いもしない光景が待っていた。


不気味な緑の石像が破壊されるエリアを通り抜け——シクロ達一行は、ついに最深部と思わしき場所へと到達した。

これまでの、地下渓谷とでも呼ぶべき地形からうって変わって、丁寧に磨き上げられた床と壁が続くエリアへと突入したのだ。そして中央には深く、奥へと下る螺旋階段が存在している。

明らかに重要な場所へと続くであろう階段。これまでのどんな階層と比べても、豪奢で丁寧な装飾の施された石階段が、そう推測させる。

「この先に、何が待ってるんだろうな」

シクロは、螺旋階段の手前で呟く。

「何があっても、私はご主人さまに付いていきますから」

ミストはシクロの傍らで言う。

「ま、ウチらの実力ならどんなボスが出てきてもどうにか出来るやろ！　ここまで来たら、あとはぶっ倒してダンジョン攻略するだけや！」

カリムはここに至るまでの魔物との戦闘で更に実力を高めた実感もあり、自信を顕《あらわ》にしつつ言う。

「安心してよね、お兄ちゃん！　後ろは私が守るから！」

胸を張り、パーティの後衛をしっかり務めると宣言するアリス。

「よし――じゃあ、行くぞ」

こうして、シクロ達は螺旋階段を下っていく。


螺旋階段を下りきった先には、巨大な門が待ち構えていた。

ダンジョン内の風景にあった不気味な雰囲気とは打って変わって、どこか神聖さも感じさせるような装飾の、荘厳な門。

「今までと様子が違うな。やっぱり――この先が最下層か、それに近い場所なのかもしれないな」

シクロは予想を語りながら、門へと近づく。扉に手を当て、開こうと力を入れる。すると扉はひとりでに動き出し、シクロが押さずとも勝手に開いていく。

扉の先に広がっていたのは、隅々まで磨き上げられた、美しい純白の石室。

そして石室の中心に――男が一人、立っていた。

ダンジョンの扉を開いた先にいる存在など、普通の人間であるはずがない。当然の予想から、シクロ達四人は全員が臨戦態勢を整える。

「――まあ待て。そう急ぐ必要もあるまい」

男は、余裕の様子でシクロ達を制止するように言う。

「貴様らが何故ここに来たのかも、どういう目的を持っているのかも、我は理解している」

男の言葉に――シクロ達は訝しむ。どう見ても初対面の人物。そんな男が、こちらの目的まで把握しているというのはおかしい。

「故に――場合によっては、貴様らの望む通り、このダンジョンの攻略を認めてやっても良い。我もその邪魔をせぬと約束しても良い」

男の言葉に、シクロ達には疑問が浮かび上がる。

何故――この男は、このダンジョンの攻略を『認める』などと言ったのか。

ダンジョンは世界に突如生まれる異物。誰の所有物でもなく、最深部に存在する『ダンジョンコア』を破壊することで攻略は完了する。何の権限があって、それを男が認めると言うのか。

「……お前は、何者だ？」

諸々の疑問、疑念を含めてシクロが訊く。当然、警戒は解かないまま。

「我は――そうだな。名は無いが、貴様ら人が様々に呼ぶ、そのどれかで呼ぶと良いだろう。断罪神。裁きの神。あるいは――スキル選定の神でも良いだろう」

返ってきた言葉に、シクロ達は目を見開く。スキル選定の神。それが正に――シクロ達にとって馴染み深く、因縁もある神であった為だ。

「アンタは――本当に、神だっていうのか？」

「信じるも、信じないも好きにするといい。我にとってはどうでもよいことだ。それよりも――貴様らとこうして対話するに至った目的こそ、重要であろう」

「だったら、その目的ってのは何なんだ」

シクロが急《せ》くように問うと、男――断罪神は鼻で笑う仕草を見せてから言う。

「先に言ったであろう。条件次第では、貴様らが我が『断罪のダンジョン』を攻略することを認めてやっても良い、と」

そして断罪神は、シクロ達の方へ向けて手を伸ばす。

「――シクロ＝オーウェン。我らが創造主の御力を賜った使徒よ。我に従え。我の下で、我が悲願の為に力を使え」

予想だにしない断罪神からの要求に、シクロ達の間に動揺が走る。

配下になれ。端的に言えばそれだけの要求。だが仮に、この男が本物の断罪神であったとしても、迂闊に頷くことは出来ない。この男がスキル選定教の神である限り、シクロ達の望みとは相容《あいい》れない可能性が高いのだから。

「――悲願っちゅうたけど、なんのこっちゃか分からんで。言いたいことだけ言うて満足せんといてくれるか？」

カリムが断罪神に向けて言い返す。すると、断罪神はフフ、と苦笑をこぼしながら答える。

「それこそ愚問であろう。貴様らも、散々経験し、繰り返し考えてきたのではないか？――この世界は間違っていると」

神自身の口から、世界を否定するような言葉が出てきた。その為、言い返したカリムも含め、全員が面食らう。

「人とは無力で、愚かな生き物だ。しかし――一方で美しく、強く、尊い」

どこか陶酔的な、大げさな口調で断罪神は語る。

「貴様らも覚えがあるだろう。正しく生きる人が、欲望に、偏見に、悪意によって除かれる様を。本来であれば幸福を享受する権利を持っていたはずの人が、下劣な人間によって踏みにじられる様を」

シクロ達は、それぞれ思い返す。確かに全員が、断罪神の言うような光景を目にしてきた。

そして――その理不尽を許せないと思った。

「我は、そのような理不尽を許せないのだ。正しき人こそが幸福であるべきだと思うのだ」

言葉には。理想だけにには、同意出来る。

だが――シクロ達は感じていた。

この断罪神という存在から、違和感を。

人を慈しむような言葉を使いながら――どこか人を見下してもいるかのような違和感を。

「故に我は思うのだ。世界は――人の手には余る。人が人の世を治めることなど、到底不可能」

断罪神の口からは傲慢ともとれる言葉が続いてゆく。

「よって答えは一つ。我が――『神が自ら人の世を治める他無い』のだ」

神によって統制される世界。それが理想だと、断罪神は語る。

「今はまだ、我の力は足りぬ。スキル選定の儀式という形で、人が持つ可能性を、力を選定するだけの神に過ぎぬ。だが――創造神すら超える力を手にすることさえ出来れば、我は人の世の全てを『選定』出来る」

選定。その一言に、シクロ達は底知れぬ怖気を感じ取った。

「過ち。失敗。間違い。悪意。全ての負の要素を、愚かな人を我が『選定』し、裁くのだ。正しき人を害する全てを取り除くことで――人の世を『正しき』形で治めるのだ」

「……取り除くって、どういう意味だよ」

シクロが問うと、断罪神は眉を顰めて言う。

「貴様らは、既に十分見てきただろう？」

その言葉で、ピンと来た。

「……まさか」

「そうだ。ここは『断罪のダンジョン』。我が選定した愚かな魂を『取り除く』為のダンジョンである」

つまり。このダンジョンは。

断罪神が――裁くと決めた人の魂を閉じ込め、苦しめ、破壊する為の牢獄なのだ。

「試験的ではあるが、既に深層は稼働している。これまでに我が裁いた罪人の魂を石像に封じ――冒涜《ぼうとく》的な魔物によって責め苦を与えることで、魂を根源から矯正する。再び生を受ける前に、あるべき形に戻す」

――狂っている。

それがシクロ達の思う、断罪神に対しての印象であった。

ここに至るまでに見た光景。緑の石像を、魔物達が蹂躙するという不気味で不快な階層。

――断罪神に言わせれば、人の魂をあるべき形に戻す為の階層。『あるべき形』というものが何であれ、到底達成出来るようには思えなかった。

「このまま順調に事が運べば、やがて人の世から理不尽は消える。誰もが正しい在り方で、何者にも人生を阻害されることなく生涯を全う出来る。そんな世界になるのだ！」

興奮した様子で断言する断罪神。そして直後に冷静になって――シクロに向けて問う。

「どうだ？　貴様も望んでいるのだろう？　人の世を妨げる悪の撲滅を。であれば、我と貴様の願いは同じだ。協力すべきだとは思わぬか？」

「ふざけんな。どこが一緒なんだよ」

「同じであろう？　我は知っているぞ」

シクロが吐き捨てるように言い返すと、すぐさま断罪神は笑みを浮かべて答える。

「あの男――そう、ブジンと言ったか。我が用意してやった男を、貴様は見事に『選定』して見せたではないか！」

「……っ」

断罪神の言葉に、シクロは反論する言葉を咄嗟には出せなかった。

「あれは見事であったぞ！　まさか――本当に、再びこの世に生を受けることすら拒否し、魔力の塊となって散って消える程、魂を傷つけることが出来るとは。人の身でありながら、中々に立派な行いであった」

あれは単なる復讐だった。

しかし――シクロの心には迷いが生まれる。

本当にそうだったのだろうか？

自分は――どこか正義を気取って、世界から奴を排除するつもりでいたのではないか？　復讐と言いながらも、陰で世界の為、等と言い訳を用いてはいなかったか。

だとすれば――自分は、断罪神とどう違うのか。

そんな迷いが、シクロから言葉を奪う。

「どうだ、シクロ＝オーウェン。貴様は我が配下に相応しい。人の世を正しく治める為、その力を貸してはくれぬか？」

優しげに、しかし作り物めいた口調と笑顔で、断罪神はシクロを誘う。

「……悪いが、アンタとボクは相容れない。提案には乗れないな」

シクロは断罪神を拒絶する。仮令自分が、断罪神と同じ――醜悪な存在だとしても。それを許容したいとまでは思えなかった。

「そうか、残念だ」

断罪神は――しかし、言葉とは裏腹に。

全くの躊躇いを見せずに、即座に言い放つ。

「であれば、貴様は必ず我が悲願の障害となる。『選定』せねばなるまい」

言うと同時に――辺り一面が光り輝き出す。まるで床や壁材が光を放っているかのように。

「さらばだ、シクロ＝オーウェン。――『ジャッジメントケイジ』」

――断罪神の一言と共に、光が弾けた。シクロ達は、視界の全てを光によって奪われることとなった。

光が石室を満たしたのは、本当に一瞬のことであった。

即座に警戒し――カリムが剣を構える。

「何すんねんッ!!」

カリムの背後で、ミストとアリスが声を上げる。

「ご主人さまっ⁉」

「どうしたの、お兄ちゃんッ⁉」

その声に、カリムも背後を振り返る。

なんと――シクロが虚ろな目をしたまま、呆然と立ち尽くしていた。

「ちッ……何をしたんやッ!!」

カリムは咄嗟に、断罪神が何かを仕掛けたのだと判断し、剣を振りかぶって前へ出る。

「シクロ＝オーウェンは我が領域へと閉じ込めた。今は、自らの犯した罪に相応しい悪夢の中にいる」

カリムの剣戟を容易く回避しながら、断罪神は語る。

「創造神の力であれば、我を害することも不可能ではない。故に、直接力を行使される危険性の無い形で、シクロ＝オーウェンを無力化させてもらった」

言うと同時に、断罪神はカリムに反撃を繰り出す。素早く鋭い動きで繰り出された掌底の一撃に、カリムは咄嗟に剣を盾にするようにして防御する。

「――かはッ‼」

想像を絶する衝撃がカリムを襲い、吹き飛ばす。

「次は貴様らの番だ」

断罪神は、三人を順に見回してから言う。

「シクロ＝オーウェン同様、貴様らは我が悲願の障害となり得る。故に貴様らは――未来の正しき人々にとっての『悪』として裁く必要がある」

つまり――三人をこの場で始末する、という意味に他ならない。

「……ケッ、何が『悪』やボケェ。つまりアンタが気に入らん奴は全員ぶっ殺すってだけの話やないか」

吹き飛ばされた先で、カリムが立ち上がりながら言う。

「必要な犠牲だ。人の世が正しくある為の礎《いしずえ》となれ」

「やかましいわボケェッ‼」

カリムは怒鳴りながら、同時にスキルを発動。『紅焔剣舞』により、炎の剣が二本生み出され、宙を舞い始める。

「ミストちゃんッ！　どうにかしてシクロはんの目ぇ覚ましたってくれッ‼　アリスちゃんはウチの援護頼むッ‼」

「はいっ！」

「分かったわッ！」

カリムが指示を出し、これにミストとアリスは同意。それぞれが臨戦態勢を整える。

「――『バリアー』ッ！『サンクチュアリ』ッ！」

ミストは自身とシクロを守る為のバリアーを張ると同時に、味方全員を援護する為のスキル『サンクチュアリ』も発動する。

「全部盛りで行くわッ！」

アリスは宣言と同時に六つの魔法を発動。土、炎、水、氷、風、雷という異なる属性の魔法。これらを同時に展開しつつ、断罪神を狙う。

「……愚かな」

断罪神は、憐れむような視線を三人に向ける。

「貴様らの力では、我を打ち破ることなど不可能」

「せやったら、最初っからウチら全員シクロはんと同じ扱いにしときゃええんや」

カリムは挑発するかのように断罪神へと言い返す。

「けど、そうは出来へんのやろ？　――どうせ、シクロはんをどうにかこうにか封じ込めるだけで精一杯ってところなんちゃうか？　せやなかったら、最初っから交渉なんかせえへんでええ。ウチら全員アンタの領域とかいうもんに封じ込めてオシマイやったはずや」

「……小賢しいことを」

ピクリ、と眉を不快げに顰める断罪神。

「せやから、今のウチらにも勝機はあるはずやッ!!　気張っていくでェッ!!」

カリムは気勢を高めるかのように声を張り上げ――断罪神へと立ち向かう。

こうして三人と断罪神による戦いの火蓋が切られた。


一方――シクロは視界を光に包まれた直後。見知らぬ場所に立ち尽くしていた。

「……ここは」

辺りを見回すシクロ。ボロボロの家屋が立ち並び、人の気配は無い。廃れて使われることの無くなった、足跡の無い土の道。廃墟のような光景であった。

「カリム！　アリスッ！　ミストッ!!　返事をしてくれッ!!」

大声で仲間達の名を呼ぶが、何も返ってこない。

「……幻影か何かだったら、ボクのスキルでみんなの居場所ぐらいは分かるはず。それも分からないってことは、ここはもうあの部屋じゃないって考えたほうが良さそうだな」

状況を整理しながら言葉にして、シクロは判断を下す。

「となると、まずはここが何処で、どんな場所なのか調べないとな」

そして、シクロは周辺の探索に歩き出す。ここがまさか――出口の無い牢獄のような場所であるとは知らぬまま。

廃墟の中を進む程に、シクロは違和感を覚える。

「……なんだ？　何の気配も無いのに、見られているみたいな――」

シクロのスキル『時計感知』に反応は無い。だが、人から注目を受けた時のような、妙な感覚があった。

「ここはそういう場所なんだろうけど……何の為に？」

気配の意味が分からず呟きながらも、シクロは進む。すると、不意にシクロの背後に『何か』が現れる。

「――ッ⁉」

咄嗟に振り向くシクロ。

ソレは――死人であった。

最早誰であるかも分からない程に、ズタズタの切り傷だらけの死人。明らかに死人でしか無いはずの大怪我にも拘わらず、ソレは立っていた。

シクロを見つめながら、ただ立ち尽くしていた。

目と言える器官すら残っていない状態であるにも拘わらず、シクロにはソレが自分を『見ている』というのが直感的に分かった。

「……敵か？」

シクロは咄嗟にミストルテインを構え、ソレと相対する。だが、ソレは一向に動く様子も無く、ただシクロを見つめ続けているだけであった。

「……はぁ」

溜め息を吐くと、シクロはソレを無視して再び歩き出す。

そうして――進む程に、ソレの数は増えていった。

シクロにさえ知覚出来ない一瞬のうちに、気付くとソレらはシクロの背後や、視界の隅に立ってシクロを見つめている。年齢、体格、性別も様々なソレらが、気付くと数十人という群れを成してシクロを監視していた。

「くそッ、何なんだよコイツらは！」

次第にシクロもイラつき始める。後ろを振り返れば、やはりまたソレらの数は増えていた。

そして前を向き直ると、今度は道を塞ぐような位置に、新たなソレが立っていた。

「ッ、どけッ‼」

シクロはソレを押しのけるようにして先に進む。

すると——これまで一切何の反応も示さなかったソレらが、一斉に動き出す。

『キォオオオオオ——』

『イアァァアアアア——』

甲高い、悲鳴にも似た、しかし何処か違う気もする不気味な声があちらこちらで上がり始める。

そして——ソレらは次々と、シクロ目掛けて駆け出した。

「なッ⁉」

まさかここに来て襲われることになるとは思っていなかったシクロ。慌ててミストルテインを構え、迎撃しながら走り出す。

弾丸は次々とソレらを撃ち抜くが、一瞬だけ動きを止める程度の時間しか生み出せない。次から次へと迫り来るソレらに対して、シクロは無力であった。

気付けば視界外で次々とソレらが発生し、シクロを目指して襲いかかってきており、総勢は僅かな時間で数百に至るほど膨れ上がっていた。

「何なんだよ、クソッ‼」

連続射撃が間に合わず、ソレらに追い縋られるシクロ。一瞬にしてソレらの群れに呑み込まれる。

そして——ソレらは次々と、シクロの身体をベタベタと触っては離れていく。

何の攻撃性も持たないはずの、些細な接触。

だが――シクロはそれが致命的な効果がある攻撃だとすぐに理解した。

ソレらに触られるごとに、シクロの身体は重たくなっていく。いいや――正確には、身体を動かそうという気力そのものが奪われていくのだ。

そして同時に心に溢れる絶望や諦観。

自分自身を否定し、拒絶する様々な負の感情。

そういったものが膨れ上がり――シクロは動けなくなっていく。

「ボ……ボク、は……」

ミストルテインを握る手からも力が抜け、取り落とす。

シクロ自身も、その場に崩れ落ちる。

そうしてシクロの意識は――闇に呑まれていった。


――シクロが廃墟のような空間で闇に呑まれる頃。

現実世界の側でも、事態は動きつつあった。

「皆さんっ！　私が『再生魔法』でご主人さまを連れ戻しますっ！　それまでの時間稼ぎをお

願いしますッ!!」

ミストが宣言すると、カリムとアリスは頷く。

「任せや！　時間ぐらい幾らでも作ったるでッ！」

「お兄ちゃんのことよろしく頼むわよ、ミストちゃんッ!!」

二人は言うと、断罪神に向けて攻撃を繰り出す。

「オラァッ!!」

カリムは断罪神に『紅焔剣舞』による、三本の剣を利用した連撃を繰り出す。だが、断罪神はこれを腕だけで弾き返す。魔力を纏い、光を放つ腕で、カリムの剣戟を次々と防ぎ切る。

「無駄だ」

「まだまだァッ!!」

カリムはそれでも尚、連撃を続ける。断罪神を縫い止めるような連撃は――続くアリスの強烈な魔法による一撃の伏線となった。

「――『プラズマクラスター』ッ!!」

アリスが放ったのは雷の最上位魔法。莫大なエネルギー量を持つプラズマの球体が無数に生み出され、標的へと群がるように飛来する。

「――ぬ」

カリムは咄嗟に後退し、魔法の標的となった断罪神のみ取り残される。

プラズマの球体は断罪神を飲み込みつつ、エネルギーを局地的に集合させ解放することで、超高圧の電撃となって弾ける。これにより断罪神は、僅かにダメージを受けたような素振りを見せる。

「……下らぬ」

口では言いつつも、苛立ちは隠せておらず、アリスを睨み付け、次の標的に定める。

だが、カリムがそうはさせない。

「させるかボケェッ‼」

断罪神が動き出すよりも先に、カリムが斬りかかる。

三本の剣を同時に振るい、最大限の一撃で断罪神を足止めする。

「――調子に、乗るな！」

次の瞬間、断罪神は苛立ちを顕にしながら、魔力を解き放つ。

純粋な魔力による圧力がカリムを吹き飛ばし、離れた場所にいるアリスまでよろけさせる。

「くっ、アホみたいな威力出しおって！」

「でもカリム姉！　このままなら行けるわ！」

希望を見出す二人。だが、否定するように断罪神が動く。

「諦めておけば良かったものを……貴様らに必要以上の力を使いたくは無かったが、仕方あるまい」

言って、断罪神は手に魔力を集める。魔力は光となって、武器を——死神が握るような大鎌を形作る。

「覚悟せよ。貴様らを『選定』する」

いよいよ本気で攻めてくる様子の断罪神に、二人は冷や汗を流す。

そんな攻防の裏で、ミストはシクロを呼び戻そうと挑戦していた。

(心に何か影響を与えてご主人さまを封じているのなら——私の再生魔法で『元に戻す』ことだって出来るはず)

虚ろな表情のまま棒立ちするシクロに向けて、ミストは再生魔法を発動する。

かつてシクロの心を再生した時の感覚を思い返しながら、慎重に魔力を浸透させていく。すると、すぐにシクロの心、魂とも呼ぶべき存在の感覚を捉える。

だが——何かが妙だった。

シクロの心が、まるで石か何かのように冷たく、固く感じるのだ。シクロが断罪神に抵抗を見せているのなら、シクロの心そのものに動きがあるはず。だというのに、かつて再生した時と比べても——明らかに冷たく不自然に感じられた。

(これは……駄目、無理に再生は出来ない)

ミストはミランダの魂を再生しようと試みた時のことを思い出す。

自分の魔法では、死者の魂を呼び戻す程の再生は不可能。つまり、それだけ魂とでも言うべきものが繊細な存在だということでもある。

シクロ自身が自ら元に戻ろうとしているならまだしも。冷たく固まってしまった魂を無理やり『元に戻した』時、どのような問題が発生するかも分からない。最悪の場合――無理をした結果、魂が砕けて壊れてしまってもおかしくない、とミストは感じていた。

(ご主人さま――どうか、どうか反応をして下さい……ッ!)

強く祈りながら――ミストは再生の魔力でシクロの魂を包み込む。

そして――ここで偶然が重なった奇跡が起こる。

まず、ミストはこれまでシクロの心と、魔力を通じて触れ合ってきた経験があった為、互いの魂が馴染んでいた。

また、シクロは異空間や異世界ではなく、心そのものを閉じ込める精神世界のような場所に居た。

更には、ミストの魔力が魂を包み込むことで、断罪神の魔法も同時に取り込むような形になった。

これらの偶然が重なり――ミストの心も、シクロが閉じ込められた世界へと入り込むことに成功したのだ。

目を閉じて祈りを捧げていたミストは、不意に周囲の気配が変わったことに気付き、目を見開く。

「……ここ、は……？」

ミストは辺りを見回す。廃墟のような風景が広がり、足元を血のような液体が満たし、足首までが浸かるほどの深さになっている。

明らかに先程までとは異なる場所にいるとわかり、ミストはここにシクロがいるに違いない、と直感した。

「……ご主人さまっ！」

こうして――ミストはシクロを捜すため、血色の液体に沈む廃墟の中を駆け出した。

シクロは――膝を抱えて、座り込んでいた。
闇に呑まれた意識が戻ってきた時。既にシクロの心は、正常な状態ではなくなっていた。これまでにシクロが経験した絶望。不幸。悪感情。全ての負の感情が溢れて、身動きすら取れない状態に陥っていた。

そして――何よりもシクロを追い込んでいたのは、自責の念だった。

自分が悪いんだ。

自分が間違っているんだ。

だから自分のやってきたことは――正しくないんだ。

自己否定の言葉が何度も頭の中で繰り返される。

故に――廃墟を満たす血色の液体は、シクロの瞳から流れ落ちる涙だった。

心が悲鳴を上げる程に、涙は溢れる。流した涙の量に応じて、血色の池は深くなっていく。

やがてシクロの身体が半分ほど沈んだ頃。

「――ご主人さまっ‼」

ミストの声が響いた。

血色の池の中を必死に進み、シクロの下へと辿り着くミスト。

「ご主人さま。戻りましょう。みんな待ってます」

ミストはシクロの肩に手を置き、呼び掛ける。だが、シクロは顔を俯けたまま、芳しくない反応をする。

「……駄目だよ、ミスト」

「駄目って……どういう意味ですか？」

ミストが問うと、シクロはつらつらと話し始める。

「ボクは……やっぱり間違っていたんだ。復讐だとか。ミランダ姉さんの為だとか言って。本当は――ただアイツを殺して、気持ちよくなりたいだけだった」

「それは――」

ミストが言葉を挟もうとするも、シクロは構わず続ける。

「思い知ったよ。ボクはもう、まともじゃない。気に入らない奴がいれば殺す。いつでもそれが出来てしまう。心も身体も、化け物と同じなんだ。ミランダ姉さんを……沢山の人の未来を踏みにじったアイツと、ボクは何の変わりもない。いや、もっとずっと酷い人間だ」

シクロの嘆きは、次第に熱を持つ。

「本当は、そんなことをするべきじゃなかった。復讐なんかじゃなくて、もっと出来ることがあったはずだ。助けられる人がいたはずだ。正しいやり方は、幾らでもあったはずなんだ。でもボクは、そんなものより自分の快楽を優先する化け物だ。こんな――ボクみたいな異物は、この世界にいちゃいけない。このまま消えて無くなる方がいいんだ！」

シクロが嘆きを言葉にするほどに、辺りを満たす血の池の水かさが増えていく。これに気付き、ミストは慌ててシクロを制止する。

「ご主人さまっ！　そんなことを言っては駄目です！　これじゃあ、あの断罪神の思うつぼですっ!!」

「だとしても、ボクが存在しちゃいけないのは事実だ。消えて無くなってしまえば、きっとそれが一番いいんだ」

シクロの言葉は止まらない。

「この世界に閉じ込められて、ヤツらに触れられて、分かったんだ。アレはボク自身の罪。過去現在未来、全てのボクが踏みにじるはずの人の想い。きっとボクは、ああいう苦しみや悲しみを、何度だって与え続けてしまう」

ミストは言葉に反応し、周囲を見回す。すると、ズタズタの切り傷が刻まれた、死人としか思えない人形の何かが二人を取り囲み、じっと見つめていた。

ミストには――ソレらが、歪められた死者の魂であると分かった。

断罪神がダンジョンに囚え、苦しめ、その過程で本来のあるべき形を失い、絶望の淵で自らの存在すら失おうとしている魂であると気付いた。

これまでシクロ、そしてミランダの魂に触れてきた経験から、ミストにはソレらの意味が分かった。

「善悪も何も無い。ボクはただ、このまま消えてしまいたい。あんなことになるぐらいなら――ボクは、居ない方がいいんだ」

何処か抽象的になりつつも、シクロの言葉は本心を端的に示していた。

ミストには分かった。シクロは恐れているのだと。

自分には何の価値も無いと思い込んでいるからこそ、自分が存在するという事実を認められない。故にきっと他人にとっても同じだと思い込んで——自分なんて居ないほうがいいと、自らを追い込んでしまう。

ミストもシクロに出会う前。そうやって自らを傷つけることでしか、心を保っていられなかった。

だからこそ、シクロの防衛反応的な感情を、何となくではあるが見抜いていた。

だからこそ——ミストには、矛盾が分かる。
自分を否定するあまりに、見落としてしまった部分が。

「——だったらッ‼　どうして気付かないんですかッ‼」

ミストはシクロの身体を抱きしめながら、叫ぶように言う。

「ご主人さまも、自分で分かってるんじゃないですか！　善も悪も無いんだって。ああやって踏みにじられて、消え去ってしまうのはいけないことだってッ‼　なのに——っ！」

ミストは言葉につまりながらも、泣きそうな声で伝える。

「——なのにどうしてっ！　自分だけは違うなんて思っちゃうんですかッ‼」

その言葉に、シクロはピクリ、と反応する。

ミストはそのまま、自分自身の思いを伝え続ける。

「ご主人さまが気付いたことは正しいっ！　どんな悪者でも、どんな酷いことをしても！　それを否定する人がどれだけいてもッ！　それでもこの世界に貴方は生きてるっ‼」

ミストの思いに触れて、次第にシクロの表情が変わっていく。

絶望に俯いていた顔が持ち上がる。

「誰だっててっ！　ご主人さま自身だってでっ！　ありのままの存在を世界は受け入れてるんですっ！　人と人がどれだけ争って、否定しあっても、世界はどちらかだけを拒絶なんかしていないッ‼」

ミストの首の文様が熱を持ち、首を絞める。部分的ながらも、シクロを否定するような発言が――ミストの隷属契約に反応してしまう。

だが、それでも。

ミストは言葉を続ける。

「だから！　ご主人さまも――自分で自分を消してしまう必要なんてないっ！　貴方の気付いた通り――そんな理不尽な理由で、未来が奪われるなんて、あってはならないんですっ！」

「ミスト……でも」

ミストの言葉に、シクロの心が動く。

この世界に囚われた魂に触れられ、壊れ掛けていた心が力を取り戻す。

だが――まだあと一歩、何かが足りない。

その空白を、ミストが埋める。

「それでもまだ、自分を信じられないなら、それでもいい。世界に認められても足りないのなら――私が貴方を認めますっ！　これからどんな悪いことをして、どんな失敗をして、どれだけ沢山の人を傷つけてしまったとしてもっ！　私がご主人さまの味方でいますっ！　だからご主人さま――」

首の奴隷紋が、いよいよ強く働き、ミストを苦しめる。

声が掠れていく。

それでも――ミストはシクロを想う。

「戻って、きて――っ!!」

一番大事な、本当に願う部分を言葉にする。

そして――シクロはこれを受けて、ついに動き出す。

「――そう、だな」

シクロは言いながら、ミストの身体を抱きしめて返す。

「ごめんな、ミスト。苦しかったよな」

シクロは言って、ミストの首の奴隷紋に触れる。

「――『全ての命令を破棄する』」

シクロが魔力を流し――奴隷紋に刻まれた命令が解除される。

ミストを苦しめていた奴隷紋が効力を失う。パリン、と割れるように魔力が弾け、苦しみから解放されたミストの顔色が改善する。

「命令に頼らなくたって、ミストは味方でいてくれる。だったら、ミストを傷つけるだけの命令なんて要らないよな」

「ご主人さま――ひゃっ⁉」

シクロはサッとミストの身体を抱き上げる。周囲を見回し――こちらを見続ける無数の死者達に声を返す。

「悪いな。ボクは仲間の所に帰るよ。ずるいかもしれない。間違っているかもしれない。それでも――したいようにさせてもらう！」

シクロが決意すると同時に、血色の池が引いていく。

水かさがどんどん減ってゆき――伴うように、死者達が背を向け、姿を消していく。最早ここに何の用も無いとでも言うかのように。

「戻ろう、ミスト。カリムとアリスが待ってるんだろ？」

「はい。二人とも――ご主人さまが戻ってくるって、信じてます」

そうして血の池が完全に消えて無くなった後。

空間全体を、ミストの再生魔法の光が満たし始める。

視界を光に――温かい光に奪われ、二人はこの精神世界から姿を消した。

――シクロは目を覚まし、真っ先に声を上げる。

「カリム！　アリス！　待たせたッ!!」

見ると、二人は断罪神の攻撃をどうにか防ぎながらも、ボロボロの状態であった。

「ハハッ。おっそいけど、二重丸付けたるわ」

自分の剣を杖のようにして立つカリムが声を上げる。

「お兄ちゃん……良かった」

膝を突いたまま、息の上がっている様子のアリスは安堵した様子を見せる。

「ミスト。二人を頼む」

「はいっ」

シクロはそう告げると、断罪神に目掛けて駆け出す。

「起動せよ――ＡＯＣッ!!」

同時に、シクロは自らの最大の技であり、最強の装備を顕現させる。緻密に組み上げられた、全体が魔道具で出来た外骨格型の鎧。ＡＯＣがシクロの全身を包む。

続けて、シクロは更に武器を二つ生成する。

「ミストルテインッ‼　レヴァンテインッ‼」

拳銃型のミストルテイン、銃剣型のレヴァンテインを生み出し装備する。

また、これらの武器はＡＯＣと接続することで、出力等の性能が大幅に向上する。

ケーブルによってミストルテイン、レヴァンテインはそれぞれＡＯＣと接続され、最高の性能を発揮出来る状態に移行する。

「――オォオオオオッ‼」

そのままシクロは断罪神へと突撃し、銃剣レヴァンテインを振るう。

「くッ……‼　シクロ＝オーウェンッ‼」

断罪神はここに来て、初めて焦りを表情に浮かべる。シクロの攻撃を警戒し、咄嗟に後退。

だが――シクロの装備はそうして距離が空いている時ほど効果を発揮する。

「逃がすかよッ‼」

即座に二丁の銃口を断罪神へと向け、射撃。高出力、高圧縮の魔力弾を次々と連射し、断罪神を撃ち抜く。

「ぐうッ！　さ、させんぞォッ‼」

断罪神は両腕を交差させながら、光り輝く魔力を放ち、自らを守る。だが、シクロの銃弾は容赦なく魔力を削り、着弾と同時に弾けて火花のような光を放つ。

それでも尚、削りきれない勢いで断罪神は光る魔力を生み出し纏う。

「こうなれば……ッ!!　最早手段は選ばぬッ!!　我が今までに集めた全ての力を出し尽くしてでも、貴様をこの場で屠《ほふ》るッ!!」

宣言し、断罪神は更に強く魔力を、光を放つ。まるで自ら光になったかのように輝き出す。

「シクロ＝オーウェンッ!!」

次の瞬間、断罪神はシクロの方へと距離を詰め、大鎌を振るって襲い掛かる。

「貴様のようなッ!!　愚かな人類は取り除かねばならぬッ!!」

「黙れ！　テメェに殺される謂《いわ》れなんて無いんだよッ！」

断罪神の大鎌の連撃を回避しながら、シクロは銃撃で反撃する。だが、断罪神の分厚い魔力の壁が弾丸を弾きダメージは与えられない。

「自らの罪を理解してなお、我に立ち向かうというのかッ!!」

「ああそうだよッ！　アンタの理想ってやつが気に入らないからなッ!!」

次の瞬間、シクロは断罪神の懐に入り込み――大鎌のリーチの内側から蹴りを放つ。ＡＯＣの補助により、身体能力も飛躍的に向上しているシクロの蹴りは、容易く断罪神を吹き飛ばす。

だが――やはり、魔力の壁が邪魔となり、断罪神本体にはダメージが入らない。

「なぜ理解しないッ!!　全ての悪が除かれ、全ての人の思いを妨げるものの消えた、全ての望みが叶う世界をッ!!」

断罪神は怒りのままに言葉を発し、同時にシクロの方に向けて手を翳す。

次の瞬間――身に纏う魔力の光が、衝撃波となって全方位に放たれる。

シクロだけでなく、全体を巻き込んでの攻撃。シクロはレヴァンテインを用いて魔力を切り裂き防ぐ。

一方で、カリム、アリスはミストの展開するサンクチュアリ、及びバリアーの内側に退避した。衝撃波はミストの魔法よって完全に防がれる。

シクロは衝撃波が通り過ぎた瞬間、即座に断罪神との距離を詰めていく。

攻撃に魔力を使い――守りが薄くなった今、この瞬間がチャンス。

「そんなまやかし、信じるかよッ‼」

シクロは断罪神の言葉に言い返しながら、超至近距離の格闘戦に銃撃を交えながら連続して攻撃する。

「どんなに望んだからって願いは叶わないッ‼　それでも足掻くから人間なんだろッ！」

シクロの攻撃を受け止めつつ、断罪神は苦しそうに顔を顰める。

「くッ……‼　強い願いは、望みは、いつか果たされるのだッ‼」

断罪神は、さながら自分に言い聞かせるかのように言って、反撃に大鎌を振るう。

だが、シクロには当たらない。容易く回避された上に――懐に入り込まれ、顎下にミストルテインの銃口を突き付けられる結果となる。

そのままシクロは――瞬間的に数発の弾丸を射撃する。

ＡＯＣの強化もあり、十分過ぎる威力を持った魔力の弾丸が断罪神の顎を撃ち抜く。

強烈な衝撃とダメージが断罪神の頭部を突き抜け――そのまま、断罪神は後方へと倒れ込む。

「どんなに強かろうが、無理なもんは無理だッ！」

言って、シクロは倒れる断罪神の足をレヴァンテインの刃で切り裂く。

オリハルコンを含む合金製の刃は、ＡＯＣから送り込まれる魔力による保護もあり、非常に鋭利である。倒れ弱った断罪神の守りごと、本体を切り裂くのも容易かった。

「グッ⁉」

痛みに呻く断罪神は、憎々しげにシクロを睨みつける。

「貴様ァ……ッ‼　ならば何故！　人間は夢など抱くのだッ‼」

立ち上がれないままでも、まだ、断罪神は抗おうとする。大鎌を構え、シクロに立ち向かう。

だが――最早、シクロを止められる程の力は無い。

「そんなの簡単だ。信じてくれる仲間がいるからだよッ‼」

言い放つと同時に――シクロは装備を変更する。

「来いッ！　フランベルジュ‼」

シクロが呼び出したのは、元々は火炎放射器として設計されたはずの魔道具である、フランベルジュ。ＡＯＣとの連携を考えた設計の改良により――放つのは炎にとどまらない、大口径かつ大出力の汎用砲として機能するようになった。

シクロが扱う、最大火力の武器である。

「リミッター解除ッ！　フルパワーバーストだッ‼」

構えたフランベルジュの砲身に、バチバチと弾けるような音が鳴り響く程の膨大なエネルギーが流れ込む。身動きの取れない断罪神には――このチャージを防ぐ手段など、多くは無い。

「やめろォオオオッ‼」

断罪神は大鎌をシクロに向かって投げつけ、悪足掻きを試みる。

「――バリアーっ！」

だが――それを妨害するように、ミストが咄嗟にシクロを魔法で守る。苦し紛れに投擲されただけの大鎌では、渾身の衝撃波すら防ぎきったミストのバリアーを貫くことは出来ない。

あっさりと悪足掻きを無効化される断罪神。

「――最期に教えてやる。アンタの理想とは違って、人間は完璧じゃない。アンタの言うような正しくないことを、誰だってやる。善悪どちらとも無縁じゃいられないんだ」

シクロは断罪神の理想を否定するように言葉を紡ぐ。

「それでも人間は、自分達の負の側面と向き合って、上手く付き合いながら生きていくんだ」

シクロの視線は一瞬だけミストの――仲間達の方を向く。シクロにとって、負と向かい合い、付き合う為の支えとなったのが、仲間であった。

「それを部外者が、手前勝手に裁いてやろうなんて――土台無理な話なんだよッ‼」

言い切ると同時に。

シクロはフランベルジュに蓄えたエネルギーを解放し、砲撃を放つ。

バチバチと激しい音を立てながら、高エネルギーの魔力ビームが断罪神の全身を包み込む。

「グオォオオァァァアアアァッ!! 人間如きがァァァアアアァッ!!」

全身を焼かれる苦しみと怒りから、叫び声を上げる断罪神。

「その人間がッ! アンタは要らないって言ってんだよッ!!」

シクロは容赦なく、フランベルジュに魔力を供給し続ける。

莫大な魔力の奔流が、断罪神の身体を守る魔力を剥ぎ取り、肉体そのものを構成する物体も塵に変え――魂とでも呼ぶべき本質的な部分まで焼き尽くしてゆく。

フランベルジュのエネルギー放出が終わると、断罪神の肉体は炭のように黒く変わり、背後の壁や床までドロドロに溶け落ちていた。

「世界を――あるべき、形に――」

瀕死の断罪神が、黒焦げの肉体を引きずり、シクロの方へと手を伸ばし、近寄ってくる。

シクロはこれを、拒絶するように迎撃する。

「そんなものは、無い。人間は――迷って、悩んで、苦しんで。反省しながら、どうにかするしか無いんだよ」

砲撃を終え役割を果たしたフランベルジュを消し去り、シクロは手を翳す。

限界まで酷使したＡＯＣはシュウシュウと煙を出して排熱しつつある。だが、まだ残るエネルギーを使い切る為――シクロは最終手段を発動する。

「ＡＯＣ、緊急戦闘モード」

フランベルジュにエネルギーを回しきった結果、機能が一時的にダウンしている部分をパージ。最低限のケーブルと多少の装甲のみで稼働可能な、緊急戦闘モードに突入するＡＯＣ。

そして――この状態でも使用可能な、ＡＯＣ自身に搭載された近距離戦闘用武装を起動するシクロ。

ＡＯＣが稼働し、シクロから供給される魔力を元に、最後の力を振り絞る。

エネルギーを腕部パーツに集め――シクロは、その状態で断罪神へと接近し、その頭部を鷲掴みにする。

「――発動、『ロンギヌス』ッ！」

シクロが宣言すると同時に――エネルギーを集めきった腕部武装『ロンギヌス』が発動する。

集めた魔力を圧縮し、杭状の鋭い形で掌部から発生させる。生み出された魔力の杭が、勢いよく断罪神の頭部を貫く。

「ガッ――」

断末魔にしては弱々しい声を最期に漏らして――ついに、断罪神は身動き一つとらなくなった。

シクロは断罪神を投げ捨てる。

そして——限界まで酷使し、完全に機能停止したＡＯＣの装備状態を解除。消滅し——普段どおりのシクロの姿が顕わになる。

「これで……決着だな」

勝利を実感し、シクロは呟く。

同時に、ＡＯＣの稼働に費やした膨大な魔力の消耗により、激しい倦怠感がシクロを襲う。

「はは……流石に、無茶し過ぎたか。神だもんな、コイツ」

苦笑いしながら、シクロはその場に膝を突く。

「ご主人さまっ！」

「シクロはん！」

「お兄ちゃんッ⁉」

ミスト、カリム、アリスの三人が——倒れるシクロを心配して駆け寄ってくる。

「悪い、ちょっと限界だから——少し、休ませてくれ」

言い残すと——シクロは疲労に身を任せるかのように、意識を失った。

――意識を失ったはずのシクロは、気付くと見知らぬ場所に居た。

美しい花や草木が生い茂る、庭園めいた場所。見渡す限り同じ光景が何処までも続く、ある意味異常な場所。

その中心とも思えるシクロのいる場所には、一つのテーブルと二つの椅子が用意されていた。

そして――片方の椅子には、仮面を着けた人物が座っていた。

「ようこそ。ここまで来てくれたのは、君が初めてだよ」

言いながら――仮面を外し露わとなった素顔は、少年的だった。あるいは少女なのかもしれない。そう思えるような、中性的な外見の子どもが、シクロより先にこの場で、椅子に座っていた。

まるで、シクロを待っていたかのように。

「……アンタは？」

「創造神。君達、人から見たら、そう呼ばれる存在だよ」

その言葉にシクロは目を見開き、すぐに姿勢を正す。

「それは――すみません。礼儀を欠く言葉でした」

「はっはっは。気にしなくてもいいよー、私が君達に敬われるほどのことをしていないのは、自分でも自覚しているからね」

気さくに笑いながら、少年――創造神はシクロの謝罪を受け取った。

「それよりも。シクロ君。せっかくここまで来てくれたんだから、色々と話しておきたいこと、話さなきゃいけないことがある。――少し長くなるから、座ってくれるかな？」

「……はい、わかりました」

シクロは創造神に促されるまま、空いている方の椅子に座る。

テーブルを挟み対面する形となった二人。

やがて、創造神の方から口を開く。

「そうだね――まずは、全ての経緯の始まり。端的に言えば、君達の世界がおかしくなった切っ掛けの話から始めようか」

そうして――創造神による、長い歴史の話が始まった。


神には神の世界があり、その中でも人が住むような『下界』を作ることの出来る神は上位の神である。

シクロ達の世界を作り上げた、この創造神もまたそうした上位の神の一人。

ある時、創造神は自らが住まい、過ごすことの出来る下界を作ることにした。

裕福な人間が別荘を作る感覚に近い。

特に問題もなく、無事に世界は完成した。

それがシクロの住まう世界である。

しかし――作り上げる過程でこだわりが過ぎ、創造神は疲弊していた。

故に下界で僅かばかり過ごした後、眠りについた。

問題が起こったのはその後であった。

創造神が自らを補佐させる為に生み出した、四柱の神。太陽神、大地母神、魔神、断罪神が、それぞれ勝手に下界を支配し始めた。

神が下界に干渉する為には、下界にどれだけその神が影響を及ぼしているか、という部分が必要になる。下界で多くの人に信仰され、多くの物を作り上げた神は、その程度に応じて下界で力を行使出来る。

創造神が眠る間に――四柱の神々は創造神の信仰を奪い、世界の成り立ちをあやふやにすることで、支配権を奪い取った。

現在、四柱はそれぞれ思うがまま、下界を支配しようと争い、世界に暗躍している。

当然――数十年程前に目覚めた創造神は、この状態を看過しなかった。

四柱の暴走を止める為、密かに動き始めた。

「――そうして色々な手を打ったんだけど、その一つが君だよ、シクロ君」

「ボク、ですか」

壮大な、神々の権力争いの渦中に自分があると聞き、面食らうシクロ。

「私がこの世界に関与出来るのは本当に僅かなんだ。例えば世界に何人かだけに、私の力を受け継いでもらったりね」

「……それが、ボクの時計使いというスキルですか」

「そうそう。まあ、まさか時計使いだなんて翻訳されちゃうとは思ってもみなかったけどねぇ」

ケラケラと笑いながら語る創造神。

「そもそも、私がこの世界を作る時、ウッキウキで鼻歌を歌ってたのが伝説になっちゃってるのもおかしいんだけどさ。それが時計塔になって、なぜか断罪神の功績になっちゃってて、更にただの時計使いと誤解されるとは思わなかったよ」

「はぁ」

「だから慌てて君に与えた力の方向性を少しだけ弄らせてもらった」

思わぬ新事実が創造神の口から語られる。

「本来は、炎でも雷でも、何でも自由自在に生み出し操ることの出来る創造能力を君に与えたつもりだった。けれど時計使いなんて勘違いをされたもんだから、その力が正しく発揮されなくなる可能性があった。だから力の方向性を、機械的な構造物及び時計という概念と関連する事象にある程度特化させたんだ」

「それで……ボクは、最初は本当に時計しか操ることが出来なかったんですね？」

「その通り。まあ、結果としては能力が特化することで想定より早く下界に降りた神を倒す程の力をつけてくれたからね。良かったと思ってるよ」

つまり創造神の想定では、シクロは本来もっと万能の創造能力を与えられるはずであった。

しかし代わりに、力は今よりも満遍なく、平均的なものとなっていたのだろう。

時計使いという方向性に特化させることにより、現在のシクロの力がある。と、シクロは解釈した。

「――さて、これで今に至るまでのこの世界の状況について、神々の対立について理解してもらえたと思う」

創造神は、話を仕切り直すように真面目な表情を浮かべて言う。

「本題に入ろう。――どうして私が、君をこの場所に呼んだのかについて、だ」

シクロにとっても重要な話が続けられる。

「はっきり言おう。シクロ君には、私以外の残る三柱。太陽神、大地母神、魔神を倒してほしいんだ」

創造神の要求は、シンプルかつ、これまでの話から想像出来る範疇のものであった。

「……その三柱は、ボクにとって倒すべき相手なのですか？」

「そうだね。――彼らもまた、断罪神と同様に、自らの願いのままに世界を作り変え、支配することを望んでいる。理想の世界というものの為にね」

創造神からは、悲しげな声色で事情が語られる。

「悪意だけでそんなことをしてる訳じゃないんだよ。下界で人と触れ合い、長い時を過ごし、彼らは狂ってしまった。私がこの世界と共に作り上げた幼い神々であるからこそ――人の儚さ、悲劇や絶望というものに耐えられなかったんだろう。それをどうにか変えたいと願うあまり、人の世界そのものを歪めてしまおうとしている」

確かに、とシクロも思う。

敵対し、倒したとは言え――断罪神もまた、少なくとも口先では人の幸福を願っていた。単なる支配欲や悪意から来る行動ではなかったようにシクロにも感じられた。

「完璧な世界、完全な存在などありえないというのにね。――君達人間や、彼ら三柱から見た私は全知全能の神のように思えるのかもしれないけど、私だって不完全な存在だよ。君達が魔力と呼ぶ、元は神の世界に満ちる力を、ただ君達より器用に扱えるだけだ。出来ないこと、上手くいかないことも沢山ある」

「まあ……実際に、世界の支配権を奪われていますもんね」

「おっと、これは上手いこと言われちゃったな！」

はっはっは、と気さくに笑う創造神。

「――まあ、ともかくだ。彼ら三柱は人の営みを自分の都合で歪めようとしている。それを、私は許容するつもりは無い。下界は下界に住まう者達の手にあるべきだ。部外者である神がやりたいように作り変えるなど、あってはならない」

表情を戻し、真面目な様子で語る創造神。

「とは言え、私から君に対して強要をするつもりも無い。あくまでも君が協力してくれるのであれば、という話だよ」

「……協力しない、と言えば？」

「何も。好きに生きるといいさ」

意外にも、創造神の言葉に嘘は無いようにシクロには思えた。本気で人の世界は人に任せよう、と考えているようだった。

「ただ、彼らはきっと君達人間にとっても敵対的な存在であると言えるからね。少なくとも、今のシクロ君が戦える程度に『弱い』相手――魔神は明確に敵対していると言える」

「敵対ですか？　具体的に、どんな？」

シクロが問うと、創造神はあっさりと答えてくれる。

「――『魔王』、って聞いたことがあるだろう？　アレだよ」

「はい？」

「魔神は魔王――正確に言うと『三匹の黒き獣』を使い、自分の理想を実現しようとしている。その結果、シクロ君を含む多くの人々が傷つき、苦しみ、命を奪われている。断罪神がやっていた以上に被害の範囲が大きい計画だと言えるね」

「そう……だったんですか」

魔王が――まさか、魔神と呼ばれる神が世界を支配する為の駒であったとは。

シクロは全く思いも寄らない事実に驚愕する。

「それを踏まえた上で、どうするのか。全てはシクロ君の思い次第だ。好きなように選択し、好きに生きるといい。君達人間は、それが許されている」

「――あの」

「じゃあね、シクロ君。次に会う機会があるとすれば、魔神を倒し、断罪神のように私が吸収可能な状態にしてくれた時になる。また会える日を楽しみにしているよ」

創造神が語り終わると世界が白く、淡く滲み始める。シクロの意識も少しずつ遠のいていく。

「因みに、既に布石は打ってある。――その時、詳しい話も分かるだろう。選択をするにしても、それからでも遅くは無いさ」

そんな創造神の言葉を最後に、シクロの意識は途切れた。

「――待ってくれッ!!」

まだ聞きたいことが、と言おうとしたシクロは、口を噤む。

勢いよく身体を起こしたシクロは、周囲の状況を見て、ここが創造神の居た場所ではないことに気付く。

断罪神を倒した場所――ディープホールの最深部である。

「ご主人さま？」

突如起き上がり、声を上げたシクロを見て、ミストが怪訝そうに首をかしげる。

「……いや。何でも無い。また後で、ボクの中で色々整理してから話すことにするよ」

「えっと……はい。分かりました」

事情は分からずとも、シクロの言葉に一先ず頷くミスト。

「ミスト。状況は？」

「皆さん、おやすみになっています。今は、私が起きて警戒をしているところです」

ミストの言う通り――シクロのすぐ側で、カリム、そしてアリスが眠りに就いていた。

断罪神との激戦もあり、疲れていたのだろう。こうして休みを取るのも大事なことだとシクロにも理解出来る。

「なるほど。――ミストも疲れてるだろ？　こっからはボクが代わるよ」

「はい。――でも、もう少しだけ。ご主人さまと一緒にいても、いいですか？」

「もちろん。でも、ずっとはダメだからな。ちゃんと休むんだぞ？」

「はい。分かっています」

言うと、ミストはシクロの隣に寄ってきて――肩を預けるようにしてくっついた。

シクロもまた、そんなミストを抱き寄せる。

そのまま二人は、特に何かを語らうでもなく。

少しの間、静かに寄り添ったまま時間を過ごした。


――十分な休息をとった後。シクロ達は、いよいよディープホール攻略の最後の段階に突入する。

最深部を守っていたであろうボス、断罪神を撃破した。それはつまり――このボス部屋の先に、ダンジョンの核となっている『ダンジョンコア』が存在することを意味する。

実際に、断罪神と戦った部屋の奥には、更に奥へと続く門が存在していた。恐らくは、この先にダンジョンコアが存在しているのだろう。

「よし――じゃあ、最後の仕上げといくか！」

シクロが仲間の三人に呼び掛ける。

「いよいよ、って感じやな！」

「色々あったけど、お兄ちゃんと一緒に冒険出来て楽しかったわ！」

「行きましょう、ご主人さまっ！」

三人がそれぞれに反応して――いよいよ、門を開く。

シクロが門に手を掛け、少しずつ押してゆく。ある程度開いたところで、門は勝手に開き始める。

そうして――完全に開ききった門の先には、予想通りダンジョンコアが鎮座していた。

「でっかぁ……こんなん、見たことも聞いたことも無いわ」

カリムが声を漏らす。

それも当然のこと。目の前に存在するダンジョンコアは――人の背丈の数倍はありそうな高さを持つ球体なのだから。

淡く蒼く発光するダンジョンコアは、まだこのダンジョンが生きて稼働していることを示している。これを破壊し、停止させることでダンジョンの攻略は完了する。

魔物を生み出すというダンジョンの性質は著しく弱まり、その後は時間と共にゆっくりと弱まる。ダンジョンを構成する異空間そのものも、時と共に縮小し、消滅していく。

そうして『最悪のダンジョン』とまで呼ばれたディープホールを弱体化し、ノースフォリアに恩恵を齎《もたら》すことが、今回の最大の目的である。

「——いよいよだな。記念になると思うけど、誰が壊す？」

シクロが仲間三人に問うと、全員が呆れたような笑みを浮かべた。

「何アホなこと訊いとんねん」

「お兄ちゃん。そんなの決まってるでしょ？」

全員の視線が集まり、シクロも気付く。

「ボクでいいのか？」

ダンジョンコアを破壊すると冒険者は大成する。大金持ちになる。生涯健康でいられる等、様々な迷信も存在する。誰かが破壊を申し出てもおかしくない、とシクロは考えていた。

が、パーティメンバーの意志は揃って固いようだった。

「ご主人さま。どうぞ、破壊して下さい」

「——分かった。ありがとう、みんな」

言うと、シクロはミストルテインを生み出し、構える。

「それじゃあこれで——ダンジョンクリアだ!!」

宣言と同時に、シクロは引き金を引く。ダンダンダァンッ！　と、計三発の弾丸をダンジョンコアへと撃ち込む。オリハルコンを含む合金製の弾丸が、勢いよく着弾。メキメキと、ダンジョンコアを貫き進んでいく。

やがて銃弾が貫通した後。ダンジョンコアは衝撃に耐えられず、砕けてバラバラになる。岩のように大きな破片になったダンジョンコアだが、流石に活動は維持出来ず。すぐに光を失い、無色透明の、ガラスのような物体に変わってしまう。

同時に――部屋が、辺りの空間が震えだす。

ダンジョンを攻略すると、まず最初に消滅する空間が、ダンジョンコアの存在する空間である。シクロ達は、これに巻き込まれないよう部屋を退出しなければならない。

とは言え、時間的猶予は思いの外長い。振動は空間の消滅する予兆に過ぎず、実際に消えてしまうまで数日は掛かる。また、巻き込まれると死ぬという訳でもなく、ダンジョン内のどこか別の場所に飛ばされるだけである。

とは言え、何処とも分からぬ場所に飛ばされるというのは非常に厄介な為、退避するのが無難ではあるのだが。


「よし――それじゃあみんな、帰ろう!」

こうして――無事、ダンジョンの攻略に成功したシクロ。
最悪のダンジョン、ディープホールを攻略し、創造神との邂逅《かいこう》もあった。

これからのシクロが、どのような道を歩むのか。
それは神ですら、与《あずか》り知らぬことである。

エピローグ　裁く者が見た夢

――古き時代、断罪神と呼ばれ間もない頃の記憶。

彼は真っ白に染まる意識の狭間で、過去を見ていた。

「神さま。今日もお疲れ様です」

世話役として、人の国より遣わされた少女が彼を労《ねぎら》う。

「……我が務めだ。どうとも無い」

「ふふっ。それでも、頑張っている神さまは凄いです。いつも私達、人の為に裁きを下して頂いてありがとうございます」

少女は彼を恐れるでもなく、過剰に敬うでもなく。自然と、友人に感謝するような気軽さで彼を労った。

そんな少女が――彼には、好ましく思えていた。

願わくは。このような優しい人の子達と共に国を築いてゆければ、とも思っていた。

「悲しかったり、苦しかったりはしないんですか？」

少女はある時、そう尋ねた。

「悪い人にも、理由があったり、何か切っ掛けがあったり、逆に無かったり。自分ではどうにもならない何かのせいで悪人になってしまったのなら。……って、考えたりしませんか？」

「……無い、こともない」

彼は、少女に対して正直に答えた。

「だが、無益だと悟った。現に悪人であれば、裁かねばならぬ。でなければ、今も善くある人々の害になるのだからな」

彼の言葉に、少女はなぜか悲しそうであった。

「私達の為に、神さまが嫌な役目を担って下さっているんですね」

しかし、すぐに少女は笑顔を――彼が何度でも見たいと思った笑みを浮かべて言った。

「いつも有難うございます、神さま！」

ある頃から、少女は姿を見せなくなった。

彼は少女とまた会いたいと思いながらも、務めに専念した。

ある日——とある悪人を裁くこととなった。

男は商人であった。大規模な盗賊団が裁かれた事で流通が正常化し——外部から進出してきた商会に居場所を奪われた男であった。

男は——盗賊を裁いた神を、彼を恨んだ。

結果、衝動的に——神に仕える者への復讐を選んだ。

そんな理不尽な悲劇に見舞われたのが、彼の良く知るあの少女であった。


なぜ少女は死ななければならなかったのか。

そんな疑問を、彼は忘れることが出来なくなった。

以来、幾度となく悪人を裁く中で——やはり幾度と無く、善なる者が傷つく様を見続けた。

やがて彼は悟る。人は愚かだと。

愚かな人は——善き人をやがて傷つける。仮令まだ、悪事を働いていないのだとしても。

そんな愚かな人を、許してはならない。罪無き愚か者もまた、悪である。

ならば――裁かねばならない。

自分が裁かねば、善き人は……あの少女の笑顔は、また失われてしまうのだから。


――真っ白に染まる意識の中で、彼が最期まで抱いていた思いが、それだった。

どうして世界を、善と悪に二分してまで裁きを下そうとしていたのか。

その根源たる理由を――自身の消滅の瞬間まで、彼は胸に抱えていた。

「――そうか。君はそうして、今に至ったのだね」

彼の耳に、優しくも、恐ろしくも聞こえる声が届く。

聞き覚えのある、その声は。

「安心して眠るといいよ。もう、君が無理に裁きを下す必要は無いからね」

そう。彼を――四柱の神を生み出した、全ての始まり。創造神の――。

……かつて断罪神と呼ばれた者の成れの果て。神として生み出される前に近しい状態まで戻された彼は、光や霞のようになって、創造神の一部となって消える。

「悪意でも、優しさでも。人の世を導くには足りないのだろうね」

創造神が、誰に伝えるでもなく一人呟いた言葉は——消え去った彼への手向《たむ》けの言葉のように、その場に響いた。

あとがき

本書を手に取って頂き有難うございます。こうしてあとがきを書き、二巻を発売することが出来たのも、読者の皆様の応援あってこそのことだと思います。繰り返しになりますが、本当に有難うございます。

一巻のあとがきでは、時計というモチーフを選んだ理由をお話させて頂きました。今回は、そこからシクロの能力がどのようにして決まったのかについて少しお話できればと思います。

時計と言われれば、多くの皆様が時間との関連性を連想されるかと思います。また、小説家になろうに限らず、Ｗｅｂ小説にて時間に関係する能力を手に入れる、というのは定番の一つでもあります。ですので、本作でも最初にシクロの能力を時間に関係するものにするかどうかを検討しました。

が、最終的には却下することになりました。

幾つか理由はありますが、最大の理由は、私が Narrative Works というグループでの創作活動をしている関係から浮かび上がりました。

我々は、作品の設定等は複数人で相談し、決定していくという過程を経ることになっているのですが、その中で時間を操る能力は強すぎる、という話になりました。

最初からある程度のことが出来なければインパクトに欠ける。かといって時間を操る能力という設定相応のインパクトを求めると強すぎる。また、言ってしまえば目新しさに欠けてしまい、成長を能力の強弱以外で描写することが難しくなってしまいます。

時間を操ることから、タイムパラドクス等、他の要素でドラマを作る作品であればまだしも、本作は違います。ですので、能力は時間操作であるべきではないと結論付けられました。

結果として、実際に本作での主人公シクロは様々な武器を扱い、戦闘シーンの描写に幅を持たせることが出来ました。

この点は、明確に成功であったと考えております。

今後も是非、シクロが新たな武器を手に入れて活躍する姿を楽しみにしていただければと思います。

それではまた、次巻でお会いできれば幸いです。

コミックライドでコミカライズ好評連載中！
無能は不要と言われ『時計使い』の僕は
職人ギルドから追い出されるも、
ダンジョンの深部で真の力に覚醒する
Comic by Misa Sarasa
さらさみさ

GC NOVELS

無能は不要と言われ『時計使い』の僕は職人ギルドから追い出されるも、ダンジョンの深部で真の力に覚醒する 2

むのうはふようといわれ『とけいつかい』のぼくはしょくにんぎるどからおいだされるも、
だんじょんのしんぶでしんのちからにかくせいする

2023年7月8日　初版発行

著　者　桜《ろう》霧《む》琥《こ》珀《はく》

イラスト　福《ふく》きつね

発行人　子安喜美子

編　集　坂井譲

装　丁　横尾清隆

印刷所　株式会社平河工業社

発　行　株式会社マイクロマガジン社
〒104-0041 東京都中央区新富1-3-7 ヨドコウビル
［販売部］TEL 03-3206-1641／FAX 03-3551-1208
［編集部］TEL 03-3551-9563／FAX 03-3551-9565
https://micromagazine.co.jp/

ISBN978-4-86716-441-9 C0093

本書は小説投稿サイト「小説家になろう」（https://syosetu.com/）に掲載されていたものを、加筆の上書籍化したものです。